三 岛 由 纪 夫 精 品 集

天人五衰

[日]三岛由纪夫 - 著

赵晓菲 - 译

北京理工大学出版社
BEIJING INSTITUTE OF TECHNOLOGY PRESS

版权专有 侵权必究

图书在版编目（CIP）数据

天人五衰 /（日）三岛由纪夫著；赵晓菲译. —北京：北京理工大学出版社，2020.12

（暴烈之美：三岛由纪夫精品集）

ISBN 978-7-5682-9142-2

Ⅰ.①天… Ⅱ.①三… ②赵… Ⅲ.①长篇小说—日本—现代 Ⅳ.①I313.45

中国版本图书馆CIP数据核字（2020）第197657号

出版发行 / 北京理工大学出版社有限责任公司

社　　址 / 北京市海淀区中关村南大街5号

邮　　编 / 100081

电　　话 /（010）68914775（总编室）

　　　　　（010）82562903（教材售后服务热线）

　　　　　（010）68948351（其他图书服务热线）

网　　址 / http://www.bitpress.com.cn

经　　销 / 全国各地新华书店

印　　刷 / 三河市金元印装有限公司

开　　本 / 880毫米 × 1230毫米　1/32

印　　张 / 9.25　　　　　　　　　　　　　　责任编辑 / 赵兰辉

字　　数 / 204千字　　　　　　　　　　　　 文案编辑 / 李文文

版　　次 / 2020年12月第1版　2020年12月第1次印刷　责任校对 / 刘亚男

定　　价 / 219.00元（全6册）　　　　　　　　责任印制 / 施胜娟

图书出现印装质量问题，请拨打售后服务热线，本社负责调换

一

海上，薄雾中。远处的船只在雾中显得十分若隐若现，令人捉摸不清。虽说如此，海水较昨日却更为澄澈，伊豆半岛上的群山也愈加棱角分明。五月的海，平滑如镜。海面之上，是强烈的日光、朦胧的云影和湛蓝的天空。

岸边，浪花冲上来被撞成碎小的水珠。粉碎前的刹那，浪花底部闪现的一抹莺黄，不禁使人联想到藻类那令人生厌的色感。

像是为了迎合"乳海搅拌"的印度神话一般，大海日复一日地翻涌着。大概是这世界不肯给予大海以安宁，仿佛一旦安宁下来，自然之恶就会被唤醒一般。

五月的大海膨胀着。海面上，光影的素描一刻不停地推移向前，挤出了许多纤细的波纹。

三只翱翔于天际的鸟儿，乍看就要聚首了，却又忽而不规则地纷飞开来。在这一近一远之中，蕴藏着某种神秘的未知。当挨近到甚至可以感受彼此翼下的气团时，却终有一只展翅离去。鸟儿渐行渐远，徒留空荡荡的一片蔚蓝。人们心中时而闪现的三种思念，是否也与这三只鸟儿的所作所为相同？

小小的黑色货船，烟囱上印着"垒"的标志。船上堆积着货物，小船缓缓出海的背影竟变得庄严肃穆，陡然高大起来。

午后，两点。薄云聚成一团，太阳藏其身后，仿佛闪着白光的蚕茧。

深蓝色的水平线远远地延伸出去，勾勒出圆滑的弧线，像是青黑色的铁箍，严丝合缝地锁住了大海的景色。

突然，只有一瞬间，一朵白色的浪花绽放在海面上，仅仅只有一朵。浪花转瞬即逝，又好似白色的羽翼一般。这转瞬即逝的美丽意味着什么呢？是老天爷一时兴起？抑或是意味深长的某种密码？又或者，二者皆非这美丽的源头？

潮渐起，浪微高。潮水展开极尽巧妙的渗透攻势，渐渐陆地被海水一寸寸地淹没了。太阳依旧藏身于云团之后，昏暗的日光让海水透出一股危险的墨绿色调。从东贯穿至西的一道白色纹理，有着与巨大的中启折扇[①]极为相似的弧度，长长地绵延在海面上。只有那里的平面扭曲着，靠近"扇轴"的部分却并未扭曲。黑色的"扇轴"很有种中启折扇黑色扇骨的味道，轻松地融入了墨绿色的平面。

天色又逐渐清朗起来。平滑的大海又再次映照着日光，追随西南风的脚步，向东北方向开出一朵又一朵海狮背影般的波影。无边无际的海潮，之所以能够大举迁移而不会大肆泛滥至陆地上，全要归功于遥远的月球的力量，控制着潮水与陆地，使两者能够相安无事。

云层渐渐变成了鱼鳞状的卷积云，遮盖了天空的一半。太阳在云

[①] 中启是一种日本折扇，举行仪式时使用。扇面较阔，扇骨上端向外翘开，扇子折起时上端仍呈半开状。

层之上，静静地被撕裂成了白色的光之碎片。

　　两艘渔船出海而去，海面上尚有一艘货船仍在活动。风力陡增。从西边渐渐靠近的一艘渔船，轰鸣的引擎声像是在宣告仪式开始的信号。说来也怪，或许是因为船的前进既不靠车轮也不靠双足，那样渺小而卑微的一艘渔船，却有着翩翩而来的提裙少女般的高雅。

　　午后，三点。鳞状云淡去，南方的天空上一片好似白色斑鸠尾羽的云朵，在海面上投下了深深的落影。

　　海，是无名之物。地中海也好，日本海也罢，眼前的骏河湾更是如此。除了"海"以外别无可称的这个地方，被"海"这个称谓概括起来，实在有些牵强。不该如此，绝不该向这名字低头。这种无名的、繁复的、绝对的无序状态，绝不该是仅仅如此。

　　天色向晚，大海突然发怒般鸣响起来，充斥着莺黄色的棱角。此刻的海浪像玫瑰枝上带刺一样也布满了荆棘。然而说到底这刺也还留存着平滑大海的痕迹——海之刺，同海面一样平滑如初。

　　午后，三点十分。海面上并无片影只艘。

　　不可思议。如此广大的空间，竟像一枚弃子，徒留此地。

　　就连海鸥的双翼也是黑色的。

　　于是幻想之船浮在海面之上，向西行驶了一阵就消失了。

　　伊豆半岛已被海雾掩盖，遂而隐没了。一时之间，竟已不是原先的伊豆半岛，而是其游荡的亡魂了。转瞬间，那亡魂也无影无踪了。

　　既是消失，倒也消失得彻彻底底，不留一丝可循的痕迹。即便地图上仍有记载，它不复存在的事实却也无从更改了。半岛、船，无一例外全都在"存在之混沌"中。

出现，随即消逝。既然同样如此，半岛与船又有何不同呢？

假设，所见即一切，那么只要不被浓雾所包围，眼前的大海便是确切存在的。它无时无刻不在为了存在而积蓄着力量。

一艘船，改变了全局。

船！它改变了整个布局。存在的全体构成上也不断生出裂纹，一艘船从水平线处迎面而来。此刻，让位开始了，船现身前的世界瞬间被抛弃。船，正是为了摒弃那以排斥它为己任的世界，才现身于此的。

海色瞬息万变，令人讶异地变换着流光的色彩。云变，船现……每次变化的背后指使究竟是什么？而"生成"又是什么呢？

刹那之间，或许都有宏伟壮大胜过活火山喷发的大变故正在发生，只不过人类对此无知无觉。我们早已习惯了"存在之混沌"，感官的麻木。世界存在与否这样的无聊至极之事，根本没有放在心上的必要。

所谓"生成"，就是无止境地重组、无止境地重建的信号，是从遥远之处随着一圈圈涟漪而来的一声钟鸣。船来了，便要响起船的钟鸣，以彰显船的存在。顷刻间天地间回荡着钟鸣，占领了一切的一切。海上，是不间断地"生成"。存在之钟，长鸣不歇。

浑然一体。

并非非船不可。即便只是一颗夏蜜柑——连何时出现也未尝知晓——也足以使其存在之钟响彻云霄。

午后，三点半。能够代表骏河湾之存在的，只有那颗夏蜜柑。

消失在波谷，又忽而出现，浮浮沉沉，仿佛暗送秋波的双眸。那鲜明的橘黄色，从浪花脚下的不远处，向着东方漂流而去。

午后，三点三十五分。西方，自名古屋的方向又有一艘黝黑的船缓缓驶来。

太阳已经被包裹在云层中，就像熏制鲑鱼一般。……

——安永透抬起头，将视线从三十倍望远镜前移开。

本该在午后四点入港的货船"天朗丸"号，连个影子都见不到。

回到桌边，他再一次呆呆地望向当天的清水港口船舶日志。

  昭和四十五年①五月二日（星期六）
  定期外埠船舶进港预定
  天朗丸　国籍　日本
  时　间　二日十六时
  船　主　大正海运公司
  代理店　铃一
  驶出港　横滨
  停　泊　日出码头四、五

---

① 1970年。

二

　　本多繁邦已经七十六岁了。妻子梨枝去世后便落了单，自此本多常一个人旅行。毕竟年事已高，本多专挑交通便利的地方作目的地，不给身体增加太大负担，权当是对自己晚年的犒劳。

　　他时而来日本平①看看，回去的路上顺便逛逛三保松原②，欣赏完疑似西域传来的宝物——天人羽衣的布片后，便回静冈去。有时他特别想看海，便一个人在海边伫立片刻。儿玉号新干线一小时发车三次，所以即便错过一班也不必担心。只要乘上车，从静冈到东京只需不到一个半小时便能到达。

　　下车后，本多拄着拐杖，慢慢走在这条不足五十米长的石子路上。路的尽头便是驹越海岸。他眺望着大海，不禁抒发起怀古之情来：这片海岸莫非就是《童蒙抄》③中写到的天人下凡的有度海滨？又

---

① 静冈县中部，跨静冈、清水两市的有度山山顶附近地带。以能眺望富士山而闻名。
② 清水市三保海岸的松林，相传是天人洗浴之所。
③ 平安后期出现的学习写作和歌的入门书，藤原范兼著。成书于久安元年（1145）左右。将《万叶集》以后出现的和歌按"日""月"等22个项目归类，列出"语释""出典"等条目进行阐述。

追忆起年轻时代在镰仓海岸的那些日子……一番回忆后，他心满意足地踏上归途。海边只有玩耍嬉闹的孩子和几名垂钓者，三三两两，十分冷清。

来海边的路上，本多的注意力全被大海吸引过去，丝毫没注意到堤坝下那一抹淡红色。归途时他便全看清了，那是一朵乡下常见的昼颜花。堤坝的沙地上，堆着大量废弃的垃圾，暴露在海风之中：有缺角的空可乐瓶、罐头盒、家用涂漆的空罐子、"永垂不朽"的塑料袋、洗洁精的空瓶、大量废弃的瓦片、破旧饭盒……

陆地上的生活垃圾竟已蔓延至此，使人不得不初次直面"永远"二字——至今从未相遇过的永远。大海又何尝不是一种"永远"？直面永远时的样子往往是最污秽、最丑陋的，就像人无法直面接受死亡的事实一般。

堤上稀稀落落的几棵松树，其新芽之上已经开出了五星状的花朵。归途中，左手边是大片的萝卜田，田里安安静静地开着成片的白色四瓣小花。道路两旁是笔直的两列小松树，此外便全都是草莓大棚了。大棚像鱼糕一样，有着半圆形状的拱顶。沉甸甸的石垣草莓正沉睡在叶片的荫蔽之下，苍蝇顺着叶片的锯齿形边缘飞来飞去。本多打眼一扫，发现这令人不快的不透明的白色鱼糕状大棚中间，除了郁郁葱葱地种着草莓，还能看到外面几座简朴的塔形建筑物——方才他竟没察觉到这些建筑物的存在。

车停在省道边上，一下车便能看到一座二层白色小楼。这栋木制小楼的混凝土地基高得十分异常。说是瞭望塔，似乎有点夸张了；说是事务所，又显得有些寒酸。小楼上下两层，在三个方向上共有六扇窗户，此刻全都大敞着。

在好奇心的驱使下，本多踏进了那片看似是前院的沙地。说是沙地，实则是极细碎的玻璃碎渣铺成的地面，在天空的映射下展示其原本的色彩。白色的窗框杂乱无章地废弃在沙地上。他抬起头，便能看见二楼的窗边好像摆放着一架望远镜。混凝土的地基旁伸出两根生了红色铁锈的管子，随即又潜入地下去了。本多一边提防着脚下，一边跨过铁管，绕地基一周找到了通往一楼的入口，随即登上了那破烂不堪的石阶。

石阶尽头，是进一步伸向小屋深处的铁梯，梯子旁竖着自带顶棚的告示。

"TEIKOKU SIGNAL STATION"
株式会社帝国信号通讯社清水港事务所
工作种类
1.通报出入港的船舶动向
2.海难事故的发现以及预防
3.海陆之间信号联络
4.海上的气象联络
5.对出入港的船舶进行迎送
6.其他一切有关船舶的事宜

不论是用典雅的隶书写就的社名，还是英语的文字说明，其白漆都已斑驳脱落，字体也因此变得十分模糊。这一点，恰恰让本多十分中意，仿佛只看一眼告示牌上的工作种类，便能闻到空气中恣意弥漫的海的气息。

本多瞄了一眼，铁梯之上的房间中空无一人。

他回头一看，脚下省道的对面，是一座小镇。镇上家家户户的屋顶都是由蓝色的新瓦铺成，屋顶上随处可见鲤鱼旗①，旗头顶端的风车在阳光的照射下闪闪发光。小镇的东北方向，是车水马龙的清水港。陆地上的起重机和船上的长杆吊车相互交错，工厂的白色仓库和轮船黑色的船腹互相映衬。此外港口还有常年受海风吹拂的钢材和涂了厚厚一层外漆的烟囱。停留在港口的有一群，跨洋而来的又是一群，所有的一切都相聚在这里。遥遥看去，港口显露在一片纷繁之中，清晰可见。大海在港口的点缀下，仿佛一条被截为几段的大蛇，闪着耀眼的光芒。

港口对面的群山之上，可以窥见云层更上方的一点点富士山山顶。山顶银白色的造型②，仿佛一块白色的巨岩被随意地摆放在那里。

将这一切尽收眼底后，本多心满意足地离开了此地。

---

① 用纸或布制成的鲤鱼形彩旗。在日本，五月五日男孩节的时候，用旗杆悬挂鲤鱼旗以庆祝男孩的成长。
② 富士山山顶积雪时间较久，大概于每年七、八月份完全融化，九月底十月初山上再次出现积雪。

三

  信号所的地基其实是储水槽。

  抽水泵将井水抽到地基的储水槽里,再通过铁管将水引到草莓大棚中去,作灌溉用。帝国信号通讯社着眼于这个混凝土高台,并在其上建起木屋信号所,就是为了抢占这个风水宝地,先人一步把握西来名古屋航船以及由正面而来的横滨航船之动向。

  原本是四名信号员每八小时换一次班,进行工作交接,但是由于其中一人请了长期病假,所以变成了剩下的三名信号员分别上一歇二的轮班制度。木屋一楼是所长的办公室,他有时会从港口的事务所来小屋检查工作;而负责值班的信号员一人独占的工作室,便是二楼那间三向通窗、只有八畳①大的板房了。

  窗户内侧的三个方向上都安装了固定工作台,向南和向东的台子上都放置了用来观察港湾设施的双筒望远镜,向南为三十倍,向东为十五倍;房间东南角的柱子处配备了一台用于发送夜间信号的一千瓦投光器;西南角的工作台上,放着两部电话、书架和地图,还有在更

---

① 念作"dié",日本的一种生活用具,中文音译为"榻榻米",一畳相当于1.62平方米。

高的架子上分类摆好的信号旗；西北角上是厨房和休息室——这便是这间小屋的一切。东边的窗户下面可以看到高压线铁塔，白色陶瓷绝缘子与背后的白云融为一体。高压线由此一直延伸向海边，并与第二座铁塔连接，之后再向东北方向延伸而去，直至第三座铁塔。随后铁塔便沿着海岸线逐渐变小变矮，仿佛银白色的船楼，串成了一条线，向着清水港的方向延伸而去。由窗户开始数的第三座铁塔是很好的标志物，船舶只要驶过了这座铁塔，便算是进入包含码头在内的3G水域了。

直至于此，船舶依旧需要肉眼来确认方向。只要载货重量的多少以及海况的多变还在直接影响并决定着船只的方向，那么船舶就只能一切照旧——如同宴席上要么早来要么晚到的宾客一般，颇有几分十九世纪浪漫派的气质。海关、检疫、领航员、装卸工人、船餐餐馆、洗衣店，都需要有人告诉他们船只到岸的准确时间，好开始干活。要是赶上有两艘船为了争抢一个停泊位而争先入港，需要靠先到先得来判断顺序，总得有一个可以做出公平判断的人才行。

透就是负责这样工作的人。

海面上出现了一艘大船。水平线已变得十分模糊，在这样的情况下，观察员需要靠训练有素的技术才能全靠肉眼迅速地找到船只的所在。透马上把眼睛贴在望远镜上，开始观察。

如果是晴朗的冬天或夏天，水平线极为明晰，那么船只一露面就能被观察到，而且会以远远超出水平线的身姿野蛮地踏浪而来。然而初夏的海雾中，船只的出现只能慢慢地与"存在之混沌"剥离开来。水平线又白又长，仿佛被压平的枕头。

这艘黑色货船的体积，正与总吨数为四千七百八十吨的"天朗丸"相吻合，船尾的船楼形状也与船舶明鉴中记录的特征相符。船桥的白色与船尾荡起的白波都鲜明可见。此外，还看得到三杆长臂吊车。黑色烟囱上的红色圆形标记呢？……透睁大了双眼再次搜寻着，终于找到了红色圆形中的"大"字——这下肯定是大正海运没错了。就这会儿工夫，船只依旧在以每小时12.5海里的速度前进着，一直不停地尝试着逃出望远镜的圆形视野，仿佛妄图飞离捕虫网边框的黑蝶一般。

唯独船名看不清。只知道是三个字，就连第一个"天"字，也是凭着先入为主的经验才勉强看清。

透回到了工作台前，给船舶代理店打去了电话。

"喂，这里是帝国信号。天朗丸刚刚通过了信号所，请多关照。有载货吗？（透回想起了船腹黑色与红色的分界线，也就是船的吃水线高度）没错，大概有一半吧。装卸工什么时候开始干活比较好？下午五点开始？"

距离装卸开工还剩不到一小时，需要通知的地方顿时增加了不少。

透就这样忙碌地往返于望远镜与工作台之间，竟打了十五通电话之多。

给领航员事务所打电话，给拖船"春阳丸"打电话，给领航员家里打电话，给若干船餐餐馆打电话，给洗衣店打电话，给港务局联络船打电话，给海关打电话，再给船舶代理店打电话，给港湾管理事务所的港营科打电话，给测定船舶载货量的统计协会打电话，给漕运店打电话……

"天朗丸很快就要到了。停泊位是日出四号和五号,请多关照。"

"天朗丸"已经驶过了第三座高压线铁塔。望远镜中的影像,一照到地上便会立刻升起一阵热气,呈现的影像也因此温润、摇晃起来。

"喂,天朗丸想要进入3G。"

"喂,这里是帝国信号,天朗丸将要进入3G。"

"喂,请问是海关吗?请转接警务科……天朗丸已经进入了3G。"

"喂,十六点十五分,通过3G。"

"喂,天朗丸五分钟前已进入目标位置。"

…………

除了直接入港的船只以外,提前预告来航的横滨以及名古屋方向的船只,会在月末增加,于月初减少。横滨距清水港有115海里,如果以每小时12.5海里的速度航行,那么九个半小时便可以抵达。照这种速度来算,那么入港前的一个小时开始观测,之后便没什么可干的了。今天除了晚上九点从基隆直接入港的"日潮丸"之外,就没有其他来船了。

每次赶上船只入港,联络工作告一段落后,透总会感到有些沮丧。他的工作一结束,就代表着港口有许多人要一齐开工干活了。透只能也只好抽着烟,从这遥远的孤绝之境望向港口的繁华与喧嚣。

其实他是不该抽烟的。一开始所长还苦口婆心地劝过他,十六岁的未成年人不该抽烟。后来也闭口不谈了，兴许是考虑到透的工作性质，便索性睁一只眼闭一只眼了吧。

透生得一副冰霜般苍白俊美的脸庞。他的心极冷，无爱，也无泪。

但是，他懂得眺望的幸福。上天赐给他一双极具天赋的眼睛，是眼睛教他学会如此。他什么也创造不出，只是静静地凝望，眼睛便出奇地明晰起来，认知便出奇得通透。他看得到比可见的水平线更遥远的彼岸，在可见的水平线之上还有一道不可见的水平线。不仅如此，在可见、可感知的范围内，他也能感受到各种存在的出现。海、船、云、半岛、闪电，还有日月星辰。存在与眼睛的相遇，亦是存在与存在的相遇。所谓"看见"，便是指存在与存在之间的互相映照吗？不是。"看见"超越了存在，宛若鸟儿一般，化作羽翼，将透带往未曾去过的新世界。在那里，就连美也如同百般摆弄后破旧不堪的裙裳一般，早已不成样子。永远不会有船只进港的海，或者说永不会被存在所侵袭的海应当是存在的。看过又看，望眼欲穿的明晰之尽头，是空无一物的真实领域，那里确为一片浓蓝。物象与认知一同，仿佛溶于醋酸的氧化铅。"看见"为认知脱下了枷锁，自身也变得透明起来——这样的领域一定是存在的。

将自己的眼力恣意至此，才是透幸福的根源。对于透来说，没有比"看见"更值得自我放弃的事情了。除却望着镜子，能让透忘我的便只有眼睛了。

而自己呢？

这名十六岁的少年，十分确信自己丝毫不属于这个世界，至多只有半个身子属于这里。至于另外的半个身子，应当属于那片幽暗、浓蓝的领域。所以这个世界里的任何法律和规则都不能约束住自己。自己只要装出一副被这个世界的法条所约束的样子就已足矣。毕竟，哪里有束缚天使的法条呢？

由此，人生变得再简单不过起来。

不论是人类的困窘，还是政治、社会的矛盾，透一点都不曾为它们所烦恼。有时透也会露出温柔的微笑，不过这微笑与同情毫不相干。这微笑，是绝不容忍人类的最后通牒，是以嘴为弓放出的隐形的箭矢。

若是看海看倦了，透会从工作台的抽屉中拿出一面小小的手镜来，凝视自己的面孔。挺拔的鼻梁不偏不倚正在苍白的脸庞中央，其上是一双无时无刻不盈满黑夜的眼睛。眉毛虽纤细却是剑眉，嘴唇线条平滑、时刻紧闭。虽说透的五官全都十分俊俏，但其中最美的还属眼睛。尽管自我意识根本不需要眼睛，但他的肉体中最美的却是眼睛——唯有这用来感知美的器官却是最美的，这是一种莫大的讽刺。

修长的睫毛，冷若极寒之地的双眸，看上去简直像一个永无止境的梦。

不论怎么说，透终究是被选中的孩子，他与其他人有着绝对的不同。这名孤儿十分确信自己能够无恶不作，也能够纯洁无垢。生前当过货船船长的父亲死在了海上，不久后母亲也去世了，透随即被交到贫穷的伯父家生活。他中学毕业后，在县里的辅导训练所上了一年学，拿到了三级无线通讯员的执照，从此便在帝国信号所就职。

贫穷带来的伤痛，一次又一次地伤害着树皮，树皮断裂处流出的树脂随即固化成为玛瑙，仿佛那份屈辱与愤怒的化身。然而，透丝毫不在意这些。透的树皮本就生得坚硬、厚重而屈辱。

万物皆自明，一切皆已知。认知的欢喜只存在于海的彼岸，存在于不可见的水平线之上。事到如今，人们到底有什么好惊讶的呢？奸诈如同早上准点配送的牛奶一般，一户不漏地飞入寻常百姓家。

透对于自己的架构了如指掌，无所不知，也时常进行自我检查。他身上绝不存在自己无知无觉之事。

"如果我被潜意识驱动着说了或做了什么的话，这世界估计早就不复存在了。世界应该感谢我的自我意识，因为意识除了能够统御以外别无他用。"

透如此思考着，不禁开始觉得自己是枚拥有自我意识的氢弹。总之绝不是人类，这一点是确定的。

透总是十分在意自己的身体，一天要无数次地洗手。由于总是用肥皂摩擦掌心，双手变得泛白，毫无光泽。要是用寻常眼光来看的话，或许会觉得他不过是个爱干净的少年罢了。

但是，少年对于自身之外的无序却毫不关心。透觉得，就算别人的裤子皱皱巴巴，也不该去指指点点。假若如此，便是心理的病态。政治就算穿着满是褶皱的裤子，又有何妨呢？……

楼下入口处有人在隐隐地敲门。如果是所长的话，他一定会无情地用力拉开本就关不严实的门，像是要踏破木板一般上楼来。来人肯定不是所长。

透穿着拖鞋走下木制的楼梯，海浪花纹的玻璃门上映出了一抹淡红色的身影，透对那身影说："还不行。今天六点之前所长可能会来。吃完晚饭再来。"

"是吗……"门外的声音思索似的停滞了片刻，海浪花纹的玻璃门后，淡红色又远了些，"那等会儿我再来吧，有好多话想说呢。"

"好，没问题。"

透摆弄着不知为何带下楼的铅笔，将其别在耳后，上了楼。

透就着向晚的天色，眺望窗外，仿佛已经将刚刚的来访完全抛在了脑后。

今天的日落叫云给包围住了，没什么好看的。日落于下午六点三十三分开始，明明还有一个多小时的时间，海水却已挂上淡墨色。一度消失的伊豆半岛，又开始微微显示出水墨画般的轮廓。

眼下的草莓大棚中间，两个背着背篓满载草莓而归的女子正打那儿路过。草莓田的对面，满眼皆是原矿一般的海景。

似乎是为了节约停泊的费用，一艘载重五百吨的货船一大早便出了港，随后又在港外抛锚停泊，整个下午一直停在第二座高压线铁塔的影子的位置，似乎是在做彻底的船内大扫除。大扫除结束后，便又起锚出海了。

透走进有着小水池和液化石油气灶台的厨房热了热晚饭。其间又有电话打来。对方是管理所，说今晚二十一点确有"日潮丸"入港的公务电报。

吃完晚饭，读完晚报，透忽然察觉到自己总是惦记着下午那位访客。

傍晚，七点十分。海早已被夜色笼罩。眼下只有白色的塑料大棚，仿佛一片霜降，还在顽强地与黑暗抗争。

窗外，小型的引擎声接连爆炸开来。渔船一齐从右侧的烧津港出发，打前面经过，要去兴津海域捕捞沙丁鱼。船的中央挂着红绿两色的灯笼，渔船竟有二十艘之多，争先恐后地向前驶去。行驶在夜间海面上的船只，将热球式引擎那原始的鼓动如实地传动到了船上的灯笼，灯笼的光芒随之在夜色中微微战栗。

夜晚的海，一时间变得如同欢乐的庙会，仿佛人们纷纷提着吊灯，嬉笑喧闹着向黑暗的神社走去。透很清楚这些渔民之间的相处方式。他们拿着扩音喇叭豪爽地在海上相互呼唤，火光照亮他们那散发着鱼腥味的肌肉，一边做着捕获大量沙丁鱼的美梦，一边在这水之回廊中争先恐后地游走，无非就是这些。

片刻的平静取代了喧哗，只有建筑物背后的省道上奔驰的车辆，还在以一定水平的噪音守卫着喧哗。这时，透又听到了楼下传来的敲门声。这无疑是绢江再次来访了。

透走下楼梯，为绢江开门。

入口处的灯下，绢江身穿桃粉色的针织开衫，头上别着一朵硕大的白色山栀子花。

"请进。"透学着大人们的口吻，轻轻说道。

绢江仿佛绝顶的美人一般笑着进了门，那娇俏的笑似乎有些不自然。两人上了楼，绢江将一盒巧克力放在了透的工作台上。

"请尝尝。"

"多谢，总是给我带东西来。"

透将玻璃包装纸撕破，那声音简直响彻了整个房间，打开长方形的金色盒盖，取出一块巧克力，冲着绢江微微一笑。

透面对绢江时总是毕恭毕敬，像是面对一位娇滴滴的美人，而绢江此刻正坐在东南角照明灯后面的椅子上，与冲着西南角工作台的透恰好是面对面。绢江与透保持着绝对的距离，似乎是为了任何时候都能顺楼梯逃走。

透在使用望远镜的时候会关上室内的照明，平时则会打开。对于一居室来说，这天花板上的荧光灯简直有些亮得过头了。此刻，绢江头发上别着的白色山栀子花正在荧光的映照下闪着湿漉漉的白色光芒。绢江的丑陋，在这灯影下愈发显得无与伦比。

不论是谁瞧见了这女孩，都会说丑。这与那种只是美得不太张扬、看着看着就顺眼了的大众脸不同，跟那种颜值不够、品格来凑的"心灵美"丑女也不同，根本就没有比较的必要。她的丑，可以说是全方位无死角的奇丑无比。这样的丑陋也可以说是一种天赋，因为根本没有任何一个女人可以拥有如此纯粹的丑陋。

这位绢江小姐，禁不住连连赞叹自己的美貌。

"你可真好，"绢江似乎十分在意自己短裙下露出的膝盖，一边使劲并拢双腿，一边两手拼命地把裙摆往下拽。"你可真好。你可是唯一一个从不来烦我的好男人。可说到底也还是个男人，日后怎样还不好说呢。所以我丑话说在前头，如果连你也来烦我、追我，我可就再也不来玩了，也不来找你说话了，真到了那个地步我们就绝交。听见了吗？你能不能发誓说你绝对不会追我？"

"我发誓。"透轻轻举起掌心说道。在绢江面前，必须万事小心才行。

绢江开口前，总是这样先让透起誓。透起誓完，绢江的态度便顿时松弛下来，像是被什么所追赶的焦躁与不安一扫而空，坐在椅子上的姿势也瞬时缓和下来。绢江抬起手摸了摸头上的山栀子花，像是在摸什么易碎品。从那花影之下向着透莞尔一笑，遂又长长地叹了一声，开始娓娓道来。

"我可真不幸，真想一死了之。女人生得太美也是种莫大的不幸，你们男人肯定是理解不了这种心情的。我的美貌根本得不到应有的尊重，男人们只要看见我，都会生出些邪念来。男人可真是禽兽！哎呀，要不是因为我这么美，说不定还能对男人们多些敬仰之情。不论哪个男人只要一见到我，立即就变得兽性大发，你看看，这可叫人怎么尊敬嘛。女人的美丽，与男人最丑陋的欲望紧紧相连，对女人来说，没有比这更大的羞辱了。唉，我可再也不去镇上玩了。每个经过我身边的男人全都像看见肉骨头、流着哈喇子的狗一样，看着人家。我只是老老实实地走在街上而已，对面走来的男人眼睛里闪着色眯眯的光，仿佛在说：'这妞儿可真不错！这妞儿真俊啊！这妞儿够俏皮哩！'一点不掩饰情欲的样子倒是真不害臊！我只是老老实实走在街上，可就要累死了。

"就今天在公交车上，我还被捉弄了呢。真窝心，真叫人难受呀……"

说到这儿，绢江从针织衫的口袋中拿出一条小小的绣花手帕，优雅地擦了擦眼角。

"今天在公交车上，邻座坐着位英俊的青年，我想大约是东京人，膝盖上放着个很大的旅行包。他头戴一顶登山帽，乍一看，侧脸倒很像那个谁（绢江说了一个流行歌手的名字）。就是他，老是朝我这边乱瞧。我正想着，又开始了。他从那兔子尸骸一般的白色大皮包下抽出一只手来，那只手在包底蹭了几下，避开了众人的视线，偷偷地伸过来摸我的大腿。而且你看，就是这儿，说是大腿，其实更偏上，就是这一块儿。简直令人震惊。尤其是这还是位看起来正儿八经、干干净净的英俊青年，我更加感到难堪、羞耻起来。禁不住'呀'地叫了出来，离开了座位。其他的乘客全都吓了一跳，其实我自己也是心惊肉跳哪。有位亲切的阿姨过来问我'你怎么了'，我倒也很想说是有人骚扰我，但是看到那位青年低着头、红着脸的样子，我终究还是没能说出来。我呀，就是人太好了，明明我根本没有袒护他的理由。'那个，感觉那座椅上有什么扎人的东西。这座位，可真危险呀'，我就这么说了，给蒙混过去了。'这还了得，真危险啊'其他乘客也都义愤填膺起来，一齐看向我曾坐过的那绿色座椅的空位。还有人对我说'向公交公司投诉吧'，'没事的，我这就下车了'我这么答道便下了车。车开走后，我坐过的座位也还是空着。当然，谁也不想坐在危险的地方嘛。那旁边，只有青年旅行帽下露出的几缕黑发，映着阳光闪耀着光泽。我要说的就是这件事。但是，我自认没有伤害别人，算是办了件好事。受伤害的人有我一个就够了。这就是美人的宿命吧。世上的丑陋全由一人承受，将心里的伤深深埋藏在心底，就这样怀抱着秘密死去，这样就够了。人们不也常说，越是美丽的女子越接近真正的圣女嘛。我，只要有你倾听就够了。你一定能替我保守秘密，对不对？"

"的确如此，只有美女才能透过自己的男人的目光，得知这世界的丑陋，得知人类无可救药的本色（绢江说到美女这个词时，总是唾沫星子乱飞）。美女所拥有的只是地狱啊。异性对其抱有卑劣的欲望，同性对其抱有拙劣的嫉妒，然而美女却只是沉默，微笑着接受自己的宿命，这就是所谓'美女'。但这何其不幸啊！谁也不会懂得我的痛苦。如果不是我这般的美女绝对理解不了这种痛苦，而且也不会有人同情这样的不幸。'如果我能像你那样漂亮，那该多幸福啊！'每次听到别的女人说这话我总是直犯恶心。那些人，绝不会，也绝对不能够理解被选中之人的痛苦。哪会有人心疼美玉的孤独呢？但是钻石总是时刻为贪欲所扰，我也无时无刻不暴露在肉欲的魔爪之下。如果世间众生知道了美丽是如此令人痛苦的烦恼，什么美容院、整形科早就都倒闭了。只有不够美丽的人，才会觉得可以凭借美丽为所欲为。你说，是不是？"

透边转着手中的绿色六角铅笔，边听她说。

绢江是这附近大地主家的女儿，不知何时失恋受了刺激，精神不正常起来，曾在精神病院住了半年左右。这症状说来也怪，叫什么"喜好忧郁的欣快症"。出院之后病情虽无反复，唯有一点，似乎认定了自己是个绝世美人，如此才稳定下来。

拜这疯狂所赐，绢江摔碎了曾经折磨自己许久的那面镜子，成功飞跃至了没有镜子的世界。这一世的现实，就是她可以选择"看见"——想看的东西便看，不想看的东西便不看，一切都是可以自由选择的，一切都变得可塑化起来。对于一般人来说，这可能是一种过于高明的生活方式，也可以说是一种早晚要承受报应的生活方式。但是，绢江却轻而易举地消化了这种生活方式，成功地转危为安。她抛弃了旧玩具一般的自我意识，创造出了第二个、精巧绝伦的虚构的自我意识。这份虚构的自我意识就如同人工心脏一般，装进她的体内，开始正常地运转。这个世界已经固若金汤，没有人能够侵犯她的世界。当这个世界建成时，绢江就完全幸福了。或者拿她的话来说，她已经拥有了完美的不幸。

绢江发狂的原因，大约是使她失恋的男子露骨地嘲笑了她的丑陋吧。就在那一刻，绢江明白了她的生存之道，她瞥见了自己唯一可走的窄路上投来的曙光。如果没办法改变自己的脸，那只要改变这个世界就好了。只要对自己实行秘密的"整容手术"，只要颠倒灵魂，曾经丑陋的灰色牡蛎壳内，也能生出璀璨的珍珠。

仿佛走投无路的士兵发现了生路一般，绢江发现了在这个世界中不如意的根本结点，并以此为轴，将世界翻了个个儿。这是怎样一番革命呵。假借悲惨命运的名号，将自己最求而不得的渴望一把揽入怀中，甚是狡黠。……

透老练地擎着手中的烟蒂吞云吐雾，将穿着牛仔裤的两条长腿并拢伸直，悠闲地靠在椅背上，听着绢江讲话。绢江的话从来都没什么新意，但是透从来不会让对方察觉到自己的无聊，因为绢江是个对听众的反应十分敏感的人。

透绝不像其他人那样取笑她。绢江也是知道如此才总来找他。透从这个比自己大五岁的丑陋的疯女人身上，感知到了一丝怪胎之间的同病相怜。透喜欢这类顽固的、无论如何也不认同这世界的人。

这两人都很心硬。其中一个的硬度由于疯狂而得到保障，另一个的硬度则由自我意识而得到保障。既然这两人的硬度几乎相当，那么不论如何接触，也绝不会有受伤的风险。不仅如此，也不必去担心心理之外的身体接触。绢江在这里是最放松警惕的，但是，当透突然踢开椅子站起身、大跨步地走来时，绢江还是惨叫着逃向了门口。

透急忙地起身，是为了看一眼望远镜。他把眼睛紧贴在镜头前，头也不回地向后挥了挥手。

"我要工作了，你回去吧。"

"哎呀，真是不好意思，我误会了。明明知道你不是那样的人，事发突然，还是把你当成那类人了。请原谅我，我老是碰见些倒霉事，所以要是有男人突然在我面前站起来，我就觉得准是又来了。对不起啊。但是，也请你谅解，毕竟我不得不整日担惊受怕地过活嘛。"

"行了知道了，回去吧。我很忙。"

"那我走了。那个……"

"嗯？"

感觉到话音主人还在门口换鞋处犹豫不决，透并没有把眼睛从望远镜前移开，问道。

"那个，我非常尊敬透君哦……那，下次再见啦，拜拜。"

"再见。"

听到木制台阶上传来的短促的脚步声和关门的声音，透继续专心地用望远镜追踪黑暗中的灯火。

刚才听绢江讲话时，他无意中看了窗外一眼，看见了前兆。虽说乌云密布，但还是辨得清散落在西伊豆的土肥①一带的灯光，与海面上的渔船灯火交融在一起的景象。每当出现船只接进的前兆时，海面就仿佛滴落了点点星光的黑暗幕布，总能感觉到一丝可疑的异变。

距离"日潮丸"晚上九点的预定入港时间还有一个多小时。但是，船只的事情谁也说不好。

望远镜圆形的镜头中，海面上的船只在模糊的夜色中仿佛发光的、蠕动的虫子。一盏小小的灯光，转而一分为二，转换了方向后，变为一前一后两盏桅灯。再追看一会儿，便能发现方向固定下来了，前后桅灯之间的间隔也固定下来了。通过这种间隔以及船桥上的灯光，便能确认这并不是载重几百吨的渔船，而是四千二百多吨的"日潮丸"了。要说到根据桅灯的间隔判断船的大小这事，透已经是得心应手。

随着镜头方向的移动，船灯也愈加分明起来，不再与伊豆半岛远处的灯火、渔火纠缠不清了。那个经过确认的黑色庞然大物，正顺着黑暗的水路滑行而来。

终于，大船与落入水中的船桥灯光一起，如同灿烂的死亡一般袭来。这艘有着独特的、烦冗古乐器外貌的货船，被桅灯和舷灯的灯光勾勒出轮廓，在黑暗中也清晰可见船身形状。透抓住泛光照明的把手，调整着方位。如果发光信号过早出现，船上的人员便看不清；要是信号太迟，灯光会被房间的东南角柱所遮挡，没有办法全部投射出去，也无法得知对方应答的快慢，所以时机的把握变得十分困难。

---

① 静冈县、伊豆半岛西海岸的町，原为金矿山的町，以温泉和美丽的海岸而著称。

透打开了泛光照明的开关,机械老化,灯光从缝隙中漏了几缕出去,打在透的手边。泛光照明上罩着蛙眼般的双筒望远镜。船,就在这圆形的黑暗空间中飘浮着。

透舞动着遮光板,将最初的信号发送了三次。

"嗵嗵嗵刺——嗵,嗵嗵嗵刺——嗵,嗵嗵嗵刺——嗵。"

没有回答。

又发了三次。

从船桥侧边的灯光那里,渗出了光的琼液,

"刺——"

回答了。

透捕捉到了那瞬间的光之回应,感受到了手里操纵遮光板把手的重量。透又发了出去。

"船名是?"

"嗵刺——刺——刺——嗵,嗵刺——嗵刺——嗵,刺——嗵嗵嗵刺——,嗵刺——,刺——嗵嗵嗵。"

对方先是打出了"了解"的信号,旋即又通过变换光影,把船名发了过来。

"刺——嗵刺——嗵,嗵刺——刺——嗵,嗵嗵刺——嗵,刺——刺——,嗵嗵刺——,刺——嗵嗵刺——,刺——嗵刺——,刺——嗵。"

那正是"日潮丸"的信号。

这时灯光长短交错,在夜空中乱舞。在周围安定的光群的中央,只有这一束光欣喜若狂地舞动着。夜晚的海上传来的灯光的呐喊,与方才房间里的疯女人的尖叫声有些类似。那声音似悲非悲，痛切地诉说着至高无上的幸福，还带着些金属的色泽……话虽如此，实际上只不过是船名的宣示。然而光的声音千变万化，将丰富的感情倾注在间歇的脉搏里，通过每一片光的碎片传递过来了。

这"日潮丸"上发来的信号，估计是个负责值班勤务的二等航海员的杰作。透仿佛看见了夜晚船桥上传来的灯光中，藏着二等航海员思想的心绪。弥漫着白油漆的味道、溢满着黄铜指南针和船舵的光辉的房间里，一定还残留着长期航海留下的疲惫和南方太阳留下的余温。病于海风、疲于装卸货物的大船终于要归乡了。操纵着泛光照明的二等航海员，熟练的业务操作中隐藏着男子汉的不拘一格，熟练而迅速的动作和双眼中灼热的归乡思绪都印证了这一点。这片夜晚的海，隔开了两个相对的房间，那是两间孤独又明亮的房间。当通讯成立之时，两颗心脏穿越黑暗完成了互信，仿佛这夜海中的一个闪光的灵魂冉冉升起。

这艘船明早才靠岸，所以今晚必须在3G水域待命。检疫也早在午后五点下班了，所以最早也得等到明早七点。透心里计算着"日潮丸"通过第三座高压线铁塔的时间。之后倘若有人问起来，只要说出这个时间点，停泊区那边就不会出什么乱子。

"直接入港的船总是比预定时间要早一些到呢。"

透自言自语道。这名少年时常有自言自语的毛病。

时间已经过了晚上八点半。海面风平浪静。

十点左右，为了消解睡意，透走下楼梯，来到外面呼吸新鲜空气。

面前的省道上依旧还有不少车辆，东北方向的清水市的海港周围，路灯神经质地闪烁着。西边，晴天能够吞没夕阳的有度山一片漆黑。H造船厂的工人宿舍那边传来了醉醺醺的歌声，在宁静的夜里显得分外刺耳。

透回到房间，打开了收音机。他想听一听天气预报。"明天有雨，海上浪高，可见度低。"以上是天气预报的内容。接下来是新闻。"由于驻扎在柬埔寨美军的行动，解放战线的司令部、军事补给处、医院等等，十月份前都很难恢复正常。"以上是新闻的内容。

十点半了。

视野愈发模糊起来，伊豆半岛的灯光也全然看不见了。那也比月光皎皎的夜晚要好，睡意蒙眬的透这样想道。因为有月亮的夜晚海面总是过于眩目，月光的光影和来船的桅灯混杂在一起，不好分辨。

透定了个凌晨一点半的闹钟，进入休息室睡下了。

四

与此同时,本多正在本乡的家中做梦。

白天旅途劳累,本多早早地便上床睡下,没过多久就睡着了。许是受了白天看过的天人羽衣的影响,做了个和天人有关的梦。

飞在三保松原上空的天人不止一人,而是成群地相织交错在一起。有男天人,也有女天人。本多那些关于佛经的知识,全都在梦里被生动地呈现了出来。

本多边做梦,边想到:佛经果然不会骗人,从而沉浸在纯粹的欢喜之中。

所谓天人,是指居住在欲界六天和色界诸天的有情者①。尤其是欲界六天,人尽皆知。从眼前的天人们男男女女互相嬉闹来看,这应当是欲界六天的天人们。

天人身上拥有火、金、青、赤、白、黄、黑七种身色光明,仿佛生着巨大羽翼的蜂鸟般飞来飞去。

天人的头发是蓝色的,微笑时露出的牙齿洁白如玉,身体极为柔

---

① 梵文,意为"生存之物",指人和动物等具有心、感情、意识之物。

软，简直是清净本身。凝视的眼睛似乎绝不会眨眼。

欲界的天人男女们常常彼此靠近，夜魔诸天的男女们仅仅止于牵手，兜率陀天只在心中想念彼此，化乐诸天仅仅凝视彼此，他化自在天则止于互相谈心，来传情达意。

本多在三保松原上看到的天人游行，大概也是这样的集会。纸莲花瓣徐徐落下①，空气中飘浮着微妙的音乐和不知名的香气，本多因这初次遇见的奇景而感到恍惚。但是本多知道，虽说是天人，终究是有情之物，免不了要进入轮回。

本以为是夜晚，却像是明媚的午后；本以为是白昼，可天边却闪烁着星光，挂着下弦之月。那里也看不到别人的影子，如果说本多是这里唯一的人类，那么自己不就成了渔师白龙了吗？

佛经上说：

"天人之子生于膝边，天人之女生于两股之间；其知过去之生处，常食天之须陀味。"

趁着本多专注地眺望上下飞舞的天人之时，天人们仿佛要来捉弄他一般，反勾着脚趾惊险地掠过本多的鼻尖。顺着那圣洁的白色脚趾尖，可以望见他们回首的微笑，而那正是头顶花冠下金茜的面容。

渐渐地，天人们厌倦了本多，飞落到波浪拍打的边缘，飞落到沙丘附近，从幽暗的松树枝下穿行飞过。本多的眼睛忽而只可见微不可知著，眼前变幻莫测的混沌使其陷入一片眩晕中。白色的曼陀罗如雨般倾泻下来。萧、笛、琴、箜篌，还有天鼓的声音响彻天际。在那之

---

① 原文"散華（さんげ）"，指散花，特指在法会上，边诵偈语列队行走，边撒纸莲花瓣的法事。

间,是青丝、裙摆、长袖、从肩膀挽至手臂的生丝披肩,随风摇曳,漂流而去。洁白无垢的腹部突然垂至眼前,踢向彼方的洁白脚心逐渐远去。美丽的白色手臂,带着七色的光辉,仿佛想要抓住什么一样从眼前轻轻掠过。那一瞬间,可以看见柔软张开的手指指根,指根之间浮起如水月光。天捣香香薰下的丰腴胸脯,完全袒敞开,转瞬又直上晴空。腰线平滑的轮廓轻轻划开与天空的分界,拖拽着、缭绕着一朵横云。接着,又是那双绝不眨眼的眸子,从远处逼近过来,与郁结忧思的白色前额一同反转过去。随即又向后仰倒,映出一片星光,立起上下颠倒的脚踝飞舞下去了。

　　本多看见了,那男天人的面孔,分明是清显的面容,抑或是勋那威严可敬的面孔。在追寻着那副面容的同时,无数虹色花纹的光芒纷纷扰扰,游行虽慢但一刻也不停歇,所以马上追丢了踪影。

　　但是就金茜容貌的出现这一点来看,欲界天的时间秩序似乎纠缠不清。时间自由自在地变换着形态,说不准过去的世界也能同时出现在当下。虽说天人们的嬉戏十分宁静,但是由于其一刻不停地进行,新的连环来不及结成便被解开了。

　　似乎只有松原上的松树是明确属于现世的,一根根针叶都看得清清楚楚,本多从扶着红松树干的手里,感受到了粗糙与庄严。

　　在最后,本多不禁开始忍受不住,开始厌烦这一刻不休的游行的流动。虽说如此,他依旧还是看着,仿佛站在公园粗壮的雪松枝干的荫蔽下看着。屈辱的公园,夜晚的警笛,本多总是在看着。不论是更加神圣的事物也好,还是更加污秽的东西也罢,都一视同仁。看见会使一切变得相同,别无两样。从始至终都是别无两样。本多沉浸在无以言表的黑暗心境中，仿佛一个刚从海水中游泳而来，拼命撕扯掉周身缠绕的海草向着岸上走去的人一般，渐渐地剥落梦的碎片，清醒了过来。

枕边用来放置杂物的小筐中，手表的嘀嗒声微微作响。

本多打开枕边灯，看了眼时间，才一点半。

他不禁害怕起来，自己会不会就这样清醒到天明？

五

被闹钟吵醒的透一如往常，去水池边仔仔细细地洗了遍手，随后开始用望远镜观测海面。

贴在观察孔前面的白色圆形护镜贴片温润得渗出些水汽，看起来不太干净的样子。透把眼睛从观察孔前微微移开，好不让自己的睫毛碰到镜片，却依旧什么也没看见。

透想着，也许预定凌晨三点到达的"瑞云丸"会提前入港，于是一点半就起来了，但是看了两三次也不见"瑞云丸"的踪影。倒是海面上，打凌晨两点起就热闹起来了。左边出现的渔船上纷纷亮起灯盏，竞相发出窸窣的回响。海面陷入暂时的狂欢①。兴津海域附近的沙丁鱼捕捞船，为了赶上早集，匆匆忙忙地赶回烧津港去。透从盒子中捏起一块巧克力放进嘴里，走进厨房，开始准备煮碗拉面当作夜宵。正干着活，电话响了。说是预定三点到达的"瑞云丸"推迟了一小时，大约四点入港。早知道就不用这么早醒了，透忿忿地想，接着像直抒胸臆一般，连打了几个哈欠。

---

① 原文"酸浆市（ほおずきいち）"，又作"鬼灯"。指每年的七月九日、十日，于四万六千日的缘日，日本东京浅草寺院内举行的销售酸浆果的集市。

三点半了,船却还没有来,透的睡意越来越浓。透想着外面冰冷的空气或许能让自己清醒过来,便下了楼梯来到外面,做了一番深呼吸。由于阴天的缘故,本该是月出时分,却皆看不见星与月。只有近处住宅区的逃生梯上的一排红光和远处清水港璀璨的灯群清晰可见。不知何处,幽幽地响起了溪树蛙的叫声,裹挟着寒意的破晓时分,让第一声鸡啼响彻了大地。北方的天空上,横云微微泛出了几分鱼肚白。

　　回到房间里,不到四点五分时,透发现姗姗来迟的"瑞云丸"终于现了身,他的睡意顿时一扫而空。拂晓之时已到,那片草莓大棚白得如同雪中的景色。船只的辨认也容易了许多。透冲着船只左舷的红色舷灯发送了信号,并收到了船名已确认的回复。"瑞云丸"缓缓驶入了东方既白的3G海域。

　　四点半,东方天空的云彩上微微呈现出红色。水与岸之间的界限分明起来。水色和渔船灯光的投影也都各司其所,愈发地清晰起来。透借着已经勉强可以在桌上写字的光亮,胡乱地涂鸦。

　　　　瑞云丸

　　　　瑞云丸

　　　　瑞云丸

　　现在每过两三分钟,天空都更加地明亮起来,透猛地抬眼,已是连海浪的波纹也能看清了。

　　今天的日出是四点五十四分。透倚在东窗边,大敞着玻璃窗欣赏这日出时分前的美景。

尽管太阳尚未露脸，在其预定轨道上方的肌理细腻的云彩，却早已刻出好似连绵的低山，又好似山谷褶皱般的浮雕。这山脉上，随处可见的浅青色缝隙里流淌着玫瑰色的横云；这山脉下，层层浅灰色的云丝堆积如海。同时，那山之浮雕，直至山麓都晕在玫瑰色的光辉里，受其熏陶。透想象着，几户人家散落在山脚下，坐落在开着蔷薇色花朵的梦幻国度。

那才是我的故乡，透想道。从梦幻的国度而来，从夜空中无意间瞥见的国度而来。

早上寒风凛冽，眼前的树木变得鲜绿无比。曙光中，高压线铁塔上的白色陶瓷绝缘子分外显眼。向东方无限延伸的电线，在遥远的日出之处汇为一束。然而，太阳依旧没有现身。正该是日出的时刻，朝阳被青云吸走，绢丝般闪耀着的云散射在天空之上，渐渐取代了扩散开来的朝阳红……太阳依旧不见踪影。

等到五点五分过后，太阳才显示其所在之处。

从覆盖地平线的浅墨色云隙之间，透刚好瞥见第二座高压线铁塔附近那落日一般忧郁的洋红色日出。被云帘遮挡的太阳，隐其上下，宛如一抿发光的嘴唇。涂了洋红色口红的唇角勾起一丝嘲讽的冷笑，短暂地驻守在云间。渐渐地，唇形越来越薄，唇色越来越浅，终于只剩下似有非有的冷笑，旋即便消失了，反而是穹顶满溢着低调柔和的光辉。

六点已过，一艘白铁皮运输船入港的时候，太阳已经升到了意想不到的高度，从半遮的浮云中，放射着肉眼也能直视的微弱的光芒。

那光芒逐渐增强,东边的水域仿佛一片闪光的织金锦缎。

透给领航员家里,还有拖船处分别打了电话。

"喂,早上好。已经入港的船……'日潮丸'和'瑞云丸'已经入港,请多关照。"

"喂,北富士先生,'日潮丸'……还有'瑞云丸'已经入港了。对,'瑞云丸'在四点二十分经过了3G。"

六

九点交接班。透连同那盒巧克力一齐托付给下一位通讯员，离开了工作间。天气预报完全不准，天气一扫阴霾，难得一见的晴朗。等公交时，路上的阳光刺得透睁不开眼睛。

通往静冈铁道樱桥站的两旁，曾经是一大片田地。这片平坦豁达的田地后来被填平充公，做了商用，沿街盖起了一些毫无情趣的商店。公交车道像极了美国乡村间的平坦大道。下了公交车左转，渡过一条小溪，便是透现居的二层公寓。

透登上盖着蓝色遮雨帘的楼梯，走至二楼尽头的房间，打开了门。一切都同透走时精心收拾好的那般整洁。这间算上厨房整六畳、不算厨房四畳半的屋子关着遮雨板，泛着一丝陈暗。透打开遮雨板前，先去里面的洗澡间放好了热水。房间虽小，却还好有煤气烧开的热水可用。

等热水烧沸的空档，透本已看倦了，但除了看之外也不知能干点什么，于是便靠在西北窗前，眺望着眼前蜜柑林对面的新建住宅，望着周日午前的喧嚣。有只狗在吠，吓得蜜柑树上的麻雀连忙飞走。一位好不容易才盖起新房的男子坐在藤椅上，在朝南的檐廊下读着报纸。一位穿着围裙的女子的身影，在家中深处时隐时现。新建材铺就的青瓦屋顶，华丽得直刺人眼。孩子们透彻的声音，像玻璃碴一般到处闪闪发光。

透很喜欢这样看他人的生活，就像在看动物园的风景一般。洗澡水烧好了。这是透工作结束后早晨的例行公事，悠闲地洗个晨浴，彻底清洗身上的每一处角落。胡子先暂时不剃，一周只剃一次便足够。

透裸着身子，哗啦掀开竹架，不假思索地未经沐浴便跳进了水中。①透还掌握了控制绝妙水温的技巧，每次烧水，其温差甚至不超过两度。等到身子暖和起来，再仔细地在竹架上清洗身体。一旦睡眠不足，透的脸上便会浮出一层油脂，腋下便会发汗不止，所以就得拿肥皂使劲打出泡沫，好好洗净腋窝才行。

窗外微暗的光滑落下来，倾泻在透举起的左臂上，打落在隐现于泡沫之中的侧腹下。瞥见被光照亮的左乳附近，透勾起一丝微笑。自出生起，那里便镶嵌着三颗昴星一般的黑痣。不知何时起，透将那看作是自己在众生之间独享自由恩宠的肉体上的证明。

---

① 日本人泡澡有一家人共用一缸水的习惯，为了保持水的清洁，家庭成员都需要先洗干净身上再进浴缸泡澡。而这里透独身而居，不需要顾虑别人。

七

　　本多与久松庆子，年老后成了一对知心好友。本多与六十九岁的庆子走在一起，常被认为是恩爱的有钱夫妇。即便时隔三日再重逢，两人之间也毫不尴尬。这两人不是担心彼此的胆固醇，就是担忧对方的癌细胞，成了医生们的笑柄。他俩一直对医生抱有很大的怀疑，在各家医院辗转来去。在一些不值一提的地方也挑剔得可怕，两人在这一点上达成了共识。虽说当局者迷，但要是提到谁更精通老人心理，两人可是谁也不服谁。

　　不如意时，两人照样相安无事。要是哪一方没来由地发脾气，另一方便立刻采取客观的态度，既不会挑起事端，还能顺便维护了对方的自尊心。两人也绝不计较记忆上的纰漏，不论是说了又忘的事情，还是出尔反尔的话语，两人都绝不会互相嘲笑，毕竟没有人能够永远不犯错误。

　　这两人已经完全回想不起近十年、近二十年的事情了，但对于更久远年代的姻亲关系，却是如同人事记录簿一般如数家珍，甚至还要为了谁更精准而一决高下。要是再留意下两人的所谓对话，便会发现他们只是一个劲地倾诉，并不倾听对方说的是什么。彼此同时做着永不停歇的独白，这是常有的事情。

"就是杉君的父亲创立了杉化成，也就是现在的日本化成公司哩。他与前妻是同乡，前夫人旧姓本地，结了婚没多久就离了。这位夫人改回旧姓本地之后就与自己的表兄再婚了。大概是想打击报复吧，偏偏在前夫的小石川驾笼町附近买了处宅邸。听说那宅邸还有些因缘，水井那块风水不好，于是便听从了当时很有名的一位白龙师……叫什么来着，总之根据那位白龙师的指示，由宅邸内朝外盖了座稻荷神社。你还别说，香火可旺了，空袭来之前都还好好的呢……"

本多一与庆子讲话，就变成了这副腔调。

庆子有时也以这种腔调回应他：

"这位本地夫人，是松平家的庶出之子，原是松平子爵同父异母的妹妹呢。因为与一位意大利歌手恋爱被逐出了家门，跟着去了那不勒斯，之后被男人抛弃，自杀未遂还上了报纸呢。她的叔父宍户男爵的夫人有位表妹，嫁到泽户家之后生了一对双胞胎。这对双胞胎长到二十岁，接连死于车祸，挺邪门。那本有名的小说《双叶殇》正是以这对双生子为原型哪。"

两人就着血族姻亲的话题不断延展下去，即便对方根本不认真听自己讲话也没关系，至少肯听。总比听完就连打哈欠的反应好得多。

衰老，变成了二人不想让第三者知晓的同病相怜。既然谁也抛不开诉说自己病情的乐趣，那么找一位贴心的病友便是最高明的做法了。二人间的关系，到底与世间一般的男女关系不同。庆子在本多面前，也绝不需要卖弄些装嗲的技巧。

不必要的精密、偏执、对青年的憎恶、对琐事执拗的关心、对死亡的恐惧、对一切麻烦事的厌倦以及毫不掩饰地爱凑热闹……本多和庆子，只看得到对方身上的这些毛病，绝不看自己身上的。两人都十分自负：论顽固，我还不曾输过谁。

面对年轻姑娘时，二人都十分宽容，但要是个年轻小伙，二人可绝不轻饶。最合二人胃口的话题便是讲年轻人的坏话，从全学联①到嬉皮士②，都未能从这两人的口舌中幸免于难。哪怕只是"年轻"二字，只是柔嫩的肌肤、浓密的黑发、含梦的眼眸，都会让二人觉得碍眼。庆子常说"男人年轻就是罪恶"，本多听了总是十分开心。

如果说老年生活是他们俩最不想面对的现实、最想逃避的生活，那么本多和庆子便将彼此的内心当作了各自的隐蔽之所。这份无间的亲密并非共存，而是匆忙擦肩而过后躲进对方的心中。交换彼此的空屋，并迅速关上身后的大门。当发现自己身处对方内部，并且周围空无一人之时，才终于安下心来。

庆子与本多之间的友谊，完全是按照梨枝的遗言来实行的。梨枝临终前拉着庆子的手，小心翼翼地将本多托付给庆子。将丈夫托付给庆子，可谓是梨枝最高明的体现了。

这场托付的其中一项成果，便是促成了去年本多与庆子二人的欧洲旅行。本多多次说要带梨枝去欧洲旅行，梨枝就是不肯。现如今，

---

① "全日本学生自治会总联合"的简称。昭和二十三年（1948）作为全国大学生学生自治会的联合机构成立，20世纪50—60年代学生运动的核心组织。
② 又称嬉皮派、嬉皮族。对受传统、制度等现有价值观束缚的社会生活持否定态度的青年集团。20世纪60年代后半叶出现在美国青年中，后流行于全世界。

变成庆子陪伴本多了。梨枝生前就十分厌烦去国外旅行，每次本多提起，梨枝总是让她去找庆子作伴。梨枝清楚得很，自己和丈夫在旅途中是不可能相处愉快的。

本多和庆子一起观赏了冬天的威尼斯和博洛尼亚。虽说两位老人都在寒冬里冻得够呛，但是冬日威尼斯的闲寂与颓废美还是令人感到惊艳。观光客不见踪影，通身冰冻的凤尾船也全都闲置下来。向前走，便能看到如颓圮梦境一般逐次出现的灰色渡桥。万物的终焉中，大约没有比冬日的威尼斯更加瑰丽的景色了。受海水和工业的侵蚀，这座城市的美丽只好停留在原地，静静等待着化为白骨的宿命。本多偶感风寒，同时高烧不退。从庆子麻利的应对以及无微不至的照顾中，从庆子叫来懂英文的医生的应急措施中，本多再次切实地感受到了"老来伴"的重要性。

退烧后的清晨，本多带着无上的谢意，略显羞涩地对庆子说了几句俏皮话。

"哎呀，你身上这般温柔的母性光辉，不论是什么样的女孩子都会被你迷住吧。"

"这可完全不是一回事。"心中暗喜的庆子娇嗔地说道，"对朋友才应该亲切，想被女孩子喜欢，那得表现得冷淡一点才行。如果我最喜欢的姑娘发烧生病、卧床不起的话，那我就按下担忧、抛下病人出去旅行。这世上有许多女孩子，模仿着结婚的样子与男人同居，为了年老后的生活保障才维持着这样的关系。我死也不要那样。像男人一样的女人和唯唯诺诺到令人发指程度的贫血年轻女子住在一起，这样的'鬼屋'有好多呢！这样的家里，湿气同情感的蘑菇一齐生长。

这二人以吃蘑菇为生,房间内到处张着蜘蛛温柔的陷阱,她们就要在这样的房间里相互依偎而眠哩!像男人一般的女人,不用说肯定是家里的顶梁柱,两个女人脸对着脸,计算该缴纳的税金。……我可不是这种活在童话里的女人。"

多亏本多是个又老又丑的男人,才有资格让庆子毅然决然为其做出牺牲。这才是本多未曾料及的老年一大幸事,正所谓"踏破铁鞋无觅处,得来全不费工夫"。

兴许是为了报复,庆子开始打趣本多背着梨枝的灵位到处走来走去这一点。说起来,还是本多在三十九度高烧不退,担心自己就这么得了老年性肺炎而一命呜呼的情况下,才不得已拜托庆子在自己客死他乡后,将一直费尽心思隐藏的梨枝的灵位带回日本。不然庆子根本无从知晓。"你这痴情程度,可真叫人害怕!"庆子直言不讳地说道,"夫人生前那么不爱出来旅游,你倒好,死后还要硬把人家的灵位带出来。"

大病过后,天空碧蓝如洗,再加上庆子"没礼貌"的问候,本多心中十分畅快。

至于为何要一直硬带着梨枝的灵位,经过庆子一番调侃之后,本多自己也依旧是稀里糊涂。本多一生从未怀疑过梨枝的贞节,但是这贞节却处处生着荆棘。本多人生路上每每有不顺意,这位石女[①]总是在一旁持续帮衬着,将本多的不幸当作自己的幸福,在本多示爱之时一眼看穿那爱的本质。夫妇结伴外游,现如今已是寻常百姓也完全承担

[①] 原文"石女(うまずめ)",又写作"不生女",指不能生育的女人。在封建社会里人们重视传宗接代,因而常有不能生育的女人被休的事例。

得起的玩乐，对于本多这样的富人来说更是不在话下。但是梨枝的拒绝方式过于强硬，甚至还会骂想强行带她出门的本多。

"什么巴黎啊伦敦啊威尼斯啊，都是些什么乱七八糟的？硬要把我这个老太婆带到那种地方去，是想让我出洋相吗？"

如果是年轻时候的本多，自己相敬如宾的爱情设想要是遭到了这样的嘲笑必然会暴跳如雷。对于现在的本多来说，想带着妻子去旅行的想法很难说是出于爱情。梨枝不分青红皂白，怀疑丈夫爱意的毛病不知何时也传染给了本多，本多也开始自我怀疑。这么说起来，说不定本多只是想借这次的旅行计划扮演好一个普通丈夫的角色，毕竟强迫妻子、将其拒绝当作谨慎的客气、将其冷淡视为隐藏的热情、故意曲解妻子意图的人都是本多自己——他可能只是想凭此证明自己的善良。再不然，本多可能只是将这次的旅游计划看作是庆祝到达某一年龄的仪式。梨枝当即看穿了这巧妙的善意背后存在的、俗不可耐的动机。为了反抗，梨枝借生病为由逃避着旅行，最终那夸大其词的病情竟成了真。梨枝成功将自己逼到了悲惨境地的死角，让旅行变成了最不可能发生的事实。

带着梨枝的灵位出游，便是本多惊叹于妻子死后执念的证明。假如妻子看见自己的灵位被装进包里、带往外国旅游（虽说这样的假设根本是自相矛盾），梨枝不知该嗤笑丈夫多少回了。对于现在的本多来说，再俗不可耐的爱情也可以被宽恕。进行宽恕的，正是他想象出来的、崭新的梨枝本人。

重回罗马的第二晚，庆子仿佛是为了犒劳自己在威尼斯照料病人的辛苦，从眼前的威尼托大街找了位来自西西里岛的美少女，唤至二

人下榻的怡东酒店的豪华套间中,整夜在本多的面前嬉戏。之后,庆子这么说道:

"你那天晚上,咳得可真精彩哇,怕是感冒还没好呢。稀奇古怪地咳了一晚上呢。我一边听着灰暗的隔壁床上传来老年人的咳嗽声,一边爱抚着那姑娘大理石般的身体,简直妙不可言。享受着超越一切音乐的伴奏,我仿佛置身于奢华的坟墓之中一般,正独自干着什么事呢。"

"边听着一把老骨头的干咳?"

"对。我正在欲生欲死中来回游走呢。您敢说您不快活吗?"

庆子暗讽中间忍不住过来摸了一把少女玉腿的本多。

这一趟旅行下来,本多跟着庆子学会了打牌。回国之后,还被庆子邀请去她家参加卡纳斯塔①牌友会。客厅中放了四张牌桌,午餐过后,十六名客人分成四组开始打牌。本多所在的桌上有庆子,还有两位俄罗斯白人女性。其中一位是和本多一样的七十六岁老女人,另一位大块头女人看起来六十多岁的样子。

本多想不明白,对年轻女孩那样痴迷的庆子为何要在这秋雨连绵的落寞午后,叫一堆半老徐娘来自己的住处。在场的男人除了本多之外,也只有一位退休企业家和一位花道的老宗匠。

---

① 原文为"canasta",拉美纸牌游戏之一,使用两副纸牌,玩家在游戏中要摊出3张以上同样大小的牌,7张的摊牌可以获得加分。每人发11张牌,剩下的牌放在桌子上,最上面的一张翻过来开始出牌。玩家轮流抓牌,可以摊出得分的牌,并必须出一张牌。当一个玩家摊出他的最后牌组时,一盘比赛结束。卡纳斯塔牌最初在20世纪40年代末出现于乌拉圭;它的名称(意为"篮子")大概是指堆放垫出的纸牌的托盘。

同桌的白人女子，明明看上去应该已经在日本待了许多年，却只会用些只言片语。她们大声嚷嚷着低级日语，可把本多吓得不轻。午餐也是匆匆忙忙解决完就回到了牌桌，于是她俩匆忙开始补妆、涂口红。

那名年纪略长的老妇人，她的丈夫也是白俄罗斯人。丈夫死后，她一手经营丈夫留下的舶来化妆品在日本的制造工厂。这个人虽抠门，但舍得给自己花钱。有次去大阪旅游时，突然止不住腹泻，考虑到在普通飞机上反复如厕的耻辱与不便，便搭专机飞回了东京，并且直接住进了有交情的医院。

这位老妇将满头银丝染成棕色，身穿深蓝绿色的连衣裙，上身罩了件亮片点缀的对襟毛衣，颈上挂着硕大的珍珠项链。老妇驼背很严重，但是悄悄打开化妆盒涂抹口红的手指，却又力度非凡，导致下嘴唇都被这力量推向了一边。她名叫葛丽娜，是个玩卡纳斯塔牌的强者。

她的话题永远只有"死、死、死"，纯粹是为了吓唬人。一会儿说什么"这可能是我最后一场卡纳斯塔牌友会了"，一会儿又说什么"下次牌友会之前我说不定就已经死掉了"。她这么说，就是希望大家能够大声地否定她。

意大利制的镶木牌桌上，印有精美的扑克牌状暗纹。这花纹与牌面的光泽相互辉映，叫人有些睁不开眼。放在清漆桌面上的白人老妇强壮的手指上，一枚猫眼石的戒指像钓鱼竿上的浮标一样映照出琥珀色的光芒。那布满皱纹的手指苍白得仿佛放置了三天的鲨鱼鱼腹一般，指尖涂着猩红色的指甲油，时不时神经质地敲一下桌面。

庆子将两副共一百八十张牌进行充分地洗牌，只见牌在她的手中潇洒地弯曲成扇形，那熟练程度简直就是专业人士才有的手法。每人发十一张牌，剩下的反扣在桌面叠成一摞，将最上面的一张掀开牌面，放在旁边，是让人如痴如狂的猩红色方块三，本多忽地想起许久之前被人涂上鲜血的三点黑痣。

此时，各牌桌上已经开始传来打牌时特有的桌上喷泉一般的欢声笑语、叹息以及喜出望外的尖叫等声音。那里是专属于老人们肆无忌惮地释放自己的窃喜、不安、恐惧、猜疑心等情感的领土，仿佛一夜置身于情感动物园之中。各处的兽栏、各处的飞禽屋都回响着各式各样的嚎叫声与笑声。

"你凑出来了吗？"

"我还没呢。"

"还没人凑成卡纳斯塔呢。"

"赢得那么早，多没劲啊。"

"这位夫人跳舞很厉害，摇摆舞也跳得很好。"

"我还没去过摇摆舞舞厅呢。"

"我就去过一次。里面的人一个个都跟疯了一样，你要是看过非洲舞蹈，就会发现跟那十分类似哩。"

"我喜欢探戈。"

"还是以前的舞蹈好啊。"

"华尔兹啊，探戈啊都不错。"

"以前跳起舞来真觉得挺时髦。现在倒好，都和妖怪似的，男的女的都穿的一样。那衣服颜色，叫拆红？"

"拆红？"

"就是，就是拆红啊。挂在天上的，五颜六色的，下完雨之后天上会有的。"

"是彩虹吧？"

"对，彩虹。男的女的都一样，穿的跟彩虹似的。"

"彩虹不是挺好看的吗？"

"彩虹这么穿下去也会变成动物的呀！彩虹似的动物。"

"彩虹似的动物……"

"唉，反正我也活不长了。只想趁着活着的时候，多出几把卡纳斯塔。这是我唯一的愿望了。久松先生，这是我生平最后一个愿望了。"

"又来了，可别说了，葛丽娜。"

本多一直凑不上牌面，听着这天马行空的对话，倒是勾起了每日清晨醒来时的记忆。

本多自从年逾古稀后，每天早上醒来最先看见的便是自己垂死的面孔。凭借纸窗外透出的微微光明，他才知晓已是早上，随后被堵在嗓子眼的一口浓痰彻底憋醒。夜间，痰症层层堆积在红色暗渠的结节处，在那里种下狂想的板结。然后不知何时、不知何人会揽下清除的重任，温柔地用一次性筷子顶了棉布，把这板结都疏通出去。

早上醒来时，本多想着"今天我也还活着"，第一位前来道喜的就是这喉咙处铁锭一般的痰球了。同时，这痰球也是来提醒他：只要还活着，死亡的铡刀就还悬在空中。

不知何时起，醒来之后继续待在被窝里，放任自己畅游在梦想之中成了本多的习惯。接着再将做过的梦，如同老牛一般，进行一番反刍。

比起现实，梦中的生活要更加愉快，更加五光十色，更加洋溢着生的喜悦。渐渐地，本多开始不断做着关于孩提时代以及青年时代的梦。梦带领本多找回了年轻时代关于母亲的回忆——某个冬日，母亲做的烤薄饼的香味似乎开始弥漫在空气中。

为什么老是回想起如此平淡无奇的琐事呢？过去的六十年里，自己成百上千次地回想起这段往事。明明没什么好怀念的，但是其再生力之强，不禁让本多自己也十分疑惑。

现在的居所装修改造过好多次，最原先的饭厅已经不复存在了。当年还是学习院中学五年级学生的本多，某个周六和朋友一起去拜访完住在校内公寓的老师后，没打伞，走在大雪中，空着肚子回了家——这便是那段记忆的开头。

本多回家总是从偏门进，为的是能顺便看一眼院子里的积雪。松树上披着草席，白雪点点，石灯笼戴着棉帽。他把脚下的雪踩得咯吱咯吱响，从庭院中透过饭厅的赏雪纸窗，远远地看到母亲身穿和服来回走动的身影，高兴得简直要蹦起来。

"哎，你回来了。肚子饿了吧？把身上的雪掸掉，快进屋来。"

迎到门前的母亲看上似乎有些怕冷，揣了和服的袖兜合在胸前，对本多说道。本多脱下外套，舒舒服服地滑进被炉里。母亲带着若有所思的神色，吹了吹长方形火盆里的火，让火生得更旺些。她边护着两鬓的碎发，边趁着吹气的空档对本多说：

"稍等一会儿，妈给你做好吃的。"

正说着，母亲拿出小平底锅架在火盆上，拿着浸过油的报纸均匀地抹在锅底。已经调制好的薄饼原液冒着许多白色的小泡泡，似乎是专为了等待本多的归家而做的。母亲熟练地将其画着圆，将其倒进热油中。

本多在梦中频频想起的，就是那时的烤薄饼那令人难以忘怀的香气。冒着大雪归家，在被炉中和着温暖吃下的蜂蜜与黄油融在一起的美味。那是本多生命中无法再现的珍馐。

但是到底为何，这样的琐事会成为贯穿本多一生的梦之酵母呢？那个飘雪的午后，平日素来严厉的母亲突然之间的温柔，的确为烤薄饼的美味平添了几分色彩。这段记忆周身缠绕着不知名的哀伤，有母亲吹着炭火的侧颜，也有由于家风节俭而从不在白天点亮的灯盏。雪光映照下微暗的饭厅里，母亲每吹一次气脸颊就由于火焰的余热而涨红一分，每吸一次气脸色便暗沉一分……静静地看着这时明时暗的一切，少年的心中是什么心情呢？母亲心里，似乎藏着瞒了本多一辈子的忧闷与苦楚。这秘密说不定就潜伏在那日母亲专心致志的动作和素日未见的突然的温柔里。这一切，借着烤薄饼蓬松香软的美味，借着少年天真无邪的味觉，借着爱的欢喜，突然地透明起来，最终显现了原形。如果不是这样，那包裹着梦境的淡淡哀伤便无从解释。

虽说如此，距离那一日也早已过去了六十年，真是时光如梭。某种不知名的感情涌上心头，本多竟然暂时忘却了自己的年纪，只想在母亲温暖的怀抱中埋头撒娇一回。

六十年贯穿始终的某种情愫，以雪中的烤薄饼香味为形，教会了本多：人生根本不能靠着所见所识来收获，但是却可以凭着遥远回忆中的一点欢喜,仿佛黑夜旷野中的一捧火光,击退极夜——至少在火光尚明之时,瓦解生命中的黑暗。

这是怎样的白驹过隙呵!竟让人觉得时间并未在十六岁的本多与七十六岁的本多之间留下任何痕迹。似乎只是一跃之间,似乎只是孩童爱玩的踢石子游戏中轻轻跳过小沟的距离一般。

看着清显之前呕心沥血写就的梦境日记一一应验,本多也确实感受到了在梦境面前,生活根本不值一提。但是本多却并未想过,自己的生活竟会被梦境侵蚀至此。就像泰国淹没耕田的洪水一般,本多将自己碰上梦境决堤的事情看作是一份意外之喜。虽说如此,比起清显那芳醇的梦境来,本多的梦只不过是一次对韶华易逝的缅怀。曾经那个不知梦滋味的少年,虽说老来得梦,但终究与想象力、象征力等能力无缘。

之所以在卧榻上长时间的昏昏沉沉,贪恋昨晚梦中的快乐,是因为想要起床必须得先承受一阵可怕的关节痛。昨天还是腰痛难忍,今天竟全然不疼了,紧接着痛苦就转移到了肩膀和侧腹。不起身,便不知道今天轮到哪一块承受这疼痛。本多就这么躺着,沉浸在琼脂般的梦境碎渣中,对接下来一整天板上钉钉的无趣感到身心俱疲。

这般境遇下,本多倒是五六年前就给家里安上了内线电话。明明电话就在触手可及的距离,本多却不愿费这个劲,因为要打电话就得听保姆那令人不悦的"早上好"问候。

妻子死后,曾经请过一位学法律的学仆①来家里帮衬家务,但很

---

① 原文"書生(しょせい)",指寄食学生,又称学仆。寄宿在别人家中,一边帮助干家务事一边学习的人。

快本多就烦了，于是便请走了。从此，宽敞的宅子上下便只留了两个女佣和一个保姆，同时还伴随着不断的"世代交替"。在与没教养的女佣以及蛮横的保姆的战斗中，本多明确了自己根本无法忍受这些女人身上的时髦打扮和市井气息。不管本多怀着怎样的善意劝解，她们也不肯收起满嘴的流行语。不仅如此，站着就拉开房门，不知捂嘴地开怀大笑，乱用敬语，对电视台主播的八卦成天不离嘴，一切的一切都让本多感到十分厌恶。可要是因控制不住厌恶斥责上一句，这些女人就都当天辞职而去了。要是冲每晚叫到家里的按摩师抱怨上几句，第二天这抱怨的内容便人尽皆知了，定会在家中掀起轩然大波。这按摩师还沾染了现代人爱听"老师"二字的臭毛病。要是不叫他"老师"，他便不搭理人。本多虽然对此感到十分气愤，但是由于依赖这按摩师的手法，还是没有找人换掉他。

　　女佣对家中的清扫也根本不上心，说了多少次房间里的架子上还是积了灰。对此，一周来插花一次的花道师傅也是十分不满。

　　女佣带推销员进门，还给端出了茶和点心。十分珍贵的洋酒不知被谁偷喝了。阴暗的走廊上，时不时地传来发狂一般的尖声大笑。

　　早上的内线电话里，保姆的问候活像往耳朵上扔烙铁。本多甚至懒得叫她们准备早餐。两个女佣过来收防雨门板时，仿佛脚底板一直在出汗一样，走廊上那黏腻的脚步声也令人火大。洗脸池的热水装置经常出故障，牙膏也是，哪怕用到底，只要本多不说，就没有人想着要来换上新品。对于西服一类的衣物，保姆倒还算上心。虽说熨烫以及洗涤衣物上没有怠慢，但是保姆总是忘了摘掉洗衣房的标牌，导致本多的脖子总是被刮疼，还是本多自己发现的这一点；皮鞋虽说是刷过了，但是沙砾还完好地保存在鞋底。伞坏掉了，裸露的金属卡扣也就没人管了。这些事搁到梨枝生前，根本都是不可能发生的事情。稍稍有些开线、松动的东西立马就会被扔掉。本多经常因为这样的事情跟保姆发生口角。

"老爷，就算您说修理一下，根本就没有修理那种东西的店铺呀。"

"所以就得扔掉吗？"

"没办法呀，也不是多贵的东西。"

"根本就不是贵与不贵的问题吧！"

本多控制不住情绪，声音开始尖厉起来。这时，保姆立刻变成了一副蔑视吝啬的嘴脸。

就因为这些烦心事，本多被逼无奈，反倒愈加依赖起与庆子的友情来。

卡纳斯塔暂且不提，庆子似乎有了些精进日本传统文化研究的想法。这是她新找到的异国情趣。庆子这把年纪竟然是头一回看歌舞伎表演。她对一位微不足道的小演员大加称赞，甚至将其与法国的名优相提并论。她开始学习谣曲，痴迷密教美术[①]，变得经常去寺院巡礼。

因为庆子常说要一起去参拜寺院，所以本多差点就顺口说出"那就去月修寺吧"了，幸好及时止住了。月修寺绝不是那种可以和庆子一起进行半观光性质参拜的寺院。

自那以后，本多已经五十六年未曾踏入月修寺半步了，与依旧健

[①] 基于密教的教理，以绘画、雕刻来描绘曼陀罗和密教诸尊的美术的总称。其中包括密教法具类、密教寺院的建筑物灌顶堂或多宝塔等。

在的门迹①聪子也从未有过书信往来。不论是战时还是战后，本多都多次动过去拜访聪子、久阔述别的心思，每次总有种强大的意志力挽留他，于是岁月悄悄流逝，两人之间从此杳无音信。

但是本多并没有忘记梦中的月修寺。相反，与月修寺阔别越久，心中对那儿的尊敬越强烈。本多告诫自己：无事不许去打扰聪子所居的清净，事到如今不许再以从前的旧缘为借口接近聪子。岁月叠加，本多越来越怕看见聪子年老的模样。空袭后在涩谷的火灾废墟上，蓼科曾说过，聪子的美丽如澄澈的泉水一般只增不减。他并不是不懂得欣赏这位"无漏②"老尼的美，实际上，他从大阪人那里也听说了聪子的美越到晚年，越发地令人惊叹。话虽如此，本多依旧害怕。美的废墟固然可怖，废墟上支离破碎的美丽何尝不可怖呢？当然，晚年的聪子，其大彻大悟早已经超脱了世俗的界限，到达了本多无法企及的高度。就算本多以这老残之躯出现在聪子面前，想必也不会在聪子的"顿证菩提③"池中激起哪怕一丝涟漪。本多明白，聪子已不会被任何回忆所扰。但是，要是站在死去的清显的立场上来看的话，想到现在刀枪不入、身穿绀碧盔甲的聪子免去了一切回忆之苦，新的绝望又会随之诞生。

另一方面，如果要去见聪子，本多就必须背负着清显的回忆，现如今的话还必须作为清显的代理人去拜访才行。这也令本多感到十分

---

① 平安末期以后，皇族、公家的子弟等住持的特定寺院。亦指这种寺格，或者指门迹寺院的住持。曾一度制度化，而现在则用作私称。
② 佛教语，脱离苦恼及迷惑的洁净境地，无烦恼的清净境界。
③ 佛教指顿然开悟，祈祷亡者以追善回向的功德而成佛的用语。

沉重。从镰仓归来的时候，聪子在车里对本多说：

"有罪的，只有我和清显二人而已。"

这句话，在五十六年后的今天，依旧清晰地回响在本多耳边。倘若相见，这段回忆的枷锁也将在聪子恬淡的笑谈之下化为虚无，聪子也会同本多毫无隔阂般地继续交谈吧。但是本多懒得走到那一步，自己已是老态龙钟，愈发丑陋，罪恶也越来越深。与聪子相见，渐渐地变成了一件手续繁冗的棘手之事。

春雪纷扬的月修寺，伴着与聪子的回忆，经年累月，与本多渐行渐远。所谓渐行渐远，并不是指心的距离。只是每当思念更加热切，每当追思更加浓烈，月修寺就愈发地如同喜马拉雅山上的佛寺一般，身处白雪之巅，变得优美而严峻、柔和而不失佛威。在远到不能再远的地方，站在世界尽头闪着冷光的月之寺，寺中镶嵌着身披紫色袈裟的聪子，瘦削更加、美貌尚存——她大约已经住进了思考之极、认识之巅。本多明白，现在既有飞机也有新干线，不花多少时间就能到达。但那不过是常人眼中的月修寺，并不是本多要去的那座禅院。本多要去的寺院，仿佛是从心中的黑暗尽头裂缝处倾泻而下的一缕月光，除此之外再无其他。

如果说聪子确实在那里，那么也可以认为聪子可以在那里长生不死。如果说本多因自己的认识而长生不死的话，那么本多就可以永久保存着与聪子——从这地狱中仰望而见的聪子——之间无限大的距离。倘若相见，聪子必定一眼看穿本多所处的地狱。他还感受到，自己那溢满不如意与恐惧的地狱与聪子长生不死的天上人间，总是凝视着彼此，相互保持着均衡。如此便不必着急非得现在相见，三百年后，纵使一千年以后，只要想见面随时都能见得到。

本多千百遍地敷衍自己，似乎这世界上的一切，都可以成为用来搪塞自己不去拜访月修寺的理由。本多仿佛一个不愿因为美而自取灭亡的人，拒绝而不自知。其实，本多很清楚自己之所以如此顽固地坚决不去月修寺，不仅仅是任凭时光荏苒向前推移，也是知道自己根本没有去的胆量。他甚至认为，这才是自己人生路上最大的不如意。本多也说不好：若是硬去拜访，月修寺会不会退避三舍，暂时消融在那光雾之中呢？

认知的不死性暂且放下不提，日渐衰弱的肉体让本多不得不开始思考，或许现在才是拜访月修寺最好的时机。毕竟死前自己一定要见一面聪子才肯瞑目。聪子是清显豁上性命也要相见的女子。正因为深知清显并未如愿的残酷事实，所以本多如果不同样豁上性命的话，必会受到遥远的、美丽而年轻的清显灵魂的呼唤与禁止。冒死去见，必能相见。如此说来，聪子可能也默默地知晓这时机，也在静静地等候时机的成熟。想到此处，一种妙不可言的甘美滋味便在老迈的本多心中萦绕开来。

…………

所以说带着庆子一同前去根本是无稽之谈。

首先庆子是否真的理解日本文化？这本就甚是可疑。但偏偏还有人欣赏她这种从不掩饰自己知之甚少却坦坦荡荡的态度。她不屑于到处炫耀自己的所学。在京都的寺院巡礼中，庆子仿佛一位初次访日的外国女艺术家一般，收获了许多关于日本的见闻，可惜却都是错误的理解。她对此浑然不知，便踏上了归程。庆子对那些寻常日本人早已经见怪不怪的事物表现出非同寻常的感动与钦佩,在错误的理解之上编织着美丽的花束。她对日本的痴迷,同对南极的痴迷是类似的。庆子在地板上随地而坐的笨拙样子,同穿着长筒袜坐在地板上观赏石庭的外国妇人别无二致。只看庆子的坐姿,便能知道她过惯了坐在椅子上的生活。

即便如此,庆子的求知欲十分旺盛。尽管还有些不切实际的残余,但只要是与日本文化相关的,不论是美术、文学还是戏剧,都能抒发些己见了。

庆子有一项常规的乐趣,便是挨个儿将各国大使邀请至家中举行晚餐会。现在到底变成了庆子洋洋得意地向大使们教授日本文化的课堂。大使中间也有从前便认识庆子的人,他们可万万没想到,有生之年能听上庆子讲解金碧障屏画①。

本多曾经对庆子发出忠告,与这样的使节团的社交并无意义。

"那帮人只知道逢场作戏,一个个都是白眼狼。一旦换个任职地,立马把上一个地方的事情忘得一干二净。跟这样的人交往不累吗?你什么好处也得不到呀。"

"要我说,与这些动辄就更换居住地的人相处起来才舒心呢。像日本人那样,几十年如一日地交往,双方都碍于情面也不肯改变原状,肯定不如一波又一波的新人有趣。"

庆子嘴上这么说着,带着一股自己为文化交流做出了巨大贡献般

---

① 金箔铺底的画面上,使用绿、青等浓艳的色彩绘制的障壁画,桃山至江户初期最为盛行。所谓障屏画,即屏风障壁画,上半为木格,裱糊白纸,下半似屏风,绘以各种画面。

的天真与自恋。每学一段独舞[①]，便一定要在当天的晚餐后跳给外宾看。据她自己说是因为这些客人挑不出她的毛病，这有助于培养在众人面前表演的胆量。

然而，不论庆子怎样精进自己的知识，她也看不见植根于日本文化深处的黑暗。更不用说触及那些黑暗热血的源泉了，那也是曾经使饭沼勋心神不宁的热血。本多嘲笑庆子，说她理解的日本文化就像冷冻食品。

大使团都公认本多是庆子的男友，大使馆举办晚餐会也总是一并邀请本多。某大使馆要求就职的日本服务员必须穿印有家徽的和式袴裙，对于这件事，本多颇有不满。

"这就是这帮人完全拿日本人当作乡巴佬的证据！首先，就算来客是日本人这也十分失礼！"

"我可不这么觉得，日本男儿就是要穿印着家徽的袴裙才威风嘛。倒是您的无尾晚礼服我一点也不觉得好看。"

每当大使馆的正装晚餐会开始之时，一边谦让女士，一边忙着相谈甚欢的宾客大军缓缓向前移动着。人潮对岸，林立着银烛台里的灯火，在昏暗的食堂中忽隐忽现。桌上的鲜花拉长着凹凸有致的影子，窗外是匆匆梅雨，害得人只能被囚禁在家里。此时，这份灿烂的孤独与庆子正相配。庆子脸上看不到一丝日本女人常有的阿谀微笑，坦荡而艳丽的身姿不减当年，她甚至学会了过去那些上流社会的老妇们悲壮的沙哑嗓音。年迈的大使与装腔作势的冷血参事官，这些人乍看快

[①] 日语原文"仕舞（しまい）"，能乐演出时，主角一人穿着礼服、裙裤在伴唱下独舞。

活的眼神下掩藏不住应酬不暇的疲倦。在那人群之中，庆子仿佛是唯一的活人。

在这样的场合下，本多与庆子总是坐不到一起去。于是，庆子便趁着人群移动的时机，迅速对本多说道：

"我今天刚学完了《羽衣》这一曲，但是还没去看过三保松原呢。日本我没去过的地方太多了，说起来真叫人羞愧。就这两三天，要不要一起去啊？"

"随时奉陪。我前一阵刚去过日本平，正想着要再去那边走走呢。我乐意陪你去。"

本多边回答庆子，边同身上这箍得他一直挺胸抬头的僵硬礼服衬衫作斗争，最终还是放弃了反抗。

八

众所周知，谣曲《羽衣》的开头歌词是"海上风早，舟泛三保湾，渔民喧嚣，或自波路来"，是一段渔夫二人的和唱词。其中一位配角在剧中名叫"白龙"，白龙以"万里好山云忽起"的一段唱词进入了行道①部分，走向了立在能剧舞台正前方的松树。白龙忽然发觉树上挂着一条长绢，如获至宝一般取下带回家去了。不想这一幕叫主角天人看见了，天人急忙上前阻止。面对天人的苦苦哀求，白龙铁了心不把羽衣还给天人。天人无法返回天上，不禁哀声连连：

"白龙不还衣，力所不及。泪如珠串，簪花亦枯萎，叹天人五衰之将近。"

在前往静冈的新干线上，庆子给本多背诵了这段唱词。"天人五衰是什么呢？"庆子用极富热情的声音问道。

本多因前一阵做了天人现身的梦，曾查阅过佛经中关于天人的记载，于是很是流畅地为庆子解答了这个发问。

所谓"五衰"，就是指天人命终之时会出现的五种衰相。至于这

---

① 日本能剧与狂言的构成单位，表现到达目的地的过程的部分。

"五衰"具体的内容，不同典籍中的记载皆大同小异。

《增一阿含经·第二十四》中有：

"三十三天有一天子，死之瑞应于身形有五。云何为五？一为华冠自萎，二为衣裳垢坋，三为腋下流汗，四为本位不乐，五为违叛王女。"

另，《佛本行集经·第五》中云：

"天寿已满，自然有五衰之相相现。何等为五？一为头上华萎，二为腋下汗出，三为衣裳垢腻，四为失身上威光，五为本座不乐。"

又见，《摩诃摩耶经卷·下》中有：

"尔时，摩耶即于天上见五衰相。一为头上华萎，二为腋下汗出，三为顶中光灭，四为两目数瞬，五为本座不乐。"

以上几本典籍的记载都是相差无几，《大毗婆沙论·第七十》中将五衰分为大、小两种，记载最为翔实。

首先，"小五衰"，也就是小五衰之相的内容为以下五条所列：

其一，平常时候，天人往来飞舞时皆会从其随身佩戴的乐器中发出任何乐人奏乐所不及的五种美妙乐声。然而随着死亡的逼近，那乐声也将逐渐衰微且嘶哑，不受天人意愿控制。

其二，平常时候不问昼夜，天人周围总是身光赫奕，其身内的光辉，不曾有阴影相添。一旦濒死，身光明显黯淡，并有形似薄暮的阴影围绕周身。

其三，天人肌肤滑若凝脂包裹，即便进入香池沐浴，出水时如莲华之叶一般，全身不沾滴水。濒死时，水珠亦着身不去。

其四，天人平素不喜困在同一境地内，如旋火一般，绝不停留在一处。刚见于此处便又在别处了，不论何处都能应对自如。此处倦了还有下一处，于移迁上有天赋异禀。濒死时，低迷于一处，遂而不得脱身。

其五，天人生来极富力量，双目可凝视而不眨。濒死时，身力衰弱，禁不住不停眨眼。

所谓"大五衰"之相，其一为洁净衣物蒙垢，其二为头上原本盛放的花冠如今枯萎，其三为两腋窝汗流不止，其四为可憎的臭气萦绕周身，其五为稳坐于本座之上却毫无乐趣。

据此来看，除《大毗婆沙论》之外的典籍描述的都是大五衰。虽说小五衰的出现也在一定程度上反映着死之将至，但是大五衰一旦形成，便再无回天之力。

由此可见，谣曲《羽衣》中的天人已经出现了大五衰之一衰，但是曲中又说只要返还羽衣，天人便可立即恢复，可见作者世阿弥在这里是率性而为，运用暗示美丽衰亡的诗句，并未拘泥于佛典。

熟知一切的本多脑中突然鲜明地浮现出那幅《五衰图》，那是从前在京都的北野神社有幸得以一见的国宝——北野天神缘起画卷的一部分。这回想多亏手头的画卷照片帮了大忙，以前视若无睹的东西，现在竟化作难以言表的不详之诗，充盈着本多的脑海。

那图上描绘的是一处庭院景致，画面深处可瞥见一隅中国风的美丽殿宇。众多的天人，有的弹着古筝，有的在大鼓内外拿着鼓槌，待机而发，但是丝毫不见光彩琉璃的音色飘出。那乐音，已经变得如同夏日午后扰人蝇那聒噪的翅音一般细微。尽管弹奏不止，但琴弦已经失去张弛，萎靡不振。庭前栽种着几株花草，前方一孩童因泪掩面，陷在悲伤之中。

如此突然的衰亡同时袭来，令众人十分惊讶。天人们洁白美丽、毫无表情的脸上，也开始浮现出难以置信的神色。

殿宇中，有些天人颓然坐下，有的乱披着丝巾，扭曲着身体向地板飞去。这些天人的一颦一笑，乃至彼此之间的空隙处，都飘散着触不可及的物哀氛围。如花似锦的衣裳凌乱不整，不知何处，传来一阵如同滞塞河流般的异味。

这一切异常缘由何起？正是五衰拉开了帷幕。仿佛热带宫廷的庭院中突然有瘟疫袭来，来不及逃脱纷纷染病的宫女一般。

头上的花冠悉数枯萎，身体内部的空虚飞速爬升，直逼至咽喉要害。美人们纤弱的共居之所内，顷刻间充斥着透明的废颓，就连一呼一吸之间也交织着衰亡的气息。

仅凭其存在本身便足以诱惑人类追求美与梦幻的有情之物，如今却落得个只能看着自己周身金箔纷纷斑驳脱落的下场。同那金箔一同剥落的，还有他们天生的亲和力与魅惑力，旋转飞舞着，迅速消失在晚风中。这座典雅的庭院本身，似乎变成了一座陡坡。无所不能的、美丽的、快乐的金砂，沙沙地一齐滑落至坡底。绝对的自由、能够刺破虚无的飞翔的自由，像是被无情的刀尖剜去的腐肉一般，从身上剥离。阴影愈加浓郁，光环逐渐褪去。光润的力量从那美丽的指尖不住地滴落。身体与精神最深处持续闪烁的火种，如今熄灭了。

殿宇地板上的棋盘格纹鲜明依旧，朱色勾栏也毫无衰颓之相。这些物象，是空疏而明晰的豪奢之余波。天人死后，只有历经沧桑的殿宇徒留于此。

天女们的头发富有光泽，其荫蔽之下，她们挺着形状好看的鼻子，似是已经嗅到了腐败发臭的气味。云朵后面残零的花瓣、尽染远空的腐败透出些青葱颜色。那些赏心悦目的东西从这世界完全消失后的空旷，却也有一种别样的美好……

"所以我才喜欢，正因如此我才喜欢您哪。"庆子听完本多的讲解后断言道，"因为您无所不知嘛。"

这便是庆子的全部感想，说到最后还特地加重了语气。紧接着打开时下流行的雅诗兰黛固体香水的盖子，轻轻搽在耳后。庆子穿着蟒蛇花纹的喇叭裤，上身是同样材质的女式罩衫，腰间系着鞣革饰带，头上戴着一顶西班牙制的黑色科尔多瓦式宽边毡帽。

等候在约定地点的东京站前，本多一见到庆子这副打扮，不由得有些害怕。不过，反正庆子的时尚品味也容不得本多来插嘴。

还有五六分钟就要抵达静冈了。本多忽然想起了五衰之一的"本位不乐"，不知怎的，竟然冒出了个荒唐的想法：从未感受过本位之乐的自己，之所以还能苟活，大概是因为不是天人的缘故吧。

本多放空自己之后，刚刚在前往东京站的车中产生的、掠过心头的一种感觉又渐渐地苏醒过来了。离开本乡的家门后，本多让司机开快一点，从西神田上了高速公路。梅雨季的天空看起来随时可能下雨，汽车以八十迈上下的速度奔驰在弯道上，两旁是鳞次栉比的新建金融大厦。凡是称得上是大厦的建筑物全都那么顽固、绝对和严肃，它们张开钢筋与玻璃构成的巨大双翼，一座又一座地向面前袭来。本多一想到自己死时这些庞然大物也全都会消失，突然品尝到了一种复仇成功的喜悦。这便是方才苏醒过来的那种感觉。将这个世界破坏殆尽，使之归于虚无简直易如反掌。只要自己死去，这便一定能够实现。被世界遗忘的一位老人，仍然保存有无上的破坏力，本多不由得洋洋得意起来。本多一点也不惧怕五衰。

九

本多陪伴庆子去往不久前刚刚观赏过的三保松原，其实还有另外一层目的：让庆子看见这景胜之地上肆虐的庸俗光景，打压一下她那踌躇满志、不切实际的幻想。

尽管这一天下着雨，三保松原入口处的停车场却拥挤不堪。纪念品商店中的玻璃包装纸像蒙了一层灰，将灰色的天空映照得一览无余。遗憾的是，庆子下了车看见这派景象，却一点灰心丧气的意思都没有。

"哎呀，景色可真不错。这地方真好。空气也很新鲜，因为就在海边嘛。"

然而实际上这空气中弥漫着浓郁的汽车尾气味道，搞得松树都是濒死状态。前不久刚刚眼见为实的本多，比任何人都熟悉即将映入庆子眼帘的景色。

在瓦拉纳西①，神圣即是污秽，污秽也就是神圣。那才是真正的印度。

---

① 印度东北部恒河中游岸边的宗教城市，印度教的第一圣地，丝绸、金银工艺等手工业兴盛。

但是在日本，神圣、美、传说、诗，这些东西决不允许虔诚的脏手玷污它们。纵情践踏，甚至于绞杀这些东西的人，他们全然欠缺虔敬，却拥有着一双用肥皂仔细清洗过后，清爽洁净的双手。

即使是在这三保松原，在这诗之骸骨的内部，天人们也不得不像马戏团里的小丑一般，被逼迫着千万遍地起舞——正如人们所期待的那样。阴沉的天空上全是他们舞动出的隐形的痕迹，仿佛布满相互交错的银色高压线。人就算做梦，也别想着能见到五衰之外的濒死的天人身姿。

时间已过了午后三点。写着"日本平县立自然公园三保松原"的立牌，与旁边松树上气势汹汹地张着鳞片的粗糙树皮都一处不漏地覆盖上了绿苔。登上坡度徐缓的石阶，便能看见桀骜不驯的松林将天空竖着劈成闪电形状的两半。垂死的松树在自己的每一处枝桠上都挂满了绿烛般的花朵，在那片花对面是一片毫无生气的大海，向上无限延伸开来。

"你看，是大海！"

庆子兴奋地叫出了声。这声音颇有些派对狂欢的韵味，仿佛受邀来到主人家美丽的别墅里，总归要夸赞上两句的语调。本多不这样觉得，但在这空无一物的地方，夸张可以孕育出幸福。至少现在两人都不孤独。

又有两家饮品店，店内随处可见可口可乐的红色梵字和各种各样的纪念商品。售卖窗口的遮阳棚下，摆了几个脸部镂空、供游客拍照用的手绘看板。已经褪色的泥画颜料①反而为整幅图案增添了些情调，画的是背靠松树而站的清水次郎长和小蝶②。次郎长腋下夹着写有自己名字的三度笠③，腰间佩刀用双蓝斜纹的布匹扎起，一副手背护具、绑腿齐全的旅人姿态。绾着岛田髻的小蝶身穿黄八丈绸缎裁成的和服，腰间系着黑绸缎腰带，手戴黄色护具，手里拄着一根拐杖。

本多虽催促着庆子向前面的羽衣松那边走，但是被人形看板深深吸引的庆子却一动也不肯动。庆子大约知道有清水次郎长这么一号人物，却不知道他还是个赌徒。听本多讲过他的生平之后，愈发地崇拜起清水来。

带着一丝复古情调的泥画颜料，培育着悠远的色情。即使遍寻此前的人生，也找不到如此凄楚而卑俗的恋之诗情——庆子被深深打动了，醉心于这新鲜的粗鄙之中。她的长处便是不带先入为主的观念，公平地看待事物。只要是自己没听过、没见过的，便统统归入"日式"这个大类下。

"算了吧，太不像话了！"

对着想在拍照板后照张相的庆子，哭笑不得的本多有些生气地劝道。

"怎么？您以为我们之间还有像话的事吗？"

---

① 泥土里掺入贝壳粉制成粉末状的廉价颜料，溶解于水中使用。由于掺入了贝壳粉多而呈现白色。
② 清水次郎长（1820—1893），幕末维新时期的侠客，骏河清水港人，原名山本长五郎。1874年，娶江尻大熊之妹小蝶为妻。晚年为开垦富士山而尽力。
③ 深边斗笠，蓑笠的一种，深深遮住脸的斗笠，因"三度飞脚"曾戴用而得名。

庆子岔开穿着蟒蛇花纹喇叭裤的双腿，以一种西方母亲训斥孩子的姿势双手叉腰站着，怒目圆睁，仿佛自己所感知的诗情受到了侮辱。

渐渐开始有人围观他们的争吵，本多无奈，只好让步。照相处的摄影师一路小跑过来，迅速架好了盖着红底黑色天鹅绒布的照相机和三脚架。本多想要避人耳目地逃向看板之后，脸却被镂空部分给"出卖"了。人们看见这都哈哈大笑起来，秃顶的矮个儿摄影师也笑了起来。次郎长不笑可不行，本多这么想道，也无奈地挤出了笑容。拍完一张后，庆子硬挽着身穿西服的本多的手臂，将他与自己的位置换了个个儿。次郎长变成女人的脸，小蝶变成男人的脸，引得群众笑得前仰后合。虽说本多有着与窥探孔亲密接触的历史，但也没想到过窥探本身可以成为别人的笑柄，他不禁对这种仿佛置身断头台上的兴致感到眩晕。

不知道是不是考虑到观众的喜好，这次摄影师花了好一番功夫才终于对上镜头的焦点，仿佛是故意而为一般。这期间，摄影师大叫一声：

"请安静一点！"

人们才刷地都安静下来。

本多将一张严肃的面孔摆在了身穿黄八丈绸缎和服、镂空开孔位置较低的小蝶身上。他弯着腰，撅着屁股，正与以前在二冈书斋内偷窥的姿态一模一样。被如此戏弄、蒙羞的深处，从某个瞬间开始发生了微妙的偏移。本多确实成为人们的笑柄，但是同时他也确信了：自己所处的世界，是由自己的眼睛所决定的。在那一刻，围观群众所在的世界产生了变质，本多变成了窥探的那一方，而观众们才是一幅画。

画上有大海。蟠结在海边的巨松中，树干上绑着七五三绳[①]的那棵便是羽衣松。那周围，是自近及远、缓缓向上延伸的倾斜沙面，其上到处站着围观群众。阴沉的天空下，他们五彩缤纷的衣服竟显得有些沉重，被逆风吹起的头发使他们看起来像掉落满地的、腐朽的松果。有的部分聚成一团，有的部分则是一对男女的二人世界，各自都被压制在巨大的白色眼帘般的天空之下。前面有一列人墙，因为方才摄影师的警告而强憋着笑意，向这边一齐投来呆滞的目光。

几位挎着购物袋、身穿和服的女子，身穿剪裁粗糙的西装的中年男子，穿着绿色格子衬衫的青年与一位身着蓝色迷你裙的粗腿姑娘，孩子们、老人们……本多觉得站在那里的，都是即将见证自己死亡的人。他们等待着什么事情的发生，以一种崇高的心境来见证这一滑稽场面的诞生。他们竭尽所能地扮演着老好人角色，松弛着嘴角，但是从眼睛里却都迸发出野兽一般赤裸裸的光芒。

"好了！"

摄影师举起了象征结束的手势。

庆子迅速地从镂空处把头伸出来，像威风凛凛的将军一般站在群众面前。方才的清水次郎长，此刻也恢复了身着蟒蛇花纹喇叭裤、手拿黑色宽边毡帽、长发在风中飞舞的样子，人们不住地为她喝彩、鼓掌。庆子接过摄影师递过来的卡片，优哉游哉地写着照片的邮寄

[①] 又称注连绳。举行神事活动中用于划定神圣场所或新年时为避邪而张挂在门口的稻草绳。

地址。就这一会儿，甚至有人拿她当作往日的女明星，过来找她要签名。

　　本多根本没料想到还会有这么一出，所以走到羽衣松跟前的时候，本多已经筋疲力尽了。

　　羽衣松是一棵像八爪鱼一样向四面八方伸展着枝干的粗壮巨松，呈现着几近枯死的老态。树干上的裂缝被人用水泥填实了。游客们围在这棵枝疏叶落的巨松四周，七嘴八舌地发表着个人意见：

　　"你说，天人们会穿泳衣吗？"

　　"这是棵男松吧，挂着的衣服是女式的嘞。"

　　"树枝这么高，根本够不着啊。"

　　"越看越觉得这松树也就这么回事。"

　　"真亏还保存得这么完好无损哪，明明动不动就受海风的吹拂。"

　　羽衣松确实比一般的海滨松向大海探出的范围还要广，仿佛被打上岸的破船一样，身上满是海难留下的大量伤痕。比守护着松树的花岗石栅栏还要更靠近海边的地方，在沙地上悄然立着两架红色的投币式望远镜——那颜色鲜艳得如同朱红色的热带水鸟。只要投上一枚十日元硬币，就可以享受一次海景窥望。彼岸是苍茫的伊豆半岛，再往前来，是泛舟海上的一艘货船。沙滩仿佛变成了大海主办的各种小玩意儿的拍卖场，被冲上岸边的木片、海藻、空罐头盒之类的排成了一条长长的曲线，显示出了涨潮时的水界。

　　"这就是羽衣松，据说就是天人们拿回羽衣后跳起了天人之舞的地方。你看，那些人又在那拍照片。看都不看，就在那儿拍照，之后再匆匆忙忙回家去。虽说现在的人都这样，但是在这么特别的地方，他们就真的没有比按按快门、拍拍照片更重要的事情可干了吗？"

"你不要想得那么复杂，"庆子坐在石板凳上，掏出一包烟说道，"这就够了，我一点都没有绝望的想法。就算再脏，就算濒死，这棵松树和这片地方都要被献给幻影的。要是真像谣曲中唱的那样，把这儿打扫干净，像梦一样珍视它，反倒显得不真实。我觉得这种地方才是最日式的、最天然去雕饰的、最自然的嘞！今天算是来对了！"

庆子抢在本多的前面，说了一大堆。

庆子享受一切事物。这是她的王权。

闷热的梅雨天空下，浮在空气中的恶俗，像极了飘在风中的沙尘。在这样的空气中，庆子也能够兴致不减地进行游览，不知不觉本多也陷入了这种氛围中。就连在回程途中路经的御穗神社，庆子也有新发现。神社前殿檐下敬奉的匾额，其勾勒着素朴木纹的框缘内，是一幅有着漏版画风格的、画面仿佛浮于表面的画作，描绘了一艘踏破碧波的新造客船，很有港湾神社该有的风韵，令庆子十分神往。铺满榻榻米的前殿深处，挂着一个巨大的木制扇面，上面雕刻着六年前在这里的神乐殿中上演的、用以供奉诸神的能剧剧目。

"是妇人能剧。《神歌》《高砂》《八岛》，之后就是《羽衣》，全都只由女演员来饰演"

庆子亢奋地大声说道。

凭着这股兴奋劲儿，庆子从归途的参道两旁的樱树上摘了颗樱桃吃。

"那个吃了会死的！快看这牌子！"

步履缓慢的本多正后悔着，不该因为顾忌自己那毫无意义的面子把拐杖放在家里。看见庆子吃樱桃的行动，立刻气喘吁吁地尽力追上她，大声提出已经迟到的忠告。

行道两旁的每一棵樱树树干都用绳子连接起来，并无限地向前延伸而去。绳子上显眼的地方挂着这样的告示牌：

为驱除害虫，喷洒有毒药物。

禁止采摘樱桃。食用果实，后果自负。

颜色深浅不同的小粒儿果实，压低了绑满许愿纸条的樱树枝头：有的果实尚未成熟，呈现苍白之色；有的已被鸟儿啄食，能看见露出的果核；有的果实颜色仿佛天边的落日；有的果实则为凝结的浓郁血红色。本多觉得这牌子多半是在骗人，刚叫出声就后悔了：庆子根本不会因为这么点药物而中毒。

十

庆子总是追问本多，还有没有其他可看的地方。于是，虽然本多已经筋疲力尽，但还是吩咐司机沿着久能街道向着静冈飞驰。途经帝国信号所，本多吩咐司机停下了车。

"怎么样，这座建筑是不是很有趣？是不是很想进去看看？"

在小屋下盛开松叶牡丹的石头墙基底旁，本多抬头看着小屋说道。

"能看到个望远镜一样的东西，不知道是干什么用的呢？"

"用来观察船只进出港的情况。要不上去看看吧？"

本多这样讲道。其实本多上次就已经被勾起了好奇心，只因没有独自贸然敲门的勇气才暂时作罢。

两人互相搀扶着，慢慢走上围绕基底的石阶。他们经过告示牌，来到通向上面的铁梯旁边时，正碰上一名冲下楼的女子踩得楼梯吱嘎作响，差点与其撞个满怀。幸亏两人闪躲及时，才没发生危险。女子动作之大激荡起了黄色的裙摆，仿佛一阵黄色旋风吹过。事发突然，两人并未看清女子的脸，只有一种丑陋瞬间的幻象残留在两人眼睛里。

这女子既不是独眼龙，也没有大黑痣，只不过是眼前突然掠过了一种与精妙致密正相反的、令人烦躁的丑陋。即便用人类最基本的美的标准来衡量，这丑陋也显得有些过分了。那感觉就像肉体所能拥有的最忧郁的记忆，掠过心头一般。但是转念一想，如果用常识来思考的话，不过是碰上了一个与心上人幽会的女子，她为了避人耳目，正匆忙地回家去罢了。

两人爬上了铁梯，在门口站了一会儿，用以平复凌乱的喘息。门虚掩着，本多挤进半个身子，却发现房间内空无一人。门内有一座通向二楼的狭窄阶梯，本多冲着那阶梯开了腔："请问有人在吗？"……本多每说一次，边伴随着激烈的咳嗽。"不好意思，请问有人吗？"楼上响起了从椅子上起身的声音。"来了。"一名身穿运动背心的少年出现在楼梯尽头。

本多将目光停留在头上斜斜地别了一朵紫色小花的少年身上，不由得惊呆了。那花似乎是紫阳花。少年探出头的瞬间，花从他的头发上掉落到台阶上，最终滚到了本多脚边。少年看见花之后露出了慌张的神色，本多明白了：少年大约是忘记了自己头上还别着花。将花拾起的本多发现，这朵紫阳花已被虫害侵蚀，大半皆成了褐色，马上就要枯死了。

尚戴着宽边毡帽的庆子越过本多的肩头，自始至终一直在旁观望着。

尽管楼梯上十分昏暗，什么也看不清，但还是能依稀辨认出少年那张苍白而美丽的面庞。少年背对楼梯上的光源，其身影因而变得昏暗。但又仿佛他自己便是发光体一般，他的苍白在那昏暗中看起来甚至有些不祥。既然花已被拾起，便没有不还的道理，本多如释重负，但还是用手扶着墙，一阶一阶慢慢地爬上陡峭的梯子。少年也为了接受老人送还的花朵，走到了楼梯的中间位置。

　　本多与少年四目相对。刹那间，本多凭直觉感受到，少年内部的齿轮与自己的结构完全相同，且正以同样冰冷的微动，精准无比地同步旋转起来。这结构中再细碎的部件也与本多有着相似的形状，就连两人都欠缺完整的目的这一点也十分相似，像被发射在一朵云彩也没有的虚空中。两人之间不论是年龄还是相貌都相差甚远，硬度与透明度却都分毫不差。这位少年内部的精密，与本多藏在自己内心最深处、最怕被人破坏的精密仿佛是一个模子里刻出来的。将少年上下打量了一番后，刹那间，本多仿佛看见了少年心中千锤百炼的荒凉中，坐落着一处无人工厂。那正是本多自我意识的雏形。一刻不停地运转，却因为找不到买家而永久地处于废弃状态的这座工厂，其清洁程度到了令人发指的程度，湿度和温度都处于严格的控制之下，终日回响着拖拽绸缎的隐约声音……少年虽与本多有着同样的结构，却不像本多那样理解自己的结构，甚至完全误会了这结构，这也全然无可厚非。大概是由于年龄的缘故吧。本多的工厂，由于人类自身的根本缺陷所以尚存有人性，少年却绝对不肯用人性进行思考，虽说这也没什么大不了。总之，本多觉得自己看穿了少年，少年却没有办法看穿自己，这让他稍稍地放心了一些。本多年轻时，也曾有过不知因何而起的多愁善感，那时也曾觉得自己有着最丑的结构，但那不过是一个青年对于自己的目测失误，无疑是把肉体的美丑与内部结构的美丑搞混了。

"最丑的结构"——无不透露出年少轻狂、夸大其词、浪漫幻想、自我戏剧化的命名方式。这样也好。如今,本多已经可以冷淡地笑看,可以如此称呼它,就像称呼自己的腰痛、肋间神经痛一样……但是,就像眼前这位少年一般,"最丑的结构"上盖着一副好皮囊,似乎也不坏。

当然,这一瞬间的四目对视中发生的一切,少年自然是浑然不知。

下到楼梯中间来接过花后,少年像是受了什么奇耻大辱一般将花捏碎在掌心,"啧!搞什么恶作剧,插在我头上后就跑了。我还给忘得一干二净。"

他申辩着,却并没提到对方是谁。

一般人这时一般会脸红,少年虽说有些难为情,但两颊极具透明感的苍白颜色却丝毫未变,这吸引了本多的注意。少年急忙转换了话题,问道:

"请问有什么事吗?"

"啊,我们只是来旅游的,看见信号所就想进来参观一下,不知可不可以呢?"

"没关系的,请上楼吧。"

少年动作敏捷地弯下纤细的腰肢,为本多两人准备好了进屋用的拖鞋。

进入房间后,虽说还是阴天,但是从三面窗户照进屋内的裸露的室外光线,仿佛瞬间将本多与庆子从暗渠中带向无边的旷野。从南边的窗子看出去,前方五十米的地方便能看见驹越海滩和污浊的海。本多与庆子深知他们的年纪和富裕容易使人放松警惕,少年请他们坐下后,两人便立刻像回到自己家的椅子上一般放松下来。少年回到工作台后,本多却煞有介事般冲着少年的背影毕恭毕敬地说道:

"千万不用在意我们,请继续工作吧。还有,请问可以用一下这台望远镜吗?"

"请自便,现在用不着。"

少年将碎花扔进垃圾桶后,把水流开到最大洗了手,回到工作台旁,装作继续工作的样子。桌上的笔记本仿佛映出了少年白皙的侧脸,少年的好奇心,仿佛含了个李子在嘴里一般,眨眼之间便逐渐地膨胀起来了。

本多先让庆子用过望远镜后,自己又拿过来观察了一番。镜头中连一艘船影也没有,能看见的只有熙熙攘攘的波浪不断累积在一起,像极了显微镜下,青黑色微生物不知所谓地蠕动的样子。

两人像小孩子一样,很快就玩腻了望远镜。要说起来,也并不是为了看海,主要还是想走进别人的工作和生活中看一看,这样的兴致很快便消散了。顿时无聊起来,于是两人各自伸长脖子,四处打量着房间上下。房间上下,大大小小的玩意儿都遥远而寂寞地,同时也忠实地反映出了港口的喧嚣。两人颇为稀奇地环视着这一切:一块大黑板上,题头写着"清水港在港船",下面陈列着各码头的名字,再下面用粉笔写着停泊在个码头的船名;书架上,排列着《船舶档案》《日本船名录》《国际信号书》《LLOYD'S REGISTER LIST OF SHIPOWNERS 1968~1969》等等;墙上贴着一张纸,上面写着代理店、拖船处、领航员、海关相关负责人、船餐餐馆的电话号码……

这里无疑充斥着海潮的味道，无疑是四五公里开外、遥远港口的照影。所谓港口便是一个自带金属质哀伤的发光体，即使相隔甚远，当港口的所在映入眼帘时，总是呈现一种慵懒的急促，别具一格。同时又是一架巨大的钢琴，必守在海边，摇晃着在海中投下的光影，突然迸发出一声，随后又立刻戛然而止。以七处码头为七弦，一齐奏响。杂音之中，似乎还掺杂着预示悲惨结局的低音，回响在半空中久久不能散去。本多望进少年的心里，仿佛梦见了这样的海港。

迟缓地靠岸、迟缓地栓船、迟缓地卸货，一切的一切都需要大海与陆地之间各退一步的互相谅解与妥协。陆地与大海，互相欺骗却又互相连接。船只谄媚地扭动着尾巴，看似是要接近又转身离开，伴着充满恫吓与悲伤的汽笛声，却又在离开途中回眸徘徊。这是何等不安定却又露骨的结构啊！

从东窗望出去的港口景色也是一派烟雾下凝结的嘈杂，但不会发光的港口根本不配被称作港口。因为不会发光的港口，不过是朝向动荡而闪烁的大海咧开的一排整齐的牙齿——被海水侵蚀、白色牙齿一般的码头。一切都如同牙医诊疗室一样闪闪发光，空气中弥漫着金属、水与消毒液的气味，残忍的起重机压在头顶，麻醉将船舶深深地沉浸在梦想与停泊的无为之间，有时甚至还需要出点血。

小小的信号所，将港口的倒影收敛了结固在这里，最终甚至梦想着自己也能成为一艘船，被海浪拍上高石之巅。这间房间与船的相似之处绝不止于一二。简朴却不可或缺的储藏品，有着分外鲜明的白色或是原色，以备不时之需；被海风侵蚀的窗框歪斜着……如今虽茕茕孑立于一整面白色薄膜覆盖的草莓田正中央，却与大海有着几近风流的因缘关系。大海、船只以及港口，夜以继日地将信号所与它们捆绑在一起，它们与信号所彼此相望，彼此凝视，最终竟变成了寄居在信号所中的绝对疯狂。那监视，那苍白，那份鱼肉之于刀俎的不安与飘摇，那种孤独本身，便是船。停留过久，似乎就会沉醉其中。

少年仍在摆出一副认真工作的架势。但是本多知道，没有船只接近便意味着没有工作。

"下一艘船什么时候来呢？"本多问道。

"晚上九点左右，今天来船比较少。"

少年回答道。不耐烦的口气与故作老练的事务性回答，正如同覆盖了白色薄膜的鲜红草莓一般，透视出少年的无聊与好奇。

不知是不是故意不表现出对客人的尊敬，少年依旧只穿一件运动背心。不过在即使大敞着窗户也没有一丝风的酷暑天气，这似乎也是理所应当。少年的体格并没完全地撑起这件背心，背心松垮地缠在少年瘦削苍白的植物质身体上，肩膀的吊带部分宛如两轮白色的圆圈，坍塌在微微前倾的胸脯上。少年的身体给人一种清爽、坚硬的感觉，绝非柔弱。侧颜仿佛银币上微微磨损的肖像，剑眉鼻挺，就连鼻下的唇线也十分俊美。修长的睫毛下，虚掩着一双剪水双瞳。

此刻少年心中所想，本多心里简直一清二楚。

他一定还在为刚刚头上别的花而害臊呢。这份羞愧不由分说地直接导致了迎客情节的发生。直至现在，他心中的羞耻还犹如绕线轴一般，被迫吞吐着命运的红线。祸不单行，既然来客看见了刚才夺门而出的丑姑娘，那么还必须得忍受来客的误解与悯笑。尽管硬说起来，少年的宽容才是导致误解的原因，现在反倒无可挽回地伤了自己的自尊心……少年脑中所想，无非就是这些事情。

原来如此，真相大白了。本多也不信那姑娘会是少年的恋人。两人太不相配了。单凭少年那如同易碎琉璃一般的纤细耳垂、柔韧而苍白的脖颈，也能断言他绝不会爱上谁，甚至未必爱人。而且他似乎还有过度的洁癖，一会儿洗去手上捏碎的花的残骸，一会儿拿起放在桌上的白毛巾擦拭脖颈和腋窝。少年刚洗过的双手摊平在桌面的笔记本上，如洗净的蔬菜一般清爽整洁，又好像伸向湖面的嫩绿枝桠。这双手对自己的高贵拥有自我意识，它只与杰出为伴，染了桀骜与倦怠的气息。这双手不屑于抓住世间的物象，摆出一副只服务于虚空的态度；没有双手合十的谦逊，唯一的志向便是爱抚无形之物。如果说存在只为爱抚宇宙而诞生的手，那便是自我亵渎者的手。"哈！叫我给看穿了吧。"本多想道。

这样一双美丽的手，只想着触碰星星、月亮和大海，疏于日常的使用——本多倒想见见雇佣这双手的雇主。这些人招聘时，对应聘者的家庭关系、交友情况、思想、在校成绩、健康情况等进行无聊的调查，到底有什么用呢？他们殊不知，自己雇佣的这位少年，才是纯粹的恶。

走着瞧吧，这少年才是纯粹的罪恶！理由非常简单，这少年的内心与本多无比相似。

本多装作在眺望海景，单手撑在窗边的嵌入式工作台上，借着老迈的阴郁这一绝妙伪装，时不时地偷看一眼少年的侧脸，沉浸在仿佛看穿了自己的一生的思考中。

通过这样的一生，本多认为自我意识便是自己的恶。这种自我意识绝不会去爱人，在不弄脏自己的前提下指挥别人进行屠杀，随后书写优美的悼词，以此来享受他人的死亡。这样的自我意识将世界引向灭亡，却独自幸存下来。但是这期间，也曾沐浴过窗外泄露进的一缕阳光，那便是印度。他察觉到自己的恶并想要逃离罪恶的时候，与印度不期而遇。印度教会了他，自己看来毫无意义、强烈否定过的世界也出于道德的要求，有着必须存在下去的理由。被光明和熏香包围着的印度，早已经到达了自己永远也无法企及的遥遥高空。

自己的邪恶倾向，直到步入老年为止，都在不停地将世界变为虚无，不停地将人类引导向虚无，以完全的毁灭与消亡为唯一目标不断奔驰。如今，这一目标并未实现，世界和人类都还好好的，徒留自己无限接近于生命尽头，但是此时却出现了另外一个人。是一位少年，孕育着与自己罪恶完全相同的嫩芽。

当然，这一切也有可能全都是本多的幻想。但是，就一眼看穿事物的认识能力来看，在经历了无数的失败和挫折后，本多认为自己不可能看错。只要不拥抱欲望，便不可能看错那眼中的透彻与澄明。何况自己看穿的并不是自己想要看见的事情。

罪恶这东西，有时呈一种植物般的静态。恶的结晶，就像白色药片一样美丽。这位少年与这种美丽亦十分类似。不仅仅是本多，曾经没人能够看透的自我意识的美丽，这一刻渐渐地出现在本多面前，并俘获了他的心……

庆子渐渐地无聊起来，开始重新涂口红，她对本多说：

"咱们不回去了？"

在得到了老人含含糊糊的回答之后，她开始在屋中踱步，像极了裤子上那条热带的慵懒大蛇。她发现，接近天花板的架子被分成了四十个方格，每一个格子上都挂着一面满是灰尘的小旗。

小旗被胡乱地揉成一团，些许地透露出些红黄蓝色。庆子对那鲜艳的色彩着了迷，一直将双手交叉在胸前站着欣赏。最后，竟将手搭在少年闪着象牙一般锐利光芒的锐角形裸肩上问道：

"那旗子是干什么用的呀？"

少年吓了一跳，往后缩了缩身子，说：

"那个，是手旗信号旗。因为晚上只需要光信号，所以现在已经用不到了。"

少年机械地抬起手指了一下房间一角的泛光照明机，又立刻将视线收回笔记本上。隔着少年的肩头，庆子窥见少年正专心致志地看着船舶烟囱标志的图表，但是她并不肯就此罢休。

"能不能给我看一下呢？我还从来没见过手旗呢。"

"好的。"

少年尽可能保持着扭曲身体的姿势，仿佛躲避闷热密林中胡乱垂下的枝条一样，避开庆子的手站了起来。他来到本多面前，踮起脚尖够下架子上的一面小旗。

本多之前一直在出神，由于少年就在身边踮着脚尖，不由得看了一眼，一不小心透过松垮的运动背心瞥见了少年的腋窝。少年淡淡的体香掠过鼻尖，此前一直掩盖在背心之下的左侧腹十分白皙，上面明明白白排列着三颗黑痣。

"还是个左撇子嘞。"

庆子甚是口无遮拦地说道。或许是这话的缘故，取下小旗递给庆子的少年眼中含着几分怒色。

本多迫切地想要再确认一遍痣的数量和位置，于是走到少年身旁又瞄了一眼。这一次，如羽翼一般洁白的手臂遮挡下视野有些狭窄，但是手稍微闪开一点，便能看到从运动背心腋窝处的开口处可看到两颗隐约藏在背心之下、一颗清晰映入眼帘的黑痣。本多心中一阵悸动。

"嗯，设计得真不错。这个是什么呀？"庆子将一面黑黄双色格子纹的旗子在手中摊开，端详起来，"真想用这花纹做件衣服哇，这料子是亚麻的吗？"

"那就不知道了，"少年冷冷地答道，"表示的信号是L。"

"这是L吗？是LOVE的缩写吗？"

少年已然动怒，没搭理庆子，回到桌前，

"您慢慢看吧，"少年的嗓音有些沙哑，像是在说给自己听。

"你说这是L？这怎么能是L呢？怎么也联想不到L嘛。L应该是顺滑的半透明蓝色系的感觉，怎么能是黑黄色的格子呢。这要说起来，应该是G之类的，沉重的中世纪骑士大赛的感觉。"

"G是黄白竖条纹。"少年几乎抓狂，欲哭无泪地说道。

"黄白竖条纹？不对吧，这感觉也不对。G肯定不能是竖条纹。"

庆子越说越起劲，本多看准时机站起身来说道：

"非常感谢。今天真是叨扰了，妨碍您工作了。也是不凑巧，连点小礼物都没带来，太不好意思了。我想从东京给您送些小点心……

不知能否给我一张名片呢?"

本多对待少年的态度过于恭敬,庆子不禁看呆了,转而走向少年的工作台边,取下挂在东窗小望远镜上的黑色宽边毡帽。

本多将写有头衔的名片毕恭毕敬地递到少年面前,少年也递出了印有信号所地址以及"安永透"的名片。看到本多律师事务所这一头衔,少年脸上明显多了几分放心和敬意。

"这工作不容易啊,你一个人干真有毅力。请问多大了呀?"

本多临走前假装漫不经心地问道。

"十六岁。"

少年故意把庆子排除在外,像是给工作上的上司报告一样,干脆利落地起立回答了本多的问题。

"你这份工作能为社会做大贡献,请加油干吧。"

镶了假牙的本多努力做到发音清晰,仿佛在庆典仪式上致辞一般一字一句地说道。随后笑着催促庆子换鞋。少年将二人送至楼下。

一坐上车,本多连头都懒得抬,一下子坐进座位里,吩咐司机前往日本平酒店。两人今晚的住宿定在那里。

"回去得赶紧泡个澡,叫个按摩师来。"

本多一说完,庆子便瞪大眼睛看着他,半晌没说出话来。看着她这副样子,本多淡淡地说出一句:

"我要收这少年为养子。"

十一

　　两位客人走后，透开始与缠绕在心头的迷茫作斗争。

　　至今为止，游客"吃错药"非要来参观一番的事情也不少见。原来这建筑竟这般容易勾起人的好奇心。大部分是带着孩子的游客，小孩吵着闹着要来才进到这里。自己只需要抱起孩子用望远镜看下海景就完事了。今天的来客却与这些人不同。这两位仿佛是为了看出某些门道才来到这里，一点儿不客气地达到目的后立马转身走人。对于两人的目的，至今为止一直在这里工作的透却浑然不知。

　　午后五点了。好像要下雨的天空早早便暗了下来。

　　海中央浓绿色的长长潮界，仿佛变成了巨大的黑色丧服袖带，给了大海镇静的感情。除了右侧有一艘货船之外，一艘船也没有。

　　位于横滨的总公司来了一通电话，说有船只预计出港，除此之外也没有其他电话了。

　　平时这个时间透应该开始准备做晚饭了，却不知怎的胸口发堵，于是便没了做饭的心情。透打开桌上的台灯后，继续翻看起轮船公司烟囱标志图集来。无所事事的时候，透总是看这个来打发时间。

　　那一幅幅插图中，藏着透的好恶，藏着透的梦想。比如说，

Swedish East Asia Line公司的标志透就很喜欢，黄底上有一轮蓝色的圆形，圆形内有三顶黄色的王冠；还有大阪造船厂的大象标志他也很喜欢。

这艘烟囱上印着大象标志的船，平均每个月来清水港一次。黑底之上，乘着黄色下弦月的白象标志，即使相隔甚远也十分显眼。乘着月亮的白象出现在海面的样子，观感极佳。

另外，透还很爱看伦敦的王子海运公司那装饰着三根漂亮羽毛的头盔标志。

每当Canadian Transport那色彩鲜明的单棵绿色冷杉标志进入港口，白色货船整体就如同一件巨大的礼物，在烟囱上别了一张精致的贺卡。

这一切都是与透的自我意识全无关系的徽章，只有在进入透的视野之后才成为识别的对象，才开始进入透的世界。在此之前，这一切不过是散落在世界各大洋中的华丽纸牌，被透所未曾知晓的巨大游戏之手到处移动。

透爱一切不会映出自我之物的遥远光辉。如果说这世界上还有透付诸爱情的事物，那便只有这些了。

方才的老人究竟是何方神圣？

方才两人还在的时候，的确是让那唯我独尊的时髦老太太气得不轻，但是两人走后，另外一位沉默寡言的老人却更令透久久不能忘怀。

非常知性却透着疲惫的眼神、不仔细听都听不见的沉静嗓音、让人觉得自己被耍弄般的郑重其事……那位老人到底在忍耐什么？

透从未见过这种人，也从不知道原来真正的支配欲竟是如此的沉稳。

明明一切都应该是已知的，但是即便对于认识能力极其敏锐的透来说，这位老人也像一块无可撼动的磐石一般令人捉摸不透。他到底是什么人？

不久透与生俱来的那股子清爽的傲慢又占据了心头，停止了进一步的臆测。权当那老头是一位平凡无奇的退隐律师吧，就连那殷勤的态度，大概也是职业病使然。透发觉自己心中有种乡下人对城里人抱有的、过度的戒备心，不禁惭愧起来。

透起身准备去做晚饭。他走到垃圾桶旁扔纸屑时，看到了躺在桶底的枯萎的紫阳花碎片。

"今天是紫阳花，别在我头上就跑，可让我出尽了洋相。"透突然想到，"上次是矢车菊，上上次是山栀子。到底是她一时疯癫，还是说每次戴着不同的花来有什么别的意义？别的先不说，这花的品种可能就不是她自己选的。难道说有人每次都给绢江头上插花，让绢江变成了承载某种暗号的工具？……这家伙每次来了都只顾着自说自话，下次来了一定得逮住她问一问才行。"

说不定透身边发生的一切都不只是偶然。透忽然感觉到，不知不觉间，自己的周围已经铺开了一面细致而精密的恶之构图。

十 二

回到酒店，直到吃晚饭前本多都一直"按兵不动"，所以庆子也一直对那突兀的养子问题只字不提。晚饭后，庆子问道：

"你来吗？还是我去？"

这是两人一起旅行时的小习惯，饭后到睡前这段时间聚到其中一方的房间里，通过客房服务点上一瓶酒，边喝边聊天。如果任何一方累了也可直接回绝，两人之间有着不必客套的默契。

"差不多也休息过来了，我三十分钟之后到你那儿去。"

本多说道，抓过庆子的手腕确认了一下她手中钥匙的房间号码。本多竟会在人前做出这等举动，这背后微妙的虚荣心令庆子笑得直不起腰。本多这种行为，时常和以前做法官时的阴郁与威严轮流出现，非常唐突。

庆子换好衣服，本打算一会儿本多上门来要好好调侃他一番，却又忽地改了主意。是因为她突然想起了两人之间那条不成文的规定：商量正经事时要毫不留情面地开玩笑，但是开玩笑时一定要一本正经。

本多来了，两人被一张小桌隔开，面对面坐在窗边。叫来客房服务之后，两人各点了一瓶当下正流行的"短衬衫号①"掺水威士忌，庆子望着窗外翻卷的薄雾，从手提袋中掏出一包香烟。庆子这次用手夹住香烟的时候，有着比以往更敏锐的眼神。但是这种等着对方给自己点烟强人所难的西式做法，在两人之间早就不适用了，因为本多十分厌烦这种做法。

庆子突然开了腔：

"可真吓了我一跳。居然说要收那素昧平生的孩子做养子。我只能想到一种理由。您啊，没想到还有这方面的嗜好，至今为止还一直瞒着我。我也真是后知后觉，十八年的交情了，愣是到现在才看出来。我们能变成如此要好的朋友，说不定也是因为彼此趣味相投，才能在相识之初无意识地慢慢靠近，安心结为同盟。金茜什么的，不过是锦上添花吧？莫非您是知道我和金茜的关系才演了那么一出戏？您可真是不叫人省心。"

"不是那样的，金茜与那少年是同一人。"

本多斩钉截铁地答道。其后庆子虽执着地一直反复追问"为什么这么说"，本多却一直以"酒来了再细说"为由卖关子，不肯讲明。

酒来了。庆子满心都是好奇，除了等候本多的故事之外什么也顾不上了。她的指挥权能也变得无力起来。

本多一五一十地全告诉了她。

庆子听得十分入迷，她对听完故事后总结性感叹的高超把控，令本多感到十分愉快。

---

① Cutt Sark，苏格兰名酒。

"您没把这些事写下来或者到处乱说真是高明。"庆子呷一口酒润了润喉咙，用平滑慈爱的声音说道。"要是那样的话，世人都会觉得您疯了，迄今为止建立起来的信用也会轰然倒塌。"

"对我来说，社会信用早已经什么都不是了。"

"我不是这个意思。连我都瞒了十八年，也就是您吧，高明！刚才讲的这个秘密，简直就是烈性毒药，毒效可怕而万能。那些一般人故意隐藏的最难以启齿、最避而不谈的事情，比如说什么有不同于常人的性癖啦，近亲里有三个精神病患者之类的社会性秘密，在您面前简直是小巫见大巫。倘若有一天这秘密泄露出去，什么杀人、自杀、强奸、欺诈就都没用了，因为这只是一组庞大而宽松的公式。您身为前法官竟然知道这公式，多么讽刺啊。但凡发现自己也被这同天一般大的圆环牢牢地圈住，也被这宽松的公式束缚着的话，其他万般招数便统统不适用了。您一定看穿了，我们不过都是被放牧的野兽，互相用敷衍的约定束缚着彼此，"庆子将话说到一半，叹了口气，"听了您这番话，我也算明白了。别看我这样，我还是打算奋斗到底的，但是现在我明白了，根本没什么好斗的，我们不过都是一张网里捕到的鱼儿，谁也跑不掉。"

"但是对于女人来说最致命的一点，就是懂得这些的人，也就是'知情者'再也不能维持美丽了。你这个年纪如果还想永葆美丽的话，那就应该在我说这些事的时候捂上耳朵。

"知情者的脸上，会出现一种隐性麻风病的征兆。如果说神经性麻风病和结节麻风病是'看得见的麻风病'的话，那么这种病应该被称为'透明麻风病'。只要是知情者，都会立马成为麻风病患者。从去了印度之后（虽说之前这病情也潜伏了几十年），我就成了一个不折不扣的'精神麻风病'的患者。

"你身为女性，就算用浓妆去掩饰素颜，'知情者'的皮肤也会被同为知情者的人一眼看穿。肌肤异样的透明，灵魂突然停摆并透明化，肉体失去美感并开始布满令人不快的肉疙瘩，声音逐渐嘶哑，全身毛发如同落叶一般脱落。这就是所谓的'见者之五衰'。从今天起，你身上就会开始出现这种症状了。

"就算你不去主动避讳别人，渐渐地，别人见到你也会开始绕道而行。知情者身上，会散发着自己之外的人才能闻到的、令人厌恶的恶臭。

"不论是肉体上的美还是精神上的美，大抵与美同类的东西都只能从无知与迷蒙中诞生。这世界不容许'拥有知的美貌'存在。在掩藏无知与迷蒙这一点上，精神无能为力，肉体却因其闪耀光辉的特性占优势而胜出。对于人来说，真正的美可能只有肉体美。"

"原来如此，金茜确实也是这样。"庆子将透着轻微追慕的眼光投向窗外的浓雾中，"所以你既没告诉第二个人——也就是勋，也没告诉第三人金茜。"

"害怕打乱他们完成命运的计划，这种残酷的考量令我每每不能开口对他们说出实情……但是清显那时候又另当别论。那个时候我还不知道。"

"您是想说那个时候您也还是美的喽？"

庆子眼神里带着些戏谑，从头到脚打量了本多一番。

"也不能这么说。打那之前我就已经在磨砺为了获取'知'的武器了。"

"明白。不过这事可决不能告诉今天见到的那位少年,在他二十岁死之前绝不能。"

"没错,所以还得再忍四年。"

"要是在那之前你先死了怎么办?"

"哈哈,这我还真没想到。"

"要不咱俩再去趟癌症研究所?"

庆子看了一眼表,拿出一个盛着各色药丸的药盒,从中快速选出三粒,用掺水苏格兰威士忌冲服下了。

本多有一点没给庆子讲:今天所见的那位少年,与之前的三人有着明显的区别。那位少年自我意识的机械构造,如同玻璃一般晶莹剔透,明晰可辨。这是本多在清显、勋、金茜身上都未曾见过的。少年的内部构造与本多的几乎一模一样。可是这么说来,虽说这根本不可能,那位少年便是同时拥有"知"与美貌的异样的存在。但这根本不可能。既然不可能,那么尽管年龄与黑痣是确凿无疑的证迹,也不能断定这位少年不是一件精巧的赝品。倘若真是赝品,那这便是本多头一次遇上。

渐渐地两人都有了睡意,话题一转,聊到了做梦。

"我不怎么做梦",庆子说道,"就是有的时候会梦到考试的情景。"

"据说人一辈子都做关于考试的梦,但是过去的几十年来,我从未梦到过考试。"

"一定是因为你上学的时候优等过头了。"

与庆子聊做梦感觉实在不对劲,就像与银行家聊织毛衣一般。

不久本多便回到自己的房间,各自睡了。刚刚那样拍着胸脯说自己从没做过关于考试的梦的本多，那天晚上竟然梦到了考试。

窗外刮着大风，木制校舍在狂风中仿佛架在树梢上的小屋。十多岁的本多坐在二楼的教室里，顺手接过被发到自己桌上的答题纸。大概往后数两三个座位坐的就是清显。本多十分沉着冷静，一根接一根地将铅笔削得同锥子一般锋利。试卷上的题目全都一一迎刃而解，根本不需要着急。窗外的白杨仿佛要被狂风揉碎殆尽。……

深夜醒来之后，本多竟毫无遗漏地记得梦中的一切。

这种梦本身倒并不会引起焦躁感，但是那的确是与考试有关的梦。如此的巧合不禁让本多觉得是有什么人存心让他做了这样的梦。

与庆子之间的对话，只有本多和庆子两个人才知道。所以那个"什么人"，不是庆子就是本多，而本多自己绝没有祈望过想要做这样的梦。一声不吭，完全不考虑别人的想法就让人随便做梦，这绝不是本多能办出来的事情。

本多也读过很多维也纳精神分析学家写的关于梦境的书，但是对于"背叛自己的其实正是自己的愿望"这种说法却不能认可。比起这种说法来，还是"一直在监视自己的某人强迫自己做的"更令人信服。

醒来时的自己保存着自我意识，不管愿意与否，总之是确确实实地活在历史的流淌之中。但是，这由不得自己、让自己做梦的东西藏在黑暗中的某个角落，它是超历史的，或者可以说是无历史的。

雾散月出，短了一截的帷帐盖不住的窗户底部微微地发着墨蓝的光。那是横亘在夜之海中的巨大的半岛的影子。倘若在夜晚的印度洋上，在一艘前往印度的船上望向印度，也一定是这般光景吧。本多这么想着，不知不觉睡着了。

十 三

八月十日。

早上九点，透来到信号所交接班。接下工作后的透，待同事走后同往常一样打开了报纸，仔细阅读起来。直到下午，都不会有来船。

今天的早报全是关于田子浦工业污泥公害的报道。田子浦的造纸厂足有一百五十家，清水港却只有一家小厂。而且潮水流向全是朝东，工业污泥于清水港根本毫无影响。

田子浦港口的示威游行来的绝大多数都是全学连的人。那阵骚动，即使用三十倍的望远镜，也远远地在视野之外。对于透来说，望远镜之外的世界便与自己毫不相干。

今年的夏天分外凉爽。

伊豆半岛一览无余，闪耀的晴空下积雨云高耸的夏日，今年似乎终归是难得一见了。今天，半岛依旧隐于雾霭之中，太阳也依旧收敛着光芒。曾有人给透看过最近的气象卫星拍摄的照片，可以看到大半个骏河湾一直被雾霾笼罩着。

绢江很罕见地在上午拜访了信号所。她站在入口处，问透能不能进去。

"今天所长去了横滨总公司,没有人会来。"

透答完,绢江便进屋了。

绢江的眼里充满恐惧。

梅雨季时,透曾逮住绢江刨根问底,追问为什么每次都带不同的花来见他。自那以后的一段时间内,绢江暂时地远离了信号所,最近才又开始频繁来往。头上虽然不戴花了,但是又开始以恐惧与不安为前来拜访的借口,说辞甚至还越来越夸张了。

"第二次了,这都第二次了。而且还不是同一个男人。"

绢江气还没喘匀,坐在椅子上这样说道。

"怎么了?"

"你被人盯上了。我每次来这里,都很小心观察周围,确定没人才会进来。想着不然就会给你添麻烦。要是你被杀了,肯定全是我的错,那样的话我只好以死谢罪了。"

"到底怎么了?"

"这可是第二次了。因为已经是第二次了,所以我格外在意。上一次我也立马就告诉你了……上一次跟这次也有点像,但还不完全一样。今天早上,我去驹越海岸散步来着。我边摘海边的昼颜花,边走向海浪拍打的边界,呆呆地望着大海。"

"驹越海岸人很少,大概也是因为已经不想再被人用那种眼神盯着看了,我面朝大海,总是能够平静下来。如果将我的美貌放在秤杆的一边,将大海放在另一边,说不定刚好能够平衡。这样一来,我便可以放心地把美貌托付给大海,身上的担子也不由得觉得轻了些。"

"海边只有两三人在海钓。其中一人,完全钓不到鱼。不知是不是不想再钓了,老是朝我这看。我装作什么也不知道,继续面向大海,但那男人的视线仿佛苍蝇一般直朝我脸上撞。"

"唉,这种心情可真是没人能懂。又开始了。我的美貌又开始脱离我的意志,独自漫步出去束缚我的自由了。我的美貌,或许同我的灵魂十分相似,都无法做到随心所欲。我谁也不去打扰,只想静静地待着,但是灵魂违逆我的心愿,偏偏制造出许多祸端来。如果灵魂位于外侧,那便可以称为真正的美女。但是没有比位于外侧的灵魂更难对付、更无法随心所欲的东西了。"

"这东西还会勾起男人的欲望。啊,真讨厌。刚这么想着,我的魅惑便又以惊人的速度俘获了男人。刚刚还不过是普普通通的路人,转瞬之间变成了丑陋的野兽。"

"我最近来你这儿时不再戴花来了,但是自己一个人的时候总喜欢戴个头饰,就把岸边的昼颜花戴在脑袋上轻轻哼着歌。"

"我忘了是什么歌了,明明刚刚还唱过呢,真奇怪。十分适合我清丽的嗓音,抒发寂寞、教人心向远方的一首歌。不过只要我开嗓,再低俗的歌曲也会变得美妙,所以也没什么好说的。"

"那男的终究还是走过来了。是位年轻男子,恭敬得叫人害怕。但是那眼睛里藏着欲盖弥彰的欲望,直勾勾地盯着我裙摆处。虽然跟他说了很多话,但是我总归还是在紧要关头守护住了自己,请放心。虽说平安无事,但又开始担心你了。"

"那男子虽也说了许多旁的,但是问了好多关于你的事情。你的人品、工作态度、对人是否亲切之类的。我照实一一回答了。说再没有比你更亲切、更对工作上心的楷模人物了。尤其是那男人对我其中一个回答，摆出一副纳闷的表情。大概是在我说'透君大约是超脱凡人的'的时候。"

"但是，我凭直觉就知道了，这样的事都是第二次了。十天前，也有过类似的事情，对吧。这一定是在猜忌我和你之间的关系。一定是不知哪儿来的、还没出现过的可怕男人，间接听说了我的传闻，或者曾远远地见过我，对我着了迷，所以才会找些小喽啰来打探我的身边有没有疑似恋人的男子，还要杀了他呢。一份为我而狂的爱恋正在不断逼近，我好怕啊。如果因为我的美貌让无辜的你受了伤害，那可怎么是好！这件事一定有什么阴谋！发疯似的阴谋，只为谋得落入绝望的爱情。隐藏在那看不见的远方的，一定是癞蛤蟆一般丑陋的富佬，有钱有势，偷偷地盯上了我，还想杀了你。"

绢江一气说完这么多话，像被狂风卷走的小旗一般颤栗着。

透身穿牛仔裤，跷着二郎腿边抽烟边听，仔细地思考着绢江话中的要点。绢江戏剧般的妄想暂且放在一边，但是的确有人在暗中调查自己。是谁？又是为了什么？如果是警察的话，自己除了未成年抽烟之外并没犯过任何罪行。

决心自己再调查一番的透，为了帮助绢江完成她最喜欢的妄想，为了给予这妄想以理论的骨骼支撑，故意用一副谨小慎微的腔调说道：

"恐怕这一切都是真的。不过为了你这样美丽的人而死，我死而无憾。这世界上就是有那种有钱有权的丑陋存在，虎视眈眈地盯着纯粹的美丽，想要毁灭它。我们终究还是被他们发现了。"

"和这样的家伙作对，必须抱着非同寻常的觉悟。因为他们早已在这世界上布下天罗地网。一开始不能抵抗,要装作顺从他们的样子,不管他们说什么都照做。这样花时间慢慢找出他们的弱点。为了能够一击致命,我们也必须小心行事,必须要对他们的弱点确认无误之后才可以。"

"我们必须记得,拥有纯粹美貌的人本来就是人类的敌人。他们的优势,就是知道全人类都会选择站在他们那边。在我们向他们卑躬屈膝、自认是人类一员之前,他们绝不会松开抓紧我们的手。所以,如果逼不得已,我们也只能做好准备,装作根本无所谓的样子踏绘①才行。要是不果断地踩下去肯定会被杀掉。只要我们肯踩圣像,那帮人就会安下心来,就会暴露出软肋来啦!在这之前一定要忍住,一定要守住自己强烈的自尊心。"

"我知道了,透君。不论你说什么,我都会听的,所以请一定在我身边,因为美丽之毒已经让我每走一步都感到全身乏力。只要我们携手,说不定就能够根绝人类一切丑陋的欲望。顺利的话,或许还能净化全人类呢。那时,这里将变成天上人间一般,我也再不用整日惴惴不安地生活了。"

"对呀,所以你放心。"

"好开心啊……我呀,"绢江后退着离开了房间,快速说道,"我呀,在这个世界上最喜欢你了。"

透总是很享受绢江走后的时光。再不堪入目的丑陋,一旦消失,

---

① 江户时代镇压基督教徒时,为了区分是否是基督教徒,在木板或金属板上刻基督或圣母像,令教徒用脚踩。亦指让人踩的这种画像。长崎于1857年废除,但也有的地方一直持续到幕府末年。

又与美丽有什么差别呢？这场对话完全建立在"绢江的美貌"这个前提下，如果这美貌本来就是一场空，那么现在随着绢江的离去，一切照旧地香薰馥郁。

……在遥远的地方，美一定在哭泣，透想道。大概就在水平线的另一边。

美尖声啼哭，如鹤唳一般。那声音在世间发出一声回响后立刻消散了。即使住进人们心里，也不过只是片刻的停留。只有绢江成功了，只有她用名为丑陋的陷阱抓住了这只鹤。绢江不停地用名为自我意识的饵料，永远地饲育着这只鹤。

驶来船"光洋丸"于午后三点十八分进入港口。下一艘预计将在傍晚七点入港，此前再无来船。此刻，清水港的入港船有二十艘，其中包括九艘等待停靠的系留船。

停在第三区域的船有：

第二日轻丸、三笠丸、Camelia①、隆和丸、Lianga Bay②、海山丸③、祥海丸、丁抹丸、光洋丸。

日出码头有：

上岛丸、空粕丸④。

富士见码头有：

---

① 英语的山茶花。
② 利昂湾，菲律宾地名。
③ 原文为日文假名，此名称为译者假借字组成。
④ 同上。

太荣丸、丰和丸、山隆丸、Aristonikos。

另外，为了方便木材的装卸，折户湾专供运输木材的船只使用，这些船系留在浮标上，而不是像其他船只那样直接靠岸，它们是：

三天丸、Dona Rossana、Eastern Mary。

另外，由于油轮靠岸具有一定危险性，所以只被允许保持系留的状态用泵抽送原油。现在，只有"兴玉丸"一艘船系留在油轮专用的系留水域的系缆柱上，且即将再次启程。

将原油从波斯湾运输至此的大型油轮停泊在系缆柱上，而运输精炼油的小型油轮则停靠在袖师码头。那里有"日昌丸"。

还有，从东海道线清水站引出的一条铁路支线，经过大码头几个停泊位之后，穿过与夏日日影形成分明对角线的寂寞保税仓库之间，渐渐被夏草所遮掩。从各个仓库的缝隙间窥见的大海的光芒，嘲笑一般告诫着陆路去向的终结。即便如此，那条布满红色铁锈、孤独而偏狭的单轨铁道，仿佛专为供那破旧的机车投海用一般，依旧朝着大海一个劲儿地前进，终于在临到尽头之时啪的一声停在闪耀之海边上。那尽头处被称为铁道码头。今天那里没有停船。

在划分各处码头的黑板上，透刚刚用白色粉笔将方才的"光洋丸"写在三区的位置上。

海面待命的船只，其装卸作业留到了明天，因此问询"光洋丸"是否进港的电话也不断延后。本就很从容的透，直到下午四点，才接到一通询问"光洋丸"是否确认入港的电话。

直到傍晚透都无事可干，他拿过了望远镜开始看海。

但是开始窥望之时，透不禁回想起了刚刚绢江带进屋来的不安与恶之幻影，仿佛为望远镜镜头蒙了一层微暗的滤镜。

仔细回想，这个夏天本身就如同被附上了一层恶之滤镜一般。恶细致地潜伏于光之中，削弱其光辉，也冲淡了夏日专属的强烈黑影。云丧失了分明的轮廓，呈现青黑色、泛着金属光泽的水平线之上，看不见伊豆半岛，海面上只有一片空白。海是填满单调与苦涩的绿色，现在正在一点点涨潮。

透将望远镜微微下倾，注视着不断拍打着沙滩的海浪。

浪花摔碎的时候，总是将海水沉淀物一般的泡沫向背后褪去。自浪起便积蓄着的三角形深绿一齐变了样子，充斥着白色不安的纷扰，向上拱起、膨胀。海在那里乱了心智。

海浪向上拱起的时候，其裙裾处尚有未完全摔碎的低浪，而高浪的腹背处一瞬间仿佛发出徒劳无功的悲鸣一般，掀起一阵白色乱斑的泡沫，看起来又像是大量的气泡——浪花变成了一面锐利而平滑且生满龟裂的厚玻璃墙。它向上裂开，随之到达上升极限，浪花白色的刘海儿被梳得整齐美丽，向前垂下。当其进一步垂落而下后，露出了整齐的青黑色后颈。眼看着打湿后颈的白色水线愈发泛白统为一色，浪花终于如同被斩落一般四散开来。

泡沫扩散，退去。黑色的沙滩上，许多小小的泡沫如同海蟑螂一般排成一列，一齐奔驰回大海去。

仿佛比赛结束后开始急速从运动员们的背后退去的汗珠一般，从黑色的沙砾上退去的白色泡沫。

如同一张张青石板一样的海水，在来到岸边后又被摔碎的过程中展现了怎样一种纤细的变身呵！千千万万支离破碎的纷乱波头，同分至无可再分的白色飞沫，在痛苦之中吐出千万丝绦，展现出海蚕一般的天性。内含白色纤细的本性，兼具用力压伏的属性，这是怎样一种微妙的恶呵！

下午，四点四十分。

天上绽开了青空。画风同不知何时在图书馆的美术全集中看过的枫丹白露画派①的天空如出一辙，是片矫揉造作、吝啬的青空。故作抒情的这片青空，同卖弄风骚的云彩，绝不是夏日的天空。天空被甘甜的伪善笼罩着。

望远镜的镜头早已偏离海浪拍打的地方，转向天空，转向水平线，转向广阔的海面。

这时，瞬间出现在镜头中的，是一滴白色浪花的飞沫，似乎马上就要迸溅到天上去了。只这一滴飞沫高高腾起，是在追求什么呢？这至高的碎片，又是为了什么才被选中的呢？就仅它一滴吗？

自然由整体化为碎片，又由碎片化合而为整体不停地重复循环。如果同自带渺茫与清冽的碎片形态的自然相比较的话，那么整体而存在的自然便一直是阴沉暗郁的。

那么，恶是否也从属于整体形态的自然？

---

① 枫丹白露画派是16世纪活跃于法国宫廷的美术流派，是国际样式主义绘画的重要组成部分。分别以法王两次修建巴黎郊外的枫丹白露宫为契机，形成了两代枫丹白露派画家。第一代枫丹白露派画家由来自意大利的画家罗索、普利马蒂乔和雕塑家B.切利尼等人与法国画家库新和卡龙、雕刻家古戎和庇隆等人合作，在宫廷内外的装饰上形成了一个风格性很强的艺术流派。

还是说碎片才是呢？

四点四十五分。放眼望去，毫无船影。

海边十分寂寥，没有游泳的人，只有垂钓者二三。海上一艘船也没有的时候，便也完全远离了献身。现在，骏河湾毫无爱与陶醉，在完全冷彻的时间中随意俯卧。这样的怠惰，这样毫发无伤的完全性，总得碰上放着白光、如剃刀刀刃一般滑行开来的船。船是专门对付这完全性的凶器，这是侮辱的凶器，是冰冷的凶器。它在大海紧绷且薄嫩的皮肤上游走，唯一的目的就是给大海留下伤口，却从未能造成重创。

五点。

当浪花摔碎的瞬间泛起黄蔷薇色之时，便知道是日之将倾。

左方开始看得到相继朝着洋面进发的一大一小两艘黑色油轮，是于四点二十分经清水港出港的一千五百吨吨位的"兴玉丸"，还有四点二十三分出港的三百吨吨位的"日昌丸"。

但是今天的船影仿佛幻象一般在雾霭中若隐若现，航线也不能确定。

透又将镜头转回海浪拍打岸边的边界。

海浪渐渐带上夕阳的影子，同时也化身为危险的硬质品。波浪上的光芒也渐渐染上恶意，腹背之处增强了几分凶狠的味道。

没错，透想道：浪碎时分，便是死亡最原原本本的写照。一旦开始这么想，一切看起来都更合情合理了。那是临终前带来痛苦的恶魔大咧的嘴角，显露出两排洁白的牙齿，口吐无数白沫拉出的细丝。不自觉痛苦地大张着的巨口，开始只能靠下颚进行呼吸。被夕阳染成紫色的沙土，正如发紫的嘴唇。

死亡飞速地跃进临终前大海大敞着的嘴巴里。如此便造就了无数的死，露骨地重复着。每重复一次，大海就如同警察一般忙不迭地进行收尸，避人耳目。

这时，透从望远镜里看到了不该看到的东西。

痛苦的波浪大张着双颚，那硕大的口腔中好像突然摇曳着其他世界的光影。透的眼睛看不到幻影，所以凡是他看到的一定都真实存在。即便如此，透却依然无法知道它究竟是什么，也有可能只是海中微生物凑巧画出的模样。在深暗处闪烁的光彩，开显①出一片别样的世界。透之所以会觉得那的确是曾经到访过的场所，可能是与遥不可测的久远回忆有关系的缘故。如果说有前世，估计那便是透的前世了。不管怎样，这与透一直最想一窥究竟的、明快水平线一步之遥外的世界有何关联呢？如果说那是被卷入破碎在即的浪花腹背处的几多海藻，旋转、缠绵、跳跃所捣的鬼，那么在那跳跃的瞬间描绘出的世界，便是存在于令人作呕的海底的紫色黏液质、桃色褶襞以及凹凸不平的微细画作。那里之所以仍有光明，仍有奔驰的闪光，大概是因为闪电击穿大海后的光景吧。这样的光景，本不该出现在夕阳下的海边。首先，那个世界不可能，也没有必要与这个世界同时共在。那世界中隐约可见的大约是其他的时空。与镌刻在透手表里的时间，大约处于完全不同的时空下。

---

① 佛教语，开权显实。天台智顗说明《法华经》特点时的用语。认为三乘是权（假，与实相对），是用来说明一乘的，只有法华一乘才是唯一真实的。又称"开三显一"。

透摇了摇头,想要摆脱这种令人不快的视觉。最后连用来窥视的望远镜都变得面目可憎起来,透索性换到房间另一个角落的十五倍望远镜,开始追随刚刚出港的巨轮的身影。

正在出港的是驶向横滨方向的YS①海运公司的"山隆丸",重达九千一百八十三吨。

"有艘山下公司的船出港前往您那边了。山隆。山隆。现在是十七点二十分。"透给横滨总公司打完电话后,又回到十五倍倍率的望远镜前,追踪着连桅杆都消失在雾霭中、早已变得十分朦胧的"山隆丸"的背影。

只见上边有一条黑线的柿色轮船烟囱标志,黑色船腹上醒目标写的"YS海运",白色的船楼,红色的起重机。船头不断劈开碧波向前冲刺着,它似乎想要敏捷地冲破这望远镜镜头圆形视野的囚禁。

船还是走了。

透从望远镜前移开身子,望向窗下,草莓田垄边生起一簇簇火。

梅雨季的时候那样不留死角地覆盖着这里的大棚现在已被全部撤除,宣告着草莓季的终结。用于速成培育的草莓幼苗,已经被运往富士山山腰,在那儿度过人造的冬天。它们将在十月末时重新回到这里,用以迎合圣诞节时的市场需求。

温室大棚顿时只剩下架子,将架子也撤除后,黑色的田垄显露出来,能够看到人们辛勤劳作的样子。

---

① 日语"山下"的罗马音首字母缩写为YS。

透走到厨房,开始准备做晚饭。

坐在工作台前,透边吃晚饭边眺望着窗外——已经出现天色渐晚的预兆。

五点四十分。

南方的天空高远辽阔,云间露出了半月。仿佛断掉的象牙梳子一般的这弯半月,迅速混入被夕阳染成淡淡蔷薇色的云朵间,成为云中的一片。

海边松林的暗绿,使得想在那里停车的垂钓者们车尾的红灯更加醒目。

草莓田的田间小路上出现了几个小孩。傍晚不可思议的孩子。天色渐渐暗沉下来的这个时候,不知从哪儿冒出来疯狂玩耍的、神秘的孩子们。

田垄上到处燃烧的篝火,火焰吐着猩红的芯子,燃烧愈发旺起来。

五点五十分。

透猛地抬起头来,看到了遥远的西南方向海面上有一艘船出现的迹象,并迅速将手放在了电话听筒上。这距离放在平时,透是绝对不可能用肉眼观察到如此模糊的船影的。透有着绝不会看错的自信,身体比思考更快地动了起来,不假思索地将手伸向了电话。

代理店接起了电话。

"喂喂,这里是帝国信号所。是大忠丸。不过才只是刚刚看见。"

西南方向的水平线呈现淡淡的浅桃色,能看见一个模糊的影子,仿佛谁的脏手在上面抹了一把。透能认出那影子，就像能认出残留在玻璃表面朦胧的指纹印一般，所以才能断言船的出现。

根据《船舶名鉴》的记载，"大忠丸"是一艘重三千八百五十吨的柳安木材运输船，全长110米，速度为2.4节。一般来说，只有走国外航线的商船才会达到20节以上的速度，木材运输船都相对较慢。

透对"大忠丸"倍感亲切，因为它是去年春天在这清水港金指造船厂刚刚竣工的船。

六点。

"大忠丸"的船影大约已经与刚刚出海的"兴玉丸"擦肩而过，模糊地漂浮在蔷薇色的海面上。那正是所谓从梦境中渗透出的日常之影，从观念中渗透出的现实……在诗被具体化，心象被客观化的异样的瞬间。这些东西说是无意义也好，说是凶兆也罢，在某种特殊情况下一旦寄宿进来，便会将整颗心占为己有。并且生出一种紧迫的力量，逼着人不得不将其带入并存在于这个世界。如果说真是这样的话，那么"大忠丸"可能也不过是透心中生出的幻象罢了。最初如同羽毛在心上轻轻一挥而过的船影，摇身一变成了接近四千吨的巨轮。但这不过是这世界各地每天都在上演的事情而已。

六点十分。

由于角度的关系，船正以一种比原形更为矮胖的姿态朝这边驶来。仿佛黑色的双叉金龟子，竖着两根起重机吊臂的尖角慢慢爬来。

六点十五分。

船已经近到用肉眼看得到了，但还是如同置物架上忘拿的行李一般，黑黑地摆在水平线之上。随着纵向距离慢慢积累，船变得比任何时候都更像"水平线"置物架上的黑色酒瓶。

六点半。

透过望远镜的镜头，可以斜斜地看到白底红圆中"N"的烟囱标志，甚至连甲板上堆积成山的柳安木材也能看得出是"大忠丸"了。

六点五十分。

"大忠丸"进入眼前的水路后，转向至完全展露侧舷。暮色中，白色的月亮躲进云层中，船上红色的桅灯一闪一闪地发着光。"大忠丸"与一艘迈着蹒跚步伐向彼方前进的梦幻之船擦肩而过。两船之间虽相隔甚远，但是对于船上桅灯的光芒来说可不分远近。随着船只本体擦肩而过的两盏红色桅灯，仿佛在黑暗的大海中成功交换火种后渐行渐远的两支香烟。

直接进港的"大忠丸"，为了防止甲板上的柳安木材滑落，特意在船腹高高立起了前后两根白色的坚固铁栏，用以支撑木材。柳安木材的堆积量使得船的吃水线都半藏在水下，达到了<u>重量承载的极限</u>。热带烈日暴晒形成的焦茶色粗壮树干成束状紧紧捆绑在一起，横在甲板上堆积了好几层。仿佛将成群的有着小麦色皮肤的强壮奴隶的尸体束成一大束，横放在船上运来了一般。

透想起了那个叫作"满载吃水线规则"的仿佛密林一般繁琐至极的新海事法。木材满载吃水线分为夏季的、冬季的、冬季北大西洋的、热带的、夏季淡水区的、热带淡水区六种。其中，热带木材满载吃水线又分为热带区域与季节热带区域两种。"大忠丸"与前者有关。也就是"与在甲板上堆积木材的运输船有关的特别规定"。透曾经出于兴趣，读过划定"热带区域"的精确经纬度、子午线、南回归线等规则,并悉数记了下来。

所谓的"热带区域",包含自美洲大陆东海岸至西经六十度的北纬十三度的纬度线、由此至北纬十度·西经五十八度坐标点的航程线路,由此至西经二十度的北纬十度的纬度线、由此至北纬三十度的西经二十度的子午线,由此至非洲西岸的北纬三十度……由此至印度西岸……由此至印度东岸……由此至马来西亚西岸……由此至位于北纬十度的越南东岸,也就是亚洲大陆的东南海岸……从巴西的桑托斯港……从非洲东岸到马达加斯加西岸……还有苏伊士运河、红海、亚丁湾、波斯湾……

从大陆到大陆,从大洋到大洋,横竖分布着看不见的线,如果将勾勒出的区域称为"热带",它便呼之欲出。凭它的椰子,凭它的珊瑚礁,凭它的海之绀碧,凭它成群的积雨云,凭它的骤雨,凭它五彩斑斓鹦鹉的啼叫。

每一根柳安木材,都贴着大量使用或金或红或绿色彩的、光怪陆离的"热带"的标签运输而来。堆积在甲板上的柳安木材,从热带至此的航海期间,无数次被热带骤雨打湿,湿漉漉的木材肌理映照着闷热的星空。有时经碧波洗礼,有时被藏在深处的绚烂甲虫凿透身体——它可能做梦也想不到,自己经历"九九八十一难",最后却献身给了人类无聊的日常生活。

七点。

"大忠丸"通过了第二座铁塔。目的地清水港灯火通明。

因为超出规定时间范围入港,所以只能等到明天再进行检疫、装卸等工作。即便如此,透还是给通船部门、领航员、警察、港湾管理事务所、代理店、船餐餐馆、洗衣房一一打了电话。

"大忠丸已进入3G水域。"

"喂喂,这里是帝国信号所。大忠丸已进入3G。载货情况?堆得像小山一样,几乎快超重了。"

"是清水船餐餐馆吗?这里是帝国信号所。感谢一直以来的照顾。大忠丸已进入3G,请多关照。"

"大忠丸……对,大忠丸。已进入3G,麻烦了。"

"这里是帝国信号所,您好。大忠丸,已进入3G。现在在三保灯台海域附近。"

"县警吗?大忠丸已进港。是明天七点。对,劳烦您了。"

"大忠……大忠丸。进入3G,您多费心。"

十 四

　　八月下旬的某天晚上，当天不值班的透一个人待在公寓。吃过晚饭，洗完澡后，贪恋傍晚打南边吹来的凉风，便打开了房门，站在蓝色遮雨帘覆盖下的走廊上，空气中还残留着白天的残暑热气。透从地面登上铁梯，站在粗糙的走廊上，各家各户的大门整齐地排列在一起。

　　南边的正对面，有一个近四千坪的木材堆积场，在昏暗的灯光下展露着堆积起的巨大截面。透觉得：有的时候，木材看起来就像沉默的巨兽。

　　对面的森林深处应当有座火葬场，透虽然十分想要见识一次，却从未见过那高大的烟囱里冒出过烟火。

　　南边黑黝黝地划破天空的山体顶端，就是日本平。环山的机动车道上，小汽车前灯的流动清晰可见。山顶酒店的小小灯光闪烁着，电视塔上的红色航空标识忽亮忽灭。

　　透从未去过那家酒店。他对那群奢华一族的奢华生活一无所知。透并不是不清楚思维与财富并不完全成正比，不过他对想要让这世界更逻辑化的想法毫无兴趣。革命是别人要做的工作，与他无关。对于透来说，没有比"平等"观更令人无法忍受的观念了。

等到汗也消了,透正要走回房间时,忽然发现楼梯口附近停着一辆科罗娜汽车。虽然在夜里模模糊糊看不太清,但是透还是认出了这辆车。看着下车的所长,透不禁愕然了。

所长像鹰抓猎物一样野蛮地抓着大大的纸袋,将铁梯踩得铛铛直响,仿佛俯冲捕杀猎物一般的上楼姿态,与平时来工作小屋视察时并没什么区别。

"哟,安永君,晚上好啊。刚好碰上你在家,我带酒来了,咱俩在你家喝一杯,聊点事儿啊。"

所长毫不顾忌时间和地点,大声地说道。透被这种出人意料的头次造访搞得晕头转向,几乎是背着手开的门。

"嚯,真是个好孩子!打扫得挺干净哪!"

所长在透的引领下走到客人的位置,盘腿坐在坐垫上,边擦汗,边环视四周说道。

这座公寓去年才刚刚建成,透本身又有洁癖,所以房间给人一种一尘不染的感觉。铝制的窗框里嵌着红叶花纹的毛玻璃,屋内另有障子①。墙壁是淡紫色的新建材,天花板是洁净得有些过分了的木格子,进出屋内的门是嵌了竹叶花纹毛玻璃的高腰障子②门,就连隔扇上也是奇妙的花纹。足以看出公寓建造者的喜好,委托设计时把所有能用的新玩意儿都用上了。

---

① 拉窗,拉门。日式房屋的设备之一,在拼成格子的木框单侧糊上白纸的窗或门。安在木框上,用于居室采光或间隔房间等。
② (日本式建筑中)下半部带有护板的格子窗或门。糊有油纸,用于朝向室外的出入口等处。

公寓的租金为一万两千五百日元，物业费为二百五十日元。对于公司给负担一半的住房费用一事，透再次向所长表示了感谢。

"一个人住会不会有点冷清？"

"我一个人住也没事，何况上班也是一个人。"

"倒也是。"

所长边从纸袋中拿出一瓶三得利方瓶威士忌，还有装着虾味仙贝等下酒菜的爆满零食袋，边说着要是没有玻璃杯就拿普通杯子喝。

所长这样提着酒来职员家里搞突袭，是高度的异常事态。这就说明不可能是什么好事情。透从不曾经手财会的事务，所以不可能是财务方面出了什么差错。那就只能是在别的方面，出现了自己都尚未察觉的重大纰漏。毕竟平日里向来严肃的所长，现在竟对未成年人劝酒。

透做好了被裁员的准备，虽然没有工会，但这位勤劳的少年心中十分清楚：这年头，就连一个小小的三级无线通讯员也不是轻轻松松就能招得到的。就算被解雇，只要稍稍忍耐一段时间，就肯定能找到下一份工作。透顿时心硬起来，反倒用一副可怜所长的眼神看着他。就算所长真的是来宣告解雇的，透也有自信以不为所动的自尊心泰然处之。不论对方怎么想，透都是"千方百计也难以寻到的宝石一般的少年"。

透推开所长硬塞过来的酒杯，坐在不通风的房间一角，美丽的眼睛里仍闪着光芒。

在这无依无靠的人世间，少年筑起了一座冰城，与出人头地的欲望、野心、贪财、恋爱等很多有可能成为人生绊脚石的东西分隔开来。说到底，透讨厌将自己与他人作比较，所以也就没有所谓羡慕和嫉妒。从一开始便绝了自己与世界和解的道路，所以与世无争。透在世人眼中完全是一只无害的、温柔可爱的小白兔。……失去工作这样的问题,对透来说根本无足轻重。

"两三天前,横滨总公司把我给叫去了。"所长仿佛给自己壮胆儿一般吞了一口威士忌,"我想把我叫去是想干吗呢,毕竟是公司社长亲自打来的电话嘛。我可真慌得不行,想着到底为了什么叫我去呢,说起来有点害臊,进社长办公室时脚都抖得不行。进门一瞧,社长春风满面,让我坐下说话。我想着这应该不是坏事吧,结果听社长一讲,才知道不是我好不好坏不坏的事情。你猜怎么样?是关于你的事啊,安永君!"

透睁大了眼睛。事情的发展出乎他的预料。这样听下来肯定不是要解雇他。

"而且这事说起来还真叫人吃惊。有人托对社长有恩的前辈传话,说想收你做养子。还托我做直接的中间人,让我一定要传达给你。社长可是交给了我一份大差事啊!你小子走大运啦,当然对方也是有眼光、会挑人!"

听到这,透猛地想起来了。要收自己做养子的,一定是那次交换了名片的老律师。

"那个,想收我做养子的先生是不是姓本多?"

"对呀,你怎么知道的?"

这次轮到所长瞪大了眼睛。

"他曾来过信号所参观过一次。但是就见了一面,这么快就要收养子真是蹊跷。"

"听说那位还两次三番托信用调查所调查你来着。"

听了这话，透想起了绢江所说的事情，不禁皱起了眉头。

"这做法真令人不爽。"

听到透说这话，所长急忙狼狈地再三辩解道：

"但是所有的调查结果都显示你是个完美无缺的模范少年，所以你就网开一面吧。"

此刻，透的脑袋里最先浮现的，不是那位老律师，而是那个与透所处的世界相距甚远、西洋做派的任性老太婆，像只到处挥撒鳞粉的蛾子一般盘旋着。

那一晚，虽然透困得不行，还是被所长逮住劝到了晚上十一点半。透时不时地抱着膝头昏昏沉沉的就要睡着了，又被酩酊大醉的所长逮住，摇着他的双腿劝个没完没了。

对方是个无妻无子的独居老人，而且还是位家财万贯的名士；之所以看中透，是因为与其收养其他名门之后，不如收养真正有好学心的优秀少年，对本多家来说，甚至于对日本的将来都是十分有益的事情；收养手续一旦完成，便立刻让透做高中入学准备，为了能够考进好大学，还要配备家庭教师；作为养父想要让透读法科或者经济，至于将来的职业选择则全权交给透自己，为此养父将不遗余力地充当坚实后盾的角色；养父本身早已是风烛残年，死后没有烦人的亲戚，本多家财产悉数归透所有……所长对着透一通分析利弊，总结到最后就是一句话：没有比这更尽善尽美的事情了。

但是，为什么是自己呢？透如此想道，不禁觉得自尊心有些受伤。

对方跨越而来，这边也是跨越而去，两者刚好不期而遇。对方拿这超乎常识的事情当作理所当然，透也能接受这种想法，只有所长这此夹在中间的常识家们还被蒙在鼓里。

其实，透并没觉得这事有什么好震惊的。从一开始见到那位文静的老人，透便预料到了自己与老人之间终归会发生些异于寻常的事情。透有自信绝不会被人看穿，然而透那即使被人误解也不会惊讶的认知能力，让透疏于对俗世投来的误解眼光进行检查，赐予了桀骜的透以"囫囵个儿吞下误解招致的结果"的能力。如果发生了什么荒唐可笑的事情，那一定是美丽的误解招致的结果，在假设自己对世间的一切错误认识心知肚明的前提下，不论发生什么都不奇怪。将他人对自己抱有的善意和恶意悉数建立在"误解"的基础上，这种思维方式包含着怀疑主义走火入魔后的自我否定，也包含着盲目的自尊心。

透蔑视必然，蔑视意志。如今，他有充分的理由可以想象自己身处于迂腐的《错误的喜剧》[①]的漩涡之中。没有意志的人抱怨意志被践踏了，没有比这更令人发笑的事情了。如果狠下心来遵守逻辑来行动的话，对于透来说，"没有想成为养子的意愿"与"接受成为养子一事"就没什么差别。

如果是一般人，面对如此无凭无据的邀请，肯定会立刻变得不安起来。但是这说到底是对方的评价与自恋进行比较、较量的问题，透的思考方式与此不同，透根本不将自己与他人作比较。该不如说一切越是如同缺乏必然性的儿戏一般，越是接近于有钱人的一时兴起。这场邀约中包含的必然性越是稀少，对于透来说也就更容易接受。没有宿命观的透，不可能被必然性的麻烦纠缠上。

[①] 英国剧作家莎士比亚早年创作的滑稽喜剧。

总的来说，这场邀约就是以培育人才为幌子的施舍。要是同寻常的缺心眼少年一般，选择叫嚣：

"我可不是乞丐！"

对于透来说也并非不可，但这种反抗未免太具少年漫画风格了一点。透还有更为神秘的武器——以本质上的拒绝来接受。

实际上，透有时看着镜子，仔细研究过自己的微笑，竟发现随着镜中光线忽明忽暗的变化，微笑中飘着几丝少女般的微笑。这位少女仿佛来自一个遥远的国度，语言不通，似乎只以这微笑作为连接他人的唯一通路。当然，这并不是说自己的微笑女里女气。

但是终归这既不是媚态也不是含羞的微笑，不能说是堂堂男儿的微笑。这微笑仿佛在踌躇与决断之间最为微妙的巢穴中待机的鸟儿，为对方安设了这样一种危难：破晓时分的微光，令人分不清泛白的街道与河川，每踏出一步都要担心有溺亡的危险。透忽然觉得，这微笑并不来自父亲，也不来自母亲，大约是继承了自己年幼时不知在哪儿见过的、一名未晓芳名的女子的微笑。

另一方面，透也明确了自己不是因为自恋到错估了自我价值才接受了此事。

透对自己身上的每一处都了若指掌，再锐利的眼光也没办法像透了解自己那般了解透，因为这正是透本身自尊心的根据。不论再怎么给他人所能见到的最大限度的透发出施舍金钱的邀约，也都只能相当于给透的影子进行施舍，绝不会伤到透的自尊心。透是安全的。

虽说如此，对方的动机真就如此无迹可寻吗？其实也没什么好纠结的。透很清楚：无聊的人就算把地球卖给收破烂的也根本毫不在乎。

透双手抱膝，边昏昏欲睡，边遵循自己的思考暗自下定了决心。不过，答应这件事得再等一会儿，得再吊一吊所长的胃口。让所长之后可以在人前称赞说服透费了多少口舌，这才显得更有礼貌。

事到如今，透仍旧很满意自己不常做梦的品质。明明是为了所长才点上了蚊香，结果蚊子却把透的脚给叮了。那阵奇痒在睡意沉沉中，仿佛皎皎明月一般。迷迷糊糊中，透想着一定得把抓过脚痒的这只手洗干净不可。

"看你也是有点困啦。也难怪啊。哎呀，已经十一点半了，我待的时间太久啦。来，安永君，这事就这么说定吧。你肯答应的，对吧？"

所长站起身来，像是要给透施压一般，重重地将手搭在透的肩头。

打所长今天来后，透第一次露出了清醒的神色。

"好的，没问题。"

"你肯答应啦？"

"对，我接受。"

"真是谢谢你啦！接下来就由我代替你父母跟那边接洽了，没问题吧？"

"没问题，拜托您啦。"

"这里失去你这样的人才，我也十分遗憾哪！"所长说道。

他醉得实在没办法开车，于是透便在附近叫了辆出租车，把所长送回了家。

十 五

第二天也不是透当值,于是他便去看看电影,去港口看看船只,度过了这一天。第三天早上九点开始,透开始上班。

来了好几次台风之后,残暑的天空上终于出现了几片夏天的云。一想到这可能是在这个信号所度过的最后的夏天,就连天上往来的云朵似乎也变得格外惹眼起来。

夕阳下的天空景色十分美丽。海面上几朵横在天上的云朵,积雨云如神灵一般驻足观望。

这片森严的云彩泛着淡淡的橙色,头顶上又有横云切过。积雨云上上下下强壮的肌肉含着羞涩的蔷薇色,云朵背后的蓝天,呈现崇高的水蓝色。有些横云偏暗,有些则如弓弦一般闪耀。

那是最靠前、最宏伟的一朵积雨云。排成一列蔓延在海面上方的几朵积雨云,以一种近似夸张的透视效果,在澄澈的天空中呈阶梯状压低着身姿。透每次看到这派景象便觉得一定是云的骗术。实际上渐渐低下去的云朵横队,只是用近大远小模拟出这番景象,想要诓骗过人们的眼睛而已。

仿佛士兵白色阵列整齐有序的白云中,也有逆卷在上方的黑云,仿佛龙卷风一般盘旋直至天际，还有染着蔷薇色的光芒的云朵。在这其中的横云的颜色，一个个分解出浅红、淡黄与浅紫色。伴随着这五彩斑斓，积雨云的颜色仿佛也失去了健康感。等透察觉到这一点时，方才那样闪耀着白色光芒的神灵之颜，也变成了灰色的死相。

十六

本多查到透的生日是昭和二十九年（1954）的三月二十日，倘若金茜的忌日晚于此的话，两人就谈不上有什么联系了，所以本多下了好大一番功夫去追查金茜准确的忌日。虽说如此，却一直没有查到准确日期，在这样的情况下开始了接纳透作为养子的手续办理。

听金茜的双胞胎姐姐说，只能知道金茜的死发生在春天，本多十分后悔当初没有弄清她死的确切日期。之后虽然也向美国大使馆确认了归美后金茜的居所，但是无数封询问她去世准确日期的信件，最终都石沉大海。最终山穷水尽，不得已托外务省的友人向日本驻曼谷的大使馆发出了询问，在得到一句"现在正在调查中"的回信后便再也没有了消息。

要是不怕花钱，倒还有几条路可以尝试。不过，本多年老的焦躁感与甚为极端的吝啬使他一心急于把透收为养子，疏忽了对金茜忌日的调查。不知为何，本多已经开始懒得管这些了。

昭和二十七年（1952），本多尚是神经柔软的青年，还在为古典的财产三分法感到不安。现如今，原先那些古典的常识都已作废，本多却反倒固执起来，甚至与比自己年轻十五岁的财务顾问大吵一架，不欢而散。

即便如此，财产在过去的二十三年间，还是翻了至少五倍，变成了十七八亿日元。昭和二十三年（1948）得到的三亿六千万日元，被三等分为每份一亿两千万日元，按照土地、证券和银行存款分配为三份。土地增长十倍，证券增长三倍，银行存款减少了。

本多就像在旧时英国风的俱乐部中扎着蝴蝶结打台球的绅士们一样，无法割舍对资产股票的喜爱。在那个时代，只有持有东京海上、东京电力、东京瓦斯、关西电力等所谓"坚实而具有品格"的股票的人才拥有成为绅士的资格。本多至今也没办法将自己从蔑视投机行为的这种恶趣味中解放出来。话虽这么说，尽管是无聊的资产股票，在这23年间也增长了三倍。免除15%的红利所得税之后，从分红所得中扣走的税金可谓是微不足道。

股票同对领带的喜好一样，印花花纹、极尽奢华的宽领带，老人可不能戴。只要不打那种领带，虽也不会因此获利，但是相对地也不必冒其招致的危险。

从昭和三十五年（1960）开始往后的十年间内，人们开始渐渐效仿美国，能够由一个人所持的股票数来猜测他的年龄。曾经的人气股日益变得粗鄙起来，越来越变得摸不清底细。

生产半导体收音机零部件的厂商，创下了年销售额一百亿日元的记录，原本五十日元的股票涨到一千四百日元这种事情早已司空见惯。

本多虽然十分在乎股票的品格，但是对于土地的品格却向来是关心甚少。

昭和二十八年（1953），在相模原的美军基地周边，掀起了一股修建房屋专门出租给美国人的热潮，且收益相当不错。在当时，比起土地，盖房子更耗费财力。完全不将建房子放在眼里的本多，在财务顾问的大力劝说下，以三百日元一坪的价格买了一万坪新地皮。现如今已经涨到了七八万一坪，原价三百万日元的土地，现在已经涨到了七亿五千万日元。

当然这也只能说是侥幸，本多拥有的地产中既有走势乐观的，也有涨幅不太理想，所幸的是没有一坪的价格是往下掉价的。事到如今，本多又开始后悔当初没买那本金三亿六千万日元的山林，哪怕什么也不修建只是山林，甚至只买一半也好啊。

财产增值是一种不可思议的体验。本多若是再大胆一些，说不定财产还可以翻个几十倍。但是转念一想，正是因为自己执着求稳，所以也并没有失去任何财产，便更加坚信自己所走的路是最好的道路。尽管还有一些微不足道的悔恨与不足。若要将这心情追究到底，便能认识到那是对自己天生性格的悔恨，随后也不得不产生一种不健全的情绪。

尽管知道落后于时代的财产三分法会给自己带来损失，本多还是将其作为自己的原则守护着，至少获得了心理上的安宁。那是一种对古典资本主义三位一体的崇敬。这种崇敬中存在着某些神圣的东西，释放着自由主义经济学的"预定和谐[①]"理想的残光。而这象征着，与

[①] 莱布尼茨用语，指由单纯而又相互独立的单子的统一体形成的世界的和谐一致是由上帝的意志预先安排好的。莱布尼茨的"形而上学"学说，认为构成万物的单子是不可分、不可灭的实体，虽不具有相互作用，但可通过最高级的单子——上帝来表现"预定和谐"。

本国的绅士们悠然自得的理智矜持与均衡感觉正相反，殖民地人民一直饱受原始而不安定的单一经营模式的折磨。

但是这种说法还适用于今天的日本吗？只要税法不改变，只要没有企业回到只靠自己的资本进行经营的模式，只要银行依然要求用土地来为融资作担保，只要日本国土上下依旧还是一份巨大的抵押品，便会无视古典法则继续呈现升值的势头。能阻止这种升值的，只有经济发展的停止，或者是共产党上台执政。

即便对这些心知肚明，本多还是忠实地坚守着安全坚实的古代幻影，买了生命保险后，愚钝得守护着日益崩坏的货币价值。对于本多来说，勋生活的那个轰轰烈烈的时代，那种金本位制度下的遥远黄金幻象似乎仍然残留在心中。

自由主义经济学的"预定和谐"美梦早就破碎了，马克思主义经济的辩证法的必然性也早就变成了怪胎。曾被预言过要灭亡的事物仍在苟延残喘，曾被预言为要发展的东西（虽然的确是发展了），却变质成了别的东西。纯粹的理念再无容身之所。

相信世界将要走向灭亡并不是什么难事，要是本多还是二十岁那肯定就信了。但是正是世界迟迟不完全崩坏这一点，更让如履薄冰般生息繁衍在世界中的人类认识到，这是个不容忽视的问题。要是知道这冰早晚有一天要裂，那谁还会在上面溜冰？然而，如果知道了这冰绝不会裂，那也就失去了看别人坠入冰窟的乐趣。问题在于自己驰骋在冰面上时冰会不会裂，而本多的滑行时间已经是有限的了。

而即便是在这期间，财产利息以及各种收入也在时间的流逝中逐渐增多。

本多认为人的财产就是这样累积起来的。只要积累资产的速度能够大于物价的上升速度，实际上就相当于资产的净增长。这样建立在非生命原理之上的东西，只能以逐渐侵蚀建立在生命原理之上的东西为代价进行增长。利息的增值，同白蚁对时间的侵蚀是一回事。不论在哪里，只要有利息的渐渐增长，就会伴随着白蚁一步一个脚印啃食时间的声音。

只有这时，人们才能察觉到生出利息的时间，与自己生存的时间性质上的不同……

以上这些，就是每当本多过早地清醒过来，躺在床上等待破晓的曙光时，一定会像游戏似的反复思虑的事情。

利息在一望无际的时间平野上，如苔藓一般蔓延繁殖开来。我们无论如何也追不上那蔓延的速度。因为我们的时间，总会渐渐地爬过山玻，将我们引至断崖之上。

那时本多还年轻，认为自我意识只与自我有关。一口名为自己的透明水缸中，漂浮着黑色海胆一般浑身倒刺的"实质"，年轻的本多认为只有与此相关的意识才叫自我意识。"恒转之物如暴流"，即使在印度知晓了这句谚语后，本多也花了三十年才真正从日常生活中体会到其真谛。

老了以后，本多才真正将自我意识归结为时间的意识。本多的耳朵开始能够分辨出白蚁啃噬自己白骨的声音了。人们在如此淡薄的生的意识中，蹉跎着每一分、每一秒、一去不复返的时间。老了之后才能学会感受那一滴一滴之中的浓度，其中的酩酊。仿佛罕见的葡萄美酒中滋味醇厚的一滴，美妙的时间的一滴……就这样，时间如滴血一般一去不回。所有的老人都将因干涸枯渴而死去。这枯渴，是在老人尚拥有丰盈的热血、丰盈的酪酊之时，在他们年轻气强的美好时期，怠慢时间蹉跎岁月的报应。

没错。老人才懂得时间中包含着酪酊。可等他们学会了这一点，却已经失去了足以酪酊的美酒。为何当初没尝试过留住美好的时光呢？

虽然对自己也有自责，但是本多并不认为没能在应尽之时将美好时光留住是出于自己的怠惰与胆小。

终于等到闭着眼也能感受到透进眼皮的微微明光，本多继续将头埋在枕头里，对着心里自言自语。

"不对，对于我来说，不存在想要留住时光的时期，不存在祈求'如果时间停止的话……'这样的时间。如果说我身上也或多或少地存在宿命一类的东西的话，那就是'无法留住时光'这东西了——这便是我的宿命。

"因为我从未拥有过'绝美的青春'，所以自然也没有想要留住的时光。然而人们都想让绝美的时光驻留，我却分不清自己的人生里哪些时光是绝顶的。虽说不可思议，但是我并不后悔。

"不对，哪怕是让青春走过头一点也无妨。如果绝顶的时光来临了，那么时光便应该驻留在那里。但是，如果说探究绝顶的眼睛便是认知的眼睛，那我恐怕不能苟同。因为这世界上再没有男人能像我一样一刻不停地调动着认知之眼，没有人能像我一样时刻提防着意识的瞌睡。只有认知之眼是不足以看清绝顶的，那需要宿命的援助。但是我自己最清楚不过了，赐予我的宿命近乎极致的稀薄。

"如果说是我强韧的意志阻碍了宿命的到来,这也很容易理解。但真是如此吗?所谓意志,不正是宿命剩余的渣滓吗?自由意志与决定论之间,不正如印度的种姓制度一样,天生便有着贵贱之别吗?而意志,自然是低贱的那一方。

"年轻时,我从未这么想过。那时的我认为所有的人类意志都是与历史有关的意志。但是那历史去哪儿了呢?那跌跌撞撞的乞丐婆呢?

"……当然,有些人天赋异禀,生来就能留住绝顶的时光。我这一生中见了很多很多这种人,所以也只好相信真的有这种天赋。

"这是怎样一种能力和诗情,怎样一种幸福呵!竟能在攀登到山顶,皑皑白雪映入眼帘的刹那间就将那美好的瞬间收留在眼底!那时,那刺激人心,使人达到一种微妙心境的山巅的倾斜,高山植物的分布,都已经给了他预感,让他预先察觉到时间明确的分水岭。

"再向前走,就会明白时间不再上升,而是变为一刻不停地连续下降。下降的路上,很多人都在从容自得地进行收获。但是那又怎样?只要翻到山对面去,不论是水流还是道路都将笔直朝下坠落。

"啊,肉体永远的美丽!这才是能让时间驻留的人类特权。现在,在想要驻留时间——在距离只有绝顶一步之遥的地方,首先出现了肉体美丽的绝顶。

"白雪巅峰正确的预感中,存在着人类肉体澄明的美丽、不吉的纯粹、污蔑的冰寒。在那时,人类的美便与羚羊的美完美地统一起来。高傲地扬起头上的双角,浸润在拒绝中的温润眼神,稍稍抬起混着白斑的流丽前蹄,头戴闪光的山顶飘过的浮云,充斥着诀别的傲骨。

"向着留在大地上的人、久居于时间停止流逝之地的人高高挥起诀别之手,这是与我极不相配的事情。要是我突然在街角挥起诀别之手,可能会有出租车会错意停下来。

"可能我这一辈子,就只能不停地让出租车停下来,而做不到让时光停下来。将自己带往别的地方,在下一个地方又再次确认了自己的时光无止地流逝,于是再次前往下一个场所。凭借着毅然决然的意志,只为将自己不断地从一处运到另外一处。没有诗情,也没有幸福。

"……没有诗情,也没有幸福!这是最重要的。我清楚得很,生活的秘诀就在于此。

"即便留住了时光,也逃不过轮回。这也是我已知之事。

"透应该同我一样,不能容许那诗情和幸福带来的莫名恐惧。这就是我对待那名少年的教育方针。"

……本多想到这里,完全清醒过来。身体各处淤塞的疼痛以及卡在咽喉的痰液替他如实地确认了新一天开始的意识,睡梦中被分解开来的肢体像是遵从重组义务的奴隶一般,又像一把陈旧的折叠椅一样,本多将自己的身子从床上支起来。房间已然变得明亮。本多有个习惯,一般醒来便直接拿起枕边的内线电话告知佣人。但是这次,他仿佛猛地想起些事情,没有打电话,而是径直走到博古架旁,拿出莳绘[①]手匣中透的调查文件,仔细地研读着其中的关键。

[①] 用漆画出纹样,粘上金、银、锡、色粉等的漆器工艺。从技法上大致分为霞彩描金磨光莳绘、平莳绘和高莳绘。是漆器工艺的典型技法。

《接收养子调查报告书》

受理番号　M第二五八二号

客户番号　第一四九三号

本多繁邦先生　昭和四十五年八月二十日

株式会社　大日信用调查所

姓名　安永透　昭和二十九年三月二十日出生（十六岁）

籍贯　静冈县庵原郡由比町6-152番地

现居　同县清水市船原町2-10明和庄

一、本人事项

（A）经历与现状（略）

（B）体质与仪表（略）

（C）性格品行

头脑明晰，从其IQ高达159也可以看出这位少年的确是位天才。相对于IQ100上下约为47%的出现率，IQ140以上的出现率仅为0.6%，十分稀少。这样的才俊，双亲早逝后被贫穷的伯父抚养长大。由于其不幸的遭遇，中学毕业后便中断了学业，着实可惜。而且他并未自恃于自己的聪颖，对待单调的工作也尽心尽责，谦虚的态度颇受上司和同事的喜欢，由此可知品行优良。考虑到十六岁的年纪，品行也基本没有什么问题。唯一的一点是曾庇护过邻居中一位受欺负的疯女绢江，据说两人交往甚密，但是并非男女关系，再次证明他的温润与人道主义。绢江也像尊敬神灵一般尊敬比她年少的透。

（D）趣味嗜好

并没有什么太具体的爱好，最多就是在休息日去图书馆，去看看电影，去清水港看看海上的船只之类的。似乎有点孤独癖，出门时多为一个人行动。但是作为未成年有抽烟的嗜好，也大概是出于其孤独、单调的工作性质下的无可奈何。目前还没有看出对健康有任何影响。

（E）婚姻状况

理所当然，未婚。

（F）思想与交友关系

由于尚年少，所以全无参与过激政治活动的意向，或者说有厌恶一切政治活动的倾向。所属公司现在并无工会，但是也没有表现出想要参加工会的样子。相较其年龄，读书颇为丰富，涉及各种领域的书籍。但几乎没有藏书，为此成为常去图书馆的热心书客，通过其非凡的记忆力掌握了许多知识。对于与左翼或右翼的思想相关的过激类书籍并无沉迷迹象，似乎倒是更有意向阅览百科全书等知识大全类书籍。交友方面，除了与中学时期的两三名旧友尚有往来外，没有其他的友人。

（G）宗教信仰

已经去世的双亲其实是信仰佛教的，但是安永透本人对宗教方面并无关心,也不从属于任何新兴宗教,对于信教者执拗的劝诱也是一直持拒绝态度。

二、家庭(略)

三、家世、血统、亲戚关系

父方、母方亲属,以及曾祖父都做了调查,没有发现患精神类疾病的体质。

十七

本多将十月末的某一日定为教授透西餐餐桌礼仪的第一天。本多特意吩咐在小接待室设好餐桌，订了法国大餐还请来了服侍人员，万事按照正规晚宴的标准来进行，还让透穿上了新定制的藏蓝色西装。首先从进入座席的礼仪开始：要尽量坐得靠近椅背，尽量减少椅子与餐桌之间的间隙；绝对不能将两肘支在餐桌上；决不能低头冲着盘子；尽量将双肘贴近侧腹，等等，逐一讲解。从餐巾的挂法，到喝汤时要倾斜着汤匙灌进口中，注意不能发出声音等方法，万般提醒。透乖乖照做，不会做的地方便反复练习。

"西餐礼仪虽然看似没什么大不了，"本多边教边说，"但是能够以完整礼仪自然悠闲地吃西餐的话，看见的人都会觉得安心。只要能给人留下哪怕一点有教养的印象，都会格外增加社会信用。因为在日本，'有教养'就意味着身体习惯西洋风的生活。纯粹的日本人，不是阶级低下就是危险人物。将来的日本，这两类人想必都会减少吧。纯粹的日本之毒渐渐淡去，对于世界上的任一国家来说，日本都将变成更合口的嗜好品[①]。"

[①] 不追求营养而是以品位为目的的饮食物，如酒、茶、咖啡、香烟等。

本多这么说道，确实想起了勋。勋大概就不懂西餐礼仪，他的高贵与这种事情无关。正因如此，透才更应该从十六岁起便熟习西餐礼仪。上菜时从左边上，上饮料时从右边上；刀叉应当从外侧取用……本多一边目不暇接地教授着，一边看着透像一个潜水员，想要在水中乱抓一气，却只看见了自己缓缓伸出的手。本多进一步说道：

"边吃也要边适度地讲点话，通过对话来放松对方的心情。但是边咀嚼边讲话口中的食物碎屑会到处乱飞，所以被人搭话的时候，要注意调整自己咀嚼的频率。现在，父亲会向你搭话，你试一下能不能好好回答问题……这就对了。从今晚开始，你不要拿父亲当父亲，要拿我当作一位世间的伟人，讨得他的欢心便能得到很多好处的那种人。我们两人来演练一下，好吧？你功课做得不错，三位家庭教师也都很佩服你，但是为什么你一点都不想交朋友呢？"

"因为我并不想要朋友。"

"你看，这种回答就不行。就这一句话，世人就都会认定你是个怪胎，朝你翻白眼。重来一次，怎么回答才好？"

"……"

"这样不行啊。就算功课做得好，不懂常识可不行。要尽量表现得活泼一些，要这样答：'眼下以学习为最要紧，没时间结识朋友。但是我觉得以后考上高中自然就能交到朋友了。'你说说看。"

"眼下以学习为最要紧，没时间结识朋友。但是我觉得以后考上高中自然就能交到朋友了。"

"对对，就是这样。……我想想……然后突然聊到了美术。意大利美术中你喜欢什么？"

"……"

"意大利美术中你有何喜欢的？"

"曼塔纳①。"

"小孩子家家的喜欢曼塔纳，真是荒谬！而且对方甚至可能不知道这是谁，你只要这样答了肯定会给人留下不快的印象，拿你当不懂装懂的耍小聪明之人。应该这样回答才是：'文艺复兴很不错呢。'你说说看。"

"文艺复兴很不错呢。"

"就得这么来。这样的回答，能给对方一种优越、怜悯且十分可爱的感觉，然后你就能获得机会，听对方根据他那一知半解作长篇大论。就算内容全是错的，或者说，就算说得对的内容你之前也已经全都知晓了，也得用一副好奇而尊敬的眼光认真听下去。这世间对年轻人的要求，无非就是做好一个容易被骗的听众，除此之外不作任何要求。只要能让对方滔滔不绝地说话就算你赢。一刻也不要忘记这一点。

"虽说世间并不要求年轻人拥有聪明才智，但是一旦他们碰上一个过于圆滑的年轻人也会忍不住怀疑一番。所以你得拥有某种使长辈兴奋的、无害的偏执。像是摆弄机械啦，棒球啦，吹小号啦，尽量是均衡的、抽象一点的爱好，要与精神无缘，也要与政治无关，最好能是不怎么花钱的爱好。这样，那些长辈确认过你剩余能量的发泄处，便能安心了。在这一点上，哪怕你有点出格的举动也不要紧。"

---

① 安德烈亚·曼塔纳（1431—1506），意大利文艺复兴时期巴杜亚派画家。作品有《凯撒的胜利》《哀悼基督》和为曼图阿城冈查加大公所作的官殿壁画等。

"进了高中之后,也要在不影响学习的前提下参加一些体育活动,最好是对健康有益处的运动。说起运动员,最好的一点就是别人不拿你当聪明人看。因为当今日本追求的美德便是:对政治盲从,对长辈忠诚。

"你必须以最优异的成绩从学校毕业,同时还得像鼓满的风帆一般孕育令人安心的所谓'愚蠢'这一美德。

"关于金钱方面,进入高中之后再教你。因为眼下,你的身份足够你完全不去考虑这方面的事情。"

面对老老实实的透,本多如此执拗地劝诫着。不知不觉中本多有种感觉:眼前不是透,而是清显、勋和金茜,自己是在对着他们不厌其烦地讲来讲去。

他们要是也能这样就好了。如果他们不完全按照宿命去完成,如果他们能将步调调整为与世人一致,如果他们也拥有在人前隐藏自己飞行能力的智慧就好了。世间不容许这世上有会飞的人存在。翅膀是危险的器官,使人在飞翔之前会先走向自我毁灭。只要和那群蠢蛋顺利谈妥,不仅能让他们对你的翅膀睁一只眼闭一只眼,还能让他们到处替你宣传:

"那个人的翅膀只是个装饰品,不用在意。试着相处一下,你会发现他其实很普通,是个有常识、值得信赖的人嘞。"

可不能轻视这种口头上的保证。

清显、勋和金茜,谁都没有为这事努力过。这是对人类社会的侮蔑与傲慢,早晚会受到惩罚。他们就连在苦恼的时候,也凭借特权放纵过头了。

十八

三位家庭教师都是考上东京大学的精英，一人教社会和国语，一人教数学和理科，还有一人教英语。昭和四十六年（1971）的高中升学考试，预想将取缔一直以来的对错二选一题型，与此同时会增加论述类题型。此外，据说会加考英语听力和国语的作文。透突然被要求听英语新闻广播，录进磁带里，必须反复听上几十遍。

理科中，有一道关于地球与天体运动的试题：

（1）在黎明时分观测金星，它处于哪个位置时能进行最长时间的观测？请用图中的符号作答。

（2）如果用望远镜观察处于问（1）位置的金星，那么它呈什么形状？请从下面的①、②、③、④四个选项中选出最正确的一项，用数字符号作答。

①西半边发光。

②东半边发光。

③像月牙一样，发光区域窄。

④呈圆形，全发光。

（3）日落时，火星在正南方的天空闪烁，这意味着火星到达了什么位置？请用图中的符号作答。

（4）午夜零点，火星在正南方的天空闪烁，这意味着火星到达了什么位置？请用图中的符号作答。

透迅速指出了图上的B点，正确回答了问（1）。又选出了问（2）的③，指出问（3）的L点，又马上找出了太阳—地球—火星处在一条直线时的G点。四问全部回答正确，把家庭教师吓了一跳。

"你以前做过这道题吗？"

"没有。"

"那为什么能这么快回答出来？"

"火星还有金星之类的，我原来每天都在看，所以很清楚。"

透像一个小孩被问到饲养的小动物的习性一般，一副回答正确是理所应当的样子。对于透来说，群星不过是被困在信号所望远镜围成的栅栏中的小白鼠，只能一个劲儿地踩着跑轮转来转去。透只是静静地观察它们，并喂给它们名为思念的饵料。

但是这并不意味着透很怀念自然，也不意味着透为失去望远镜中的世界而感到悲伤。那份单纯到不可思议的工作本身拥有透最爱的"工作"的感觉，放眼望向水平线的彼方也成为给透带来幸福的源泉，但是透并不为失去这样的爱与幸福感到惋惜。至少二十岁成人之前，透给自己布置了这样的任务：守在老人身边，在洞窟中摸索着前行。

在家庭教师的选拔上，本多着实下了一番功夫：亲自面试，尽可能挑性格开朗、世俗的才子，想让他们成为透的榜样。然而千算万算还是会失算，教国语的姓古泽的大学生，似乎对透的头脑和性格抱有一种别样的兴趣。作为对辛苦学习的犒劳，他常带透去附近的咖啡厅，有时还会陪透出趟远门，到处转转。本多为其开朗的外表所欺骗，甚至还十分感激他。

透也挺喜欢古泽敢随便说本多坏话这一点，但自己决不草率地应和这话。

有一次两人闲逛着走下本乡真砂坡路，在区役所前左转，向着水道桥走去。地铁六号线的施工把机动车道搞得一团糟，到处围着高大的脚手架，遮住了后乐园方向的景色。过山车纤细的钢架仿佛刚刚织好的镂空罩笼，只能从那笼眼中一窥十一月下旬早早降临的夜色。

经过卖奖杯、体育用品和荞麦面店门前，二人站在马路这边，望着对面的后乐园游乐场入口，五彩斑斓的墙壁上横跨一座拱门，旁边装饰的两列灯泡从右向左无止境地延伸着、闪烁着。有块告示牌立在地上，上面写道：

"截至八点的夜间营业时间，于十一月二十三日结束。"

这么说来，这附近的灿烂夜空，还有两三天也就要消失了。

"怎么样？去玩玩旋转茶杯，换换脑子吧？"

古泽问道。

"嗯。"

透回答得含含糊糊的，想象着小电灯泡闪烁之中，稀稀落落几位客人坐上脏桃色的旋转茶杯；想象着自己只能看见周围景色的明暗如横格纹一般交织在一起，享受着违心的天旋地转。

"嗯？到底是去还是不去啊？离考试还有九十二天呢，别愁眉苦脸的，你肯定能考上。"

"要不还是去咖啡厅吧！"

"你这人，就不能说走就走嘛。"

棒球场三垒一侧的大看台盛着满到快要溢出来的夜色，仿佛一只巨大圣杯耸立于此投下的影子。在影子正对面，是一家名叫雷诺阿的半地下咖啡厅。古泽径直走下楼梯，进入店里。

透跟着古泽走下去一瞧，店面竟出乎意料的宽敞。喷泉周围零散地配着几把椅子，桌与桌之间的距离也显得十分大气，淡茶色的绒毯稳重地吸收着令人安心的照明。客人也不多。

"没想到家附近还有这样的地方。"

"所以我才说你是温室里的花朵。"

古泽点了两杯咖啡，又从口袋中掏出一包烟，随手递给透一根。透一看到烟便赶忙接了过来。

"在家偷偷抽烟很累吧。"

"本多先生也真是过分。你跟普通的中学生根本不一样，都是当过一次社会人的人了，又强制你戒烟，这是想把你拉回儿童时代呢。不过你也就忍到二十岁吧，等考上了东京大学就能尽情高飞，让老爷子大吃一惊！"

"没错，我也这么想。但是还请为我暂时保密。"

古泽略微皱了下眉头，怜悯地微笑了一下。透知道，这是只有二十一岁的古泽故作深沉的一种表情。

古泽戴着眼镜，长了一张随和的圆脸，每次笑起来鼻子上都会挤出小小的皱纹，有一种独特的可爱之处。每当眼镜往下掉的时候，古泽总是会用食指将眼镜托往眉间推，仿佛不间断地斥责自己一般。

古泽的手和脚都很大，比透块头大多了。铁道职员家庭出身的这位穷秀才，将自己暗红色巨虾一般蠢蠢欲动的灵魂暗藏在别人看不见的深处。

在古泽眼中，透是一个与自己一样出身贫苦，侥幸获得多金养父的垂爱后牢牢抓住不肯松手，态度坚决、吃苦耐劳的少年形象。透并不想马上打破他的这种幻想。

别人怎样看待透，那是他们的自由。从一开始他的自由便是别人的所有物，真正属于自己的，只有侮蔑罢了。

"虽然不知道本多先生的真实意图，大概先生拿你当作英才教育的Marmot①了吧。但是你也算赚到了，堆积成山的财产等着你去继承，省去了拿脏手抠着世间的垃圾山，一刻不停地向上爬的痛苦了。但是你必须守住你的自尊，即便那自尊有可能毁了你。"

透本想说一直都有，后来还是抑制住了，说道：

"好的。"

透有个习惯，想说出口的话都得先在嘴里咂咂味，要是自己觉得这话太过幼稚，就再咽回去。

今天晚上，本多被邀请去参加律师之间的会餐，所以透就算回去也是一个人看家。所以和古泽随便找个地方吃顿简餐，晚点回去也没关系。父亲留宿家中的晚上，透就不能这么悠闲，无论如何都得在七点与父亲一起用晚餐。有时也会有来客共进晚餐，透最头疼的便是庆子来访的夜晚。

---

① 荷兰语，豚鼠、小白鼠。天竺鼠的异名，用于实验。

喝了咖啡之后，眼睛又开始变得清亮起来，但是周围却并没有什么值得眼睛去看的事物。茶碗底部是半圆形的咖啡沉淀物，与望远镜镜头一般，浑圆的不透明茶碗的厚重瓷底，挡住了透视线的去路。茶碗底部，白色瓷器之上，完整地显露着人类社会的底层。

古泽似乎并未打算将侧着的脸朝向透这边，接着像是突然把烟头扔到烟灰缸中一般开了腔：

"你考虑过自杀吗？"

"没有。"

透惊得瞠目结舌。

"别拿那种眼神看着我啊，我也没有很认真考虑啦。我还讨厌自杀之人的衰颓和软弱呢。但是只有一种自杀是可以被容许的，那就是自我正当化的自杀。"

"怎么样才叫自我正当化的自杀呢？"

"你有兴趣啊？"

"嗯，有点。"

"那，我就给你讲讲……比如说，有一个故事，讲的是一只老鼠坚信自己是猫。不知为何，但是这只老鼠在对自己的本质进行了一番考究之后，最后确信自己的确是一只猫。所以看待同类的老鼠的眼光也变得不一样起来。这只老鼠相信其他所有的老鼠都不过是自己的饵料，它只不过是不想暴露自己猫的身份，才不吃老鼠。"

"这还是只大老鼠呢。"

"这不是肉体大或小的问题，这是关乎信念的问题。这只老鼠认为自己有着老鼠的外形，只不过将这层伪装披在猫的观念之上而已。这只老鼠相信思想，不相信肉体。拥有猫的思想便已足够成为猫，并不需要外观来体现思想。因为这样才更有侮辱的乐趣。直到有一天……"

古泽用指尖推了推眼镜，鼻侧蹙起的皱纹看起来十分有信服力。

"直到有一天，老鼠碰见了真正的猫。'我要吃了你。'猫说道。'不行，你不能吃我。'老鼠回答。'为什么？''猫怎么能吃猫呢？不论是原理上来说，还是本能上来说都说不通。之所以这么说，别看我这副模样，我也是只猫啊。'听到这，猫不禁笑倒在地，笑得胡须乱颤，笑得前爪在空中乱舞，笑得覆盖在肚皮上的白色柔毛一起一伏。猫又站起身来，一把抓住老鼠准备吃了它。老鼠尖叫起来：'为什么要吃我！''因为你是老鼠''不，我是猫。猫不能吃猫。''不，你是老鼠。''我是猫。''那你证明给我看。'老鼠看到旁边摆着一盆盐洗衣物，冒着白色洗涤剂的泡沫，突然纵身一跃，跳进盆中自杀了。猫拿前爪蘸了点洗涤剂放到嘴里一尝，实在太难吃了，便丢下老鼠的尸体扬长而去。猫为什么走了，这理由是一目了然的。总的来说，就是这东西不能吃了。

"这只老鼠的自杀，就是我说的自我正当化的自杀。老鼠自杀的时候心里也明白，就算这样那只猫也不会认可它。但是，老鼠用自己的勇敢与智慧守住了自己的自尊心。它看透了，老鼠身上有两种属性：第一，不论怎么说，自己的肉体确实是老鼠；第二，因为肉体是老鼠，所以对于猫来说自己是可以吃的东西。对于这第一层属性，它已经放弃挣扎了。思想轻视肉体的报应来了。但是第二个属性还是有希望改变的。第一，自己死在了猫的面前却并没有被猫吃掉；第二，成功让自己变成了'没法吃的东西'。凭这两点，它至少可以证明自己'不是老鼠'。既然证明了自己'不是老鼠'，那么证明自己'是猫'就变得容易了许多。因为如果长着老鼠样子的东西不是老鼠，那么就可以是其他任何一种生物。就这样，这只老鼠成功地自杀了，完成了自我正当化。……你怎么想？"

透边听着，边在心中换了成百上千杆秤，不停地衡量着青年口中故事的重量。估计古泽早已无数次地对着自己讲过这故事，而且还在反复地锤炼它。其实，透早就已经察觉到了古泽这个人外表与内心之间的龃龉。

如果说古泽只是出于自己的原因才讲了这个故事那倒还好，如果他是发现了透内部的某些端倪，借这个故事来讽刺透的话，就必须警觉起来。透放出自己精神的隐形触手，开始调查——似乎不必担心。因为越是讲下去，古泽的灵魂越是伛偻，俯身向他自身的深海中探去，直到抵达空无一物的深渊。

"但是老鼠的死能够震撼世界吗？"古泽似乎已经不是在对透进行发问，用一种无法自拔的语调说道。透觉得，拿这话当自言自语听听就好。从古泽的声音中可以窥见长满物哀苔藓的苦恼，透还是第一次听见古泽发出这种声音。

"世间对老鼠的认识有没有因此发生变化？'这世界上存在着长了老鼠样子却不是老鼠的生物'这种正确的传言会流传于世吗？猫的确信有没有因此出现裂痕呢？还是说，猫也变得神经质起来，故意妨碍传言的流传呢？"

"结果一点都不令人感到吃惊，猫根本无动于衷。它很快就忘记了这出闹剧，开始忙着舔净自己脸上的毛，随后又一骨碌躺下睡着了。它十分满足，甚至根本没有意识到自己是一只猫。猫还在这完全无条理的午睡的怠惰中，轻而易举地变成了他者——老鼠曾那样热切地盼望成为的他者。猫凭借着自己的贪图安逸，凭借着自我满足，凭借着无知无觉，可以为所欲为。瞌睡猫头上，是开阔的蓝天，流动着美丽的流云。风儿将猫的香气带向世界各地，鱼腥味的喘息如音乐一般弥漫开来……"

"你是在说权利吧？"

透感觉到自己有非回应一句不可的义务，便说了一句。没想到对方马上笑逐颜开，装作好人一般回答道：

"没错，亏你还知道。"

透顿时失望起来。

至此，一切都以青年最爱的悲惨政治隐喻而终结了。

"总有一天你也会察觉到的。"

明明没有避讳周围的必要，古泽却捏着嗓子低声说道。他把头从桌子上伸过来的时候，透忽然闻到了之前一度被自己遗忘的古泽的口臭。

为什么之前没能想起来呢？进行国语考试辅导的时候，明明每次古泽探过头来自己都能闻见那口臭的。之前这一点并未成为厌恶他的理由，现在倒是完全成为嫌弃他的原因。

古泽的这个猫鼠故事，虽然他并未掺杂恶意，但还是让透一听就来气。可是透也不乐意就因为这样的事情而憎恶他，这样做只会让自己瞧不起自己。为了合理地讨厌并憎恶古泽，透需要找一个可以说服自己的充分理由，于是口臭便立刻成为令人无法忍受的缺点。

古泽对此毫无察觉，继续说道：

"总有一天你也会察觉到的。由欺瞒为出发点的权利，只有像细菌一样时时刻刻地让欺瞒繁殖，才能维持下去。这边的攻击越强，欺瞒的耐性和繁殖力也会越强。最终连我们的灵魂深处，都会在不知不觉中长满霉菌。"

不久两人就从雷诺阿出来，在附近吃了碗中式荞麦面。比起与父亲一起用餐时桌上满是碟子的晚餐来说，这碗面要更合透的胃口。

透边眯着眼看吸溜面条时的热气升腾，边掂量着这名大学生与自己之间共鸣的危险度。确实，两人心性相通，但是琴弦的共鸣是受到压制的。说不定是想从透这里问出点什么，说不定他是父亲挑中的间谍，用来考验自己。透想道：说不定在像今天这样把自己带出来之后（当然这次是父亲吩咐过的），他还会去向父亲报告去了哪些地方，说不定还会索要垫付的费用呢。

回去的路上途经后乐园那一侧的人行道，古泽再次邀请透去坐旋转茶杯。透知道是古泽想玩，便答应了。买票进去之后，旋转茶杯就在门口附近。等了又等也不见有别的客人，工作人员只好不情不愿地单独为他们两人开了一次。

透坐的是绿色的茶杯，古泽故意坐在距离较远的桃色茶杯中。外侧包围着廉价印花花纹的茶杯，不禁令人联想到郊外的家用陶器店中搞大甩卖的那种红茶茶杯。店中橱窗里的玻璃器皿和陶器表面映出的灯火仿佛炫耀一般，释放出对于这片只有单边商铺的街道来说过于明亮的光芒，衬得店内景色愈发寂寥起来。

茶杯开始旋转，方才还相距甚远的古泽瞬间便擦过身旁，单手按着眼睛的笑颜瞬间飞走了。从刚才坐下时便隔着长裤从腰际集聚而来的微寒，在茶杯开始旋转之后变成了寒冷的暴风。透将手柄朝着加速的方向乱转一气，他喜欢这种什么也看不到、什么也感受不到的感觉。世界变成了气流状的土星之环。

茶杯的旋转终于停止了，惯性让其慢慢减速，仿佛变成了悠悠然漂在水上的浮标。透刚想站起来，突然一阵眩晕，只好又坐下了。古泽踏着仍在疯狂转动的地板，走了过来。

"怎么了？"古泽笑着说道。

透也笑笑，并没有起身。刚才还淹没在高速旋转视野里的世界，转眼间又都各归原位：荒废的裂缝、剥落的海报、巨大红色电热器一般的可口可乐广告牌灯箱……这一切的排列组合顿时硬塞过来，让透很是不满。

十九

第二天用早餐时,透这样说道:

"昨天古泽老师带我去了游乐场,还玩了旋转茶杯。晚饭我们一起吃了中式荞麦面。"

"挺好的。"本多一笑,露出了排列整齐的全口假牙。如果那是与老人的全口假牙最相衬的、恬淡而无机的微笑就好了。可是本多的笑容似乎是发自内心的喜悦,这让透十分伤心。

自来到这个家之后,透每天早上都会享用进口葡萄柚。他初次领会到用薄薄的弯刀剜下每一瓣果肉,然后用汤匙舀着吃的奢侈乐趣。这极尽芳醇的水果,白色丰盈的果肉中带着微微苦味,饱含大量近乎恣意的果汁,摇晃着清晨尚含一丝慵懒温热的牙龈,直至其苏醒。

"古泽老师有口臭。学习的时候,有点叫人受不了。"

透尝试着平淡地微笑着说道。

"是吗?挺奇怪,可能是胃不太好吧。你可能是因为洁癖才这么说,不过这种事还是稍微忍耐一下。这么优秀的家庭教师现在可不好找啊。"

"的确是这样。"

透暂时不再说这个话题了，装作同意，将葡萄柚一扫而光，回味着口中面包微微烤焦的断面，那味道仿佛闪着十一月朝阳下鞣革一般的光泽。透在其上叠加了一层光亮的黄油，边看着黄油自然地融化，边照本多教的餐桌礼仪咬了一口。他接着这样说道："对了，虽然我知道古泽老师是个好人，但是请问是否调查过他的思想关系呢？"

本多脸上出现了再平常不过的动摇，透不禁暗自窃喜。

"他给你说了些什么吗？"

"没有，他倒没说什么具体的事情，只是给我留下了一种印象，感觉他这个人，要么以前参加过政治运动，要么就是直到现在还在参与。"

本多自己十分信赖古泽，而且确信透也喜欢古泽。所以，这样突然的控诉令他感到有些讶异。而且这控诉，站在本多的角度上来看是儿子对信赖有加的父亲发出的警告，站在古泽的角度上来看则是明显的告密行为。本多会怎样处理这种微妙的道德问题，透十分享受地暗自观察着对面的反应。本多至今为止一直站在明辨善恶的立场上，头一回注意到这次不能轻率地作判断。要是以本多梦想中的人格来加以对照的话，透的居心是丑恶的；但是要是以本多期望透成为的人格来对照，透的居心便正是符合要求的。本多差点就说出了真相：其实他想从透身上看到的，正是这种丑恶。

透为了宽慰本多，想找几个理由让本多小小地斥责自己一下，像小孩子一样故意粗暴地漏得面包屑满腿都是，还鼓起腮帮子，将面包横过来大快朵颐。但是本多并未注意到这一切。

这是透第一次向本多展示出明确的信任，尽管这信任中掺杂着一分卑劣。但是本多也不能为此斥责透。一方面，想要告诫透"不论对方动机如何都不该打小报告"的老派侠肝义胆作风诱惑着本多；另一方面，本多又不想将二人的美好早餐时光突然变成对透不正行为的批斗会。

给红茶加糖时，他们伸向砂糖罐中小匙的指尖，偶然地碰到一起，有些尴尬。

小小的砂糖罐沐浴在朝阳中，映射出背叛与密告的光芒。同时伸出的手让他们感到仿佛身为共犯……两人之间第一次自然流露出的父子情，竟出其不意地伤害了本多。

本多脸上显而易见的焦躁神色，简直让透心里乐开了花。他看出了父亲想说："就算你的家庭教师品行真是如此，只要你称其为老师就应该更信赖、更尊敬他。"却欲言又止的踌躇。这也是父亲内部的问题性与父亲教育深处暗藏的恶意首次表现出来。透仿佛尝到了一种甜头，仿佛孩童终于吐出口中的西瓜子后得到了解放。

"……嗯，这个问题交给父亲来解决。你要一如既往地认真听从古泽君的辅导，不用过于在意学习以外的事情。其他的事由父亲来处理……无论如何，通过考试是第一要务。"

本多终于开口说道。

"好，我会听您话的。"

透露出了美丽的微笑，回答道。

本多那一整天都在犹豫。翌日，拜托在警视厅当公安科刑警的旧友帮忙调查古泽。几天后有了回信，古泽隶属于一极端左翼党派。本多随便编了个理由，将古泽打发了。

二十

透时常给绢江写信,也总是能接到绢江长长的回信。拆开信封时总是要注意,因为绢江会装一点时令的干花在里面。信中还讲到,到了冬天外面已经采不到花了,只能从花店买了花放在里面,她感到很抱歉。

包在纸中的花朵,像是死去的蝴蝶。只不过周围洒满的不是鳞粉而是花粉,给人留下一种感觉:它活着的时候也曾飞翔过。蝴蝶死去之后,翅膀就与花瓣变为同一种东西:翅膀是曾经翱翔于虚空的彩色纪念品,花瓣是拥有静止与豁达的彩色纪念品。

弯曲的花瓣被硬生生地压平,花瓣上横纵分布着线条简劲有力的成百上千条血红色的纤维,仿佛印第安人干燥的褐色皮肤一般舒展开来。展开信一读才知道,这是一片温室中培养出来的红色郁金香花瓣。

信中所言并没什么新意,跟以前来信号所时说的话大同小异,尽是些不得要领的告白。信中赘述见不到透的绵绵思念与寂寥,还每次都写着想来东京看看。透也每次都会回信,告诉她如果有机会一定会叫她,不论过多少年都请她耐心地等下去。

太久没见面，透有时会产生一种错觉，以为绢江真是位美人。旋即又嘲笑起自己的错觉来。但正是在失去绢江后，透才开始明白这位疯女人在自己心中的位置。

透需要用他人的疯狂来抚慰自己过度的明晰。透的眼中确确实实能看到的东西，比如云朵、船只，比如本多府古老阴郁的玄关，比如书房墙壁上贴着的、行程满满当当的考试前自习时间表。透需要拉一个人在身旁作伴，这个人的眼睛可以完全与透那明晰的确认背道而驰，可以看到透所看不到的世界。

透有时渴望着解放与自由，尽管方向是已知的。所有事物都必须像顺瀑布直流而下一般，向如此明晰的世界另一侧的领域奔流而去，向世界的不确定性释放而去……

绢江在还不知情的情况下，扮演了一位温柔探监者的角色，给牢笼中的透的自我意识带来了短暂的自由。

事实不止于此。

存在于透心中的某种锥心的冲动，也总是能在绢江身上找到一份安宁。那股冲动让透总是想暗中伤人。透的心十分锐利，如同囊中突出的尖锥一般，发疯般地寻找着一切刺伤他人的机会。在古泽身上尝到了甜头之后，便立刻放眼四周，寻找下一个伤害的目标。透无时无刻不在打磨着这份纯粹，直至其无一丝锈迹。这纯粹早晚要变成一件凶器。透第一次意识到，自己身上除了"看见"的能力之外还有一种别的力量。这种力量的自觉，让透的神经持续处于高度紧张状态，而绢江的回信则成了他唯一能够歇息片刻的地方。因为透心里清楚，绢江凭借自己的疯狂，能够一直待在绝不会被透所伤害的世界里。

大概这两人心中都有着"绝不会伤害对方"的自负，这也正是两人之间最强大的羁绊。

古泽的后继人选很快就定了下来，还是世上最通晓无趣常识的大学生。透实在不想在自己成功考上之后面对那三位家庭教师故作恩人的面目，也想过接下来两个月之内要把剩下的两个家伙一并收拾了。

但是，突然的警戒心阻止了透进一步的想法。在收拾这帮小人之时，父亲肯定会对透的性格开始有所怀疑。透向父亲申诉的诸多不满将大打折扣不说，说不定父亲还会对透的申诉本身怀疑起来，遂而不再相信遭到透投诉的那些人品行的恶劣。倘若如此，透便会失去那种暗地里的乐趣。该忍之时则忍，现在应该等待时机的来临，透想道。应该等待一个更值得被伤害的人出现，一个比起家庭教师来拥有无可比拟的欺辱价值的人。只要能伤害到这个人，就一定能给父亲带来更深的伤痛，即便那只是间接伤害。而且既然要做，就要以一种事后父亲不能对透留下怨恨的方式，要以透独有的、无垢的方式，让父亲想恨也只能恨他自己。

不知将来会是怎样一个人，像船只出现在海面上一般，出现在透的世界里呢？如果说船是透思念集结的物象，那么一如透锐利的心所期望的那样，这个人全然不知自己背负着要被透所伤害的命运，化作或船或幻的一抹难捕的风影，正悄悄地出现在水平线之上。透对未来抱有很大的希望。

二十一

透考进了最想就读的那所高中。

透升入二年级时,有人通过介绍人,试探着向本多发出了一个提议。说是要想把女儿嫁给透。虽说透已经达到了法定年龄,但是十八岁考虑结婚未免还是太早了,本多一笑而过,并未理睬。但是这家人并没有就此放弃,托另外的介绍人再次前来说合,十分执着。这次的介绍人是在法律界赫赫有名的人物,本多不好一口回绝。

此时向本多投来锐利光芒的,是一幅幻象:透二十岁时,死亡突然袭来。那位涉世尚浅的未婚妻蜷缩着身子不住地叹息。本多想,要是这姑娘是位苍白美丽却又薄命的女子就好了。倘若如此,本多既可不失一分财产,又可以再一次见证透明的美之结晶的诞生。

这样的幻想与本多对透施行的教育大相矛盾。但是如果一点不给这幻想留余地,如果从一开始便没有这种危机感,那么本多也不会想到要施行催促透走上丑恶的永生这样的教育。本多所害怕的,正是本多所希望的;而本多所希望的,也正是本多所害怕的。

这桩亲事,巧妙地平息了一阵子,随后又像渗透进地板里的水一样悄悄潜入本多的耳朵,本多最终还是接受了那位法律界高人的来访。看着这位向来刻板严谨的老人一副"这事儿没得商量"的样子，本多不禁觉得好笑。不过不论怎样，这事儿还不能传到透耳朵里去。

老人带来的照片把本多给迷住了。那是位长着细长瓜子脸、浑身上下透露出一种古典美的十八岁姑娘。姑娘那因为被拍照而微微蹙起眉毛的困惑表情真是可爱极了。

"真是位端庄秀丽的小姐，身体可还健康？"

本多的发问完全是出自相反的心情。

"这个我很清楚，她本人要比照片上看起来健康得多，基本没怎么听见过她生病的消息。当然，健康是最重要的。不过这张照片是她父母所选，眼光还是老套了些。"

"这么说，这位姑娘很活泼喽？"

"这倒不是，要说活泼似乎也有一些，但是这位姑娘绝不是位野丫头。"

老人不得要领地答道。本多想见一见这位姑娘的心情突然就急切起来了。

这门亲事从一开始就是冲着钱来的，目的非常明显。除此之外，再没有别的原因能让一家人如此渴望一位十八岁的少年当自己的女婿，即使再年轻有为也不可能。姑娘的双亲怕这样一位金龟婿被别人抢了去，估计正着急呢。

本多对这一切都了如指掌。还有这门亲事谈妥的唯一一种情况，只能是老人辛辛苦苦培养的十八岁少年"情"急乱投医的时候。不过看透的样子，似乎不必担心有这样的情况发生。双方的利害得失便越隔越远，让本多觉得似乎并没有什么理由拒绝对方。本多倒是对这对父母以及美少女之间的对比饶有趣味，想看看这物欲熏心的自尊要怎样才能屈服。对方的确也算得上名门望族，但是本多对这些毫无兴趣。

尽管对方期盼着办一场包含透在内的会餐，但是遭到了本多的拒绝，于是变成了本多与法律界名人的前辈一同前往，接受对方的款待。

打这一天开始的一两周内，七十八岁的本多无疑掉进了诱惑的陷阱。

本多已在晚餐席上见过了这位姑娘，说了几句话，又拿到了几张照片。……诱惑便由此而起。

本多并没有给出令对方满意的回复，也没有一刀两断地强硬回绝，只是年迈的心被执着所劫持，无法完全作出理智的判断。年老后的不羁，同皮癣一样痒得浑身焦灼。无论如何一定要把这些照片给透看看，一窥他的反应。

本多自身也无法理解这莫名的冲动，只知道这诱惑底下涌动着欢喜与自傲。本多也明白这样做只会令自己陷入无法自拔的境地，尽管如此，这偏脾气还是不肯饶过自己。

本多期待着，给透和这姑娘牵线搭桥之后，就像是让台球桌上的红球和白球撞击一般，将发生多少种意想不到的结果呢？姑娘率先迷上透也罢，透首先迷上姑娘也好。不论最后是姑娘为死去的透不住叹息，还是透看穿姑娘的贪婪而对人类这物种幡然醒悟，对于本多来说都是理想的结局——这整件事本身就是一场狂欢。

　　本多早就过了认真、严肃地思考人生的年龄。如今上了年纪的他，再恶劣的恶作剧也能被宽恕。不论怎样牺牲他人，行之将至的死亡都能替本多偿还罪恶。将年轻视作玩物，将人看作土偶，拉上世间的繁文缛节做自己的同伙，令所有的诚实化作一晚火烧云的嬉戏——本多正处于能这么做的年龄。

　　别人的目光根本什么也不算，一旦这样下定决心，原先向诱惑屈服的举动，如今竟变成了一种使命感。

　　某个深夜，本多将透叫至书斋。直接从父亲手中沿用下来的这间英伦风书房，在梅雨的侵蚀中泛起一股霉味。本多不喜欢开空调，所以坐在眼前椅子上的透的衬衫里，隐隐能看到白色的胸膛上晶莹的汗珠。令人厌恶的年轻，仿佛绽放着白色紫阳花一般，本多想道。

　　"马上就放暑假了吧。"本多讲道。

　　"还有期末考试呢。"透拿出一片薄荷巧克力，用整齐的门牙啃咬着。听到父亲问话后，将巧克力拿离嘴边说道。

　　"你这吃相挺像松鼠啊。"本多笑了笑。

　　"是吗？"透也爽朗地笑了笑，一点也没有被伤到的样子。本多看着他白皙的笑颜，想着今年必须得让这脸蛋晒黑一些不可，毕竟就算晒一晒这张脸上也不可能起痘。本多从抽屉里拿出一张照片，以一副排练过许多次的自然神态，将照片放到了透面前的桌面上。

　　拿起照片的透的态度真可谓认真专注。本多一丝不漏地将其尽收眼底：透先是用一副守卫查看入门许可证的严肃表情注视着照片，随后抬起好奇的眼神瞥了一眼本多，马上又把目光转回照片上来。这一次,好奇心终于背叛了年轻的悸动,本多眼看着透的脸一直红到了耳根。透把照片又放回桌上,把手指戳进耳朵眼儿胡乱掏了一通。然后,微带怒意地说了一句:

"她很漂亮。"

这是多么完美的反应啊,本多想道。与年龄相符的、凡庸的心动(尤其在如此突如其来的局面下),透出色地完成了这场诗意的画面。本多几乎都快忘了,这一切都不过是本多理想中的透的反应罢了。

这是一项复杂而具有综合性的操作。连掩盖害羞的微妙举动十分粗暴这一点也考虑到了,本多的自我意识本身瞬间就完成了对少年角色的替演。

"怎么样?想不想见见她?"本多沉稳地问道。边窥探着少年的下一步行动,边想着能否如愿以偿,顿时又不安起来,执拗的咳嗽一直不肯停下。透麻利地站起身,绕到本多的背后,敲了一下父亲的后背。

"嗯。"透含含糊糊地回答道。躲在父亲背后,透安下心来,恣意地释放着眼中的光芒,暗自想道:

"没白等,终于有了值得伤害的人啦!"

他的背后是窗外的雨。窗边的灯光映照出窗外潮湿的树皮,树皮上酣畅淋漓的大雨仿佛黑色的汗一般奔泻而去。……沿着高架线狂奔而去的地铁轰鸣着,夜深人静之时,这轰鸣声愈发显得嘈杂。地铁车厢迅速消失于地下,那一闪而过的灿烂车窗之景,伴着父亲依旧不停的咳嗽声,让透进入了梦乡。但是这一晚,并没有船的身影出现。

二十二

"暂时先交往一下看看。如果不中意,马上给我说,不必顾忌对方。"本多对透仔细叮嘱道。

暑假的某天晚上,透被叫去前往姑娘家吃晚饭。饭后,滨中百子的母亲叫她带着透上二楼的闺房转转。八畳左右的西式洋房,到处充满着少女的气息。这是透生平第一次到访女孩子的闺房,房间里充斥着桃粉色的、起了襞褶一般的温柔繁杂。壁纸、装裱画、人偶,屋内的每一件装饰物,都能看出女子巧手加工的痕迹,合成一首畅快舒然的温婉之曲。透坐在房间一角的扶手椅上,厚实而多彩的刺绣坐垫,反倒让人觉得如坐针毡。

百子看起来成熟稳重,但是房间里的一切显然都是按照她的个人兴趣布置的。百子看起来似乎有些贫血体质,清冷白皙的皮肤上,五官并不十分深邃,眼与鼻都是浅淡的温柔,与古典美十分相称。女孩脸上这层清冷的真挚,使得她成为这充斥着无数种可爱的房间中唯一不太可爱的物件。百子的美过于正直,仿佛白色的纸鹤一般令人毛骨悚然。

母亲来房间放下茶和点心,又走了。迄今为止透和百子已经见过好几次面了，但这还是两人头一次独处一室。尽管空气的密度并未增加，百子一直站在被吩咐好的位置上，安然不动。首先要让她知道什么叫不安才行，透想道。

晚饭的时候，面对众人过分夸张的尊重，透十分不耐烦。尽管他还是高明地忍住了，但是到了百子的房间后似乎终于要爆发了。他们在谋划一场交配，用镊子夹起微小的爱意，将面糊点缀得五彩缤纷。为了制作出这道名为"交配"的甜点，自己已经被放入了烤箱……不过，对于透来说，不论是自己主动进入也好，还是被推进去也好，都没什么区别，都不能让自己心烦意乱。

两人独处之后百子做的头一件事，就是从贴着序号标签的盒子里的五六本相册中挑了一本，递给了透——这足以说明她感受性的凡庸。透接过后打开相册，摊平在膝盖上。照片里是一个张开双腿的全裸婴儿，大张着嘴巴笑得正开心，穿在短裤里的尿不湿胀得像弗兰德骑士的短裤一样。柔软的口腔仿佛桃色的泥泞，其中排列着参差不齐的牙齿。透问了一句，这是谁。

百子的反应真可谓非同凡响。她迅速地瞄了一眼照片，同时快速用手捂住那一页，一把夺走相册将其抱在怀中，转眼便逃到了墙边，不住的喘息使得她的肩膀也跟着一耸一耸的。

"我太笨了，怎么把相册放错盒子了。竟给您看这些东西，以后我可怎么面对您啊。"

"不过是婴儿时候的你罢了，这又不是什么秘密。"透冷静地说道。

"您可真是冷静呢，简直像位医生。"

百子好容易才冷静下来，边把相册放回原来的架子上边说道。这样看来，既然百子这么冒失，下一次递过来的相册里面，肯定就放着百子七十岁时的照片了，透不禁想到。

　　然而下一本相册中不过都是些极为寻常的旅行近照。每一张照片中，都能看出百子被众人所深爱的样子，都是些无聊至极的幸福的记录。百子十分想给透展示去年盛夏夏威夷之旅的照片，但是透却被某个秋天的傍晚，站在点起篝火的庭院中的百子所深深吸引了。彩色照片中的火焰色感强烈且富有官能性，将蹲在院内的百子的脸照得如同巫女一般庄严。

　　"你喜欢火吗？"透问道。

　　眼前的百子显然正在纠结该如何回答才好，眼神飘忽不定。透生出一种莫名的确信：对着火焰看得入迷的百子，当时一定在月经来潮期。那么，现在呢？

　　如果能够完全摆脱对于性的好奇心从而获得自由，那么自己形而上的恶意一定能变得更加完美。透很清楚，这一次，一切不会同赶走家庭教师那般容易。但是，不论自己感受到了多么大的爱，都有保持冷酷的自信。那才是自己内心中那片宇宙的浓蓝领域。

二十三

那个夏天,本多暂时还不放心把透从手边放走,于是便决定带他去北海道旅行。为了防止舟车劳顿,特意将行程安排得比较松弛。庆子已经很难再跟本多二人旅行了,她托一位任瑞士大使的亲戚,一个人去了日内瓦。滨中家也想找几天时间与本多父子一起共度夏日,于是两家都在下田的酒店订了房间。梅雨季后,下田可谓暑热难耐,令人叹服。本多几乎终日待在空调房中。

两家约好一起吃晚饭,滨中夫妇做好晚餐的准备后来到本多的房间叫他吃饭。滨中的妻子问本多,百子他们怎么没在这儿。本多回答说百子觉得离晚餐还有一段时间,就跟透一起到庭院里散步去了。滨中夫妇二人决定坐下来,慢慢等两位年轻人归来。

本多拄着拐杖,走到了宽敞的窗户边。

自己还真是办了件蠢事,本多内心考虑着。没有食欲,酒店的菜单也毫无新意。还没走到餐厅就能听到里面的肆意喧闹,全是些拖家带口的粗鄙之人。无独有偶,与滨中夫妇之间的对话也是单调乏味。

老人纵然厌烦这些,可还是不得不做这些颇具政治色彩之事。即使年逾七十八,一把老骨头浑身酸痛,也只有故作姿态、强颜欢笑才能掩藏自己的漠不关心。真正的大前提在于漠不关心。想要战胜这世上的愚蠢成功存活下去，只能借助于此——如同终日承受着浪花与纷繁漂流物拍打的海岸般的漠不关心。

生活在阿谀奉承与奴颜婢膝的包围下，本多感受到了自己还有些逐渐磨平却从未消失的棱角。这层包围有时十分碍事，但是渐渐也没了这种烦恼。取而代之的只有压倒性的愚蠢，与卑俗释放的气息逐渐混合、统一起来。这世上的卑俗千差万别，气质高雅的卑俗、白象的卑俗、崇高的卑俗、鹤的卑俗、知识渊博的卑俗、书呆子的卑俗、谄媚的卑俗、波斯猫的卑俗、帝王的卑俗、乞丐的卑俗、疯子的卑俗、蝴蝶的卑俗、斑虎甲的卑俗……轮回大概是对卑俗降下的劫罚。而产生卑俗最大的原因，同时也是唯一的原因，即求生的欲望。本多无疑也是其中一员，但与常人的不同之处就在于，他对于自他之别极为敏锐的嗅觉。

本多瞥了一眼坐在长沙发上的这对中年夫妇。这样一对"人中极品"，是怎么踏进自己的生活中来的？这样的不必要与他崇尚简洁的精神背道而驰。但是现在本多却无力反抗，任凭那对夫妇坐在本多房间中的沙发上，一副十年也等得起的样子，泰然自若地笑脸相迎。

滨中繁久已是知天命的年纪，曾是东北地区一地方旧藩主，以一种洒脱的态度隐藏着现在来说已没有多少意义的名门荣耀。曾写过一些随笔，后来还出了一本名叫《藩主》的书，多少有些虚名。担任旧领地地方银行的董事长，流连于花街柳巷，为此还得了一个古典的诨名叫"花花太岁"。瓜子脸上架着一副金边眼镜，一头黑发尚且浓密，却总给人一种匮乏精力的感觉。他对自己口齿伶俐的话术拥有十分的自信，总能巧妙地简化开场白，其间故弄玄虚地卖一阵关子，最后面对哪怕是再敏感的听众，也一定歌功颂德上一番。总是笑嘻嘻的，是个温恭谦良的讽刺家，始终不忘对老人表示敬意。不过，估计他做梦也没想到自己在老人眼中只是个无聊透顶的人吧。

滨中的妻子——栲子夫人也是大名之后、华族出身，是个身材走样的粗俗女人，还好女儿的长相随了父亲。只知道聊一些七大姑八大姨的家庭琐事，电影和戏剧一概不知，终日守着电视机过活。除了小女儿百子之外，三个已经独立的优秀子女便是夫妻二人骄傲的源泉。

夫妻二人轻薄的气质，完全由老派作风的高雅形成。对于现代的性革命持理解态度的繁久的高谈阔论，以及在老式羞耻心下逐一反对丈夫意见的栲子的恼羞成怒，都令本多感到不忍直视、不堪入耳。不过，繁久也看不起妻子那落后于时代的反应，权当作一次免费看她当众出丑的好机会。

本多至今仍惊讶于自己宽恕之心的穷匮。随着自己越来越懒得结识陌生人，本多终于认识到就连微笑也是相当耗费精力的。最容易表现出来的感情是轻蔑，然而轻蔑本身会变为忧郁怠惰。与其每天从嘴边漏出一些毫无意义的客套话，本多觉得还不如用流口水来代替还更方便一点。不过，再怎么说语言也是仅剩不多的行为了，老人甚至能像压扁柳筐那般，用语言扭曲这个世界。

"您站在那里的样子真是不减当年哪，简直像是一位军人！"

栲子说道。

"你这比喻可不太好，竟说法官像是军人？以前在德国马戏团表演中见过一位驯兽师，令人记忆犹新。那种独当一面、威风凛凛的感觉才像本多先生呢！"

"哎呀，说什么驯兽师，岂不是更失礼了。"

如此无聊的话题，竟逗得栲子捧腹大笑。

"我并不是为了摆出什么姿势才站在这里，一是为了赏一赏这夕阳美景，二是为了从上面监视年轻人散步。"

"哎呀，从这里能够看得到吗？"

栲子站起走到本多身旁，繁久也徐徐站起，靠在栲子的背后。

从三楼的窗边看下去，几乎呈现圆形的草坪，草坪外到崖边之间供游人散步的小路，向海边缓缓延伸而下的灌木林间的两三张长椅，皆是一览无余。庭院中人并不多，有一家人肩头挂着毛巾，正从嵌地式游泳池那边走过来。每一个人的影子都被西下的落日拉得老长，遥遥地落在草坪上。

透与百子手牵手站在草坪中央。他们的影子也如同梦幻一般长长地伸向东方，仿佛两条巨大的鲨鱼正啃咬着两人的双脚。

透身穿的衬衫被晚风吹得鼓了起来，百子的头发也在风中顺从地摇曳着。看起来平淡无奇的一对少年少女，在本多眼中，却突然全变了样：仿佛他们的影子才是真身，而他们的存在本身则被影子撕咬着，被深刻的观念性忧愁所侵蚀着；肉体正在逐渐变成蚊帐一样的透光之物，逐渐变成欠缺实质之物。本多相信，所谓生命绝不是那样，而是更为不可饶恕之物。最恐怖的是，透大概也是明白这一点的。

如果说影子才是本体，那么他们过于轻盈、枯萎到几乎透明的肉体可能正是翅膀。飞吧！向着卑俗之上飞去吧！相对于翅膀来说，四肢和头颅都太过多余，太形而下了。假如心中的侮蔑再强壮一些的话，说不定还能同姑娘一起手牵手飞翔，但是本多禁止透那么做。本多一时兴起，想以自己老弱无力的一切让妒火熊熊燃烧起来，给予年轻的两人以飞翔的能力，但是似乎就连嫉妒也没办法点燃老人心中的火焰了。事到如今，本多倒想起了自己对清显和勋怀有的最基本的感情，同所有知者情感的起源一样，便是嫉妒。

既然如此，好吧，就将透与百子看作地上最无聊、最不足挂齿的青春的一对。这两人如同提线木偶一般，只要本多的手指一动，他们就肯定会颤颤巍巍地动起来，相互耦合在一起。本多抬起挂着拐杖的两三根手指，上下敲了几下，果不其然站在草坪上的两人，就开始向崖边的散步小路走去了。

"哎呀，我们这边还等着呢，怎么走得更远了呢？"

繁久的手仍旧搭在妻子肩膀上，栲子叫了起来，话里微微带着几丝亢奋。

他们二人向海边慢慢走去，经过繁茂的草木之间，俯身坐在原木长椅上。从两人脖颈的状态来看，应该是在眺望纷扰的晚霞。这时长椅下突然蹿出一团黑影，不知是猫还是狗，距离太远看不清。百子受了惊吓，腾地站了起来，透也站了起来，抱住了百子。

"嚅！"站在窗边监视的百子的双亲不禁叫出了声。这漏泄出的、平和的叫声，仿佛蒲公英吐出的茸毛一般飘浮在空中。

本多却并没有在看，至少不是用认知者的眼，也不是在窥探孔观察。站在明亮的夕阳照耀下、光明正大的窗边，本多的自我意识一边服从命令，忠实地在心中将一切自导自演了一遍，一边以全能的力量指挥着事情的进展。

"因为你们年轻，所以应该拿出更多证明你们的活力与愚蠢的证据。给你们雷鸣呢？还是给你们突如其来的闪电呢？又或者是某种神奇的电学现象呢？比如说，让百子的头发全竖起来，放把火把头发烧着，这样的现象。"

有一棵歪脖子树，朝着海的方向生长，满树的枝桠仿佛蜘蛛腿一般向外伸展着。透与百子两人突然开始攀爬这棵树。本多突然感觉到，身旁的百子的双亲周围萦绕着的那令人窒息的紧张空气。

"啧，早知道就不让她穿什么喇叭裤了，女孩子家家那么上蹿下跳的……"

栲子的声音，听起来像是要哭了。

这两人爬上树之后，跨坐在树枝上，各自摇树枝玩，因此掉了好多叶子。这棵树，仿佛是树林中唯一发了疯的一棵。二人的身影以背后金光闪闪的大海为背景，活像两只停在树上的巨鸟剪影画。

百子首先从树上下来了。大概由于过度害怕而拧着身子下树的缘故，头发被下部的枝条缠住，取不下来了。透赶忙从树上下来，一直尝试着解开百子的头发。

"这是相爱了啊。"栲子终于哭出了声，叫了出来，自己一直小声嘟囔着。

但是，透为了解头发所花费的时间似乎有些过多了。本多立刻就明白了，透是故意的，为的是让头发更加复杂地缠在树梢上。这种恰到好处的微妙恶作剧不禁让本多害怕起来。百子见透过来了便放下心来，拽住头发准备离开，却又被枝条托了回来，头皮被拽得生疼。透装出一副越着急越解不开头发的样子，又再次像个骑士一样跨在下面的树枝上。透在树上稍稍抬起黑色长发作成的缰绳，百子站在树下，背对着透两手掩面哭泣。而这一切，在隔着宽敞庭院的三楼窗户里看来，仿佛古希腊瓶画①一般，不过是一帧小而恬静的风格剪影。云间的光芒仿佛雪崩一般落在海面上，十分宏伟壮观。午后曾几度降下太阳雨的云朵残絮，朝港湾外侧洒下高贵的散光。由于这光的缘故，每一棵树、港湾内小岛上裸露的每一块岩石，都被描上了细而硬朗的边线，都被施以色彩，清楚明晰得令人毛骨悚然。

"这是相爱了呀。"

栲子又念叨了好几遍。本多的心欢快地鼓动着，一如达到顶点的愚蠢一般，跨越了三人所眺望的港湾海景，升起了一道绚烂的彩虹。

---

① 古希腊陶器上的装饰画，依附于陶器而得以流传下来，代表了古希腊的绘画风貌。其内容丰富，寓意深刻，风格多样，技艺精湛，装饰性很强，艺术水平极高，在古希腊美术中占有极为重要的地位。

二十四

本多透的手记

×月×日

我对百子怀有很多误会，我无法原谅自己。从一开始就应该明察的事情，哪怕只产生了一点点误解，也会生出幻想，而幻想会生出美。

但是，我还没有对美迷信到相信"美生幻，幻生误解"的程度。作为通讯员尚不成熟的那些日子里，我也曾看错过船只，特别是在夜间，前后的桅灯间隔很难把握。也曾发生过错把小渔船看成国际航线上的巨轮，给小渔船打出光信号"告诉我船名"的糗事。从未受过如此正式接待的渔船，竟戏谑地回了一位电影女星的名字回来。而且，那渔船也不怎么美。

百子的美必须充分符合客观条件，这自不必说。一方面，我需要百子的爱，必须要先给她能够刺伤她自己的刀才行。纸制的假刀是无论如何也没办法刺穿她自己的胸膛的。我很清楚，越是严苛的要求，越是过度的追求"必须"，越容易从性欲中诞生,而不是从理性和意志力中诞生。性欲下的订单总是详细得令人厌烦,常常会与伦理性欲求搞混。为了不混淆这两种欲望,我为百子制定的计划中需要一个用来满足性欲的女人,以备不时之需。因为只伤害百子的精神而不伤害她的肉体,是恶最微妙、最恼人的愿望。我最了解我的恶的脾气。这是意识,正是意识本身化身欲望后最难以抑制的欲求。换言之,就是以保持明晰的明晰,来演绎人类最深奥的混沌。

我有时也会想,要是自己死了就好了。因为死亡那边的世界,应该轻而易举地就能完全实现我的企图;我应该能够获得真正的近大远小透视法……然而,活着的时候想要完成这些事,可谓难上加难,特别是当你只有十八岁的时候!

滨中家两口子的态度实在是很难推测。毫无疑问,不论五年也好,七年也罢,他们希望我和百子能够永久地保持着关系,希望守住这先来后到的特权,希望在我成为社会人之际让我和百子举行盛大公正的婚礼。但是,有谁保证过这些事情一定都会发生呢?还是说他们对自己女儿的魅力如此自信?还是说,一旦婚约破产他们就能得到一笔颇为可观的损害赔偿金?

那帮人估计也没有仔细盘算过这件事情。他们的脑子里大概只有"男女结合"这样粗鄙的常识性规律。从他们听闻我IQ数值后大惊小怪的样子来看，大概是对优生学①，尤其是收入颇丰的优生学倾注了全部的热情。

下田一别，跟着父亲去了北海道又返京后的第二天，百子从轻井泽打来了电话。说想见我，请我务必到轻井泽来一趟。我想，这通电话肯定是她父母让她打的。那声音中确实掺杂着几丝人造的音色，于是我便放心大胆地残酷了起来。我告诉她，最近正在准备高考没办法赴约。没想到，挂了电话之后，我内心竟生出些意料之外的小小落寞。所谓拒绝，同时也是对作出拒绝的自己进行让步。让步自然会给自尊心带来或多或少的落寞，我并不惊讶。

夏天眼看就要结束了。这感觉总是使人痛苦，无以言表的痛苦。天空交织着鳞片云和积雨云，空气中似乎混入了一丝薄荷的香气。

所谓爱就是为爱耕耘，而我不允许我的感情为任何事物辛苦劳作。

百子在下田送给我的礼物还摆在桌上，是一个密封在玻璃圆盖中的白珊瑚标本，背面写着"送给透君百子"，画着一对被箭刺穿的心形。我不明白，为什么百子一直保持这样烦人的幼稚趣味。玻璃盖子的底部堆着许多细碎的锡箔，特意制成了摇一摇便会飞舞起来的样式，仿佛海底的白沙一般闪闪发光。玻璃罩子一半是完全透明的，另一半则渐渐过渡

---

① 研究使人类遗传素质提高或者减退的社会原因，以谋求改善、防止遗传素质恶化为目的的应用遗传学的一个领域，1883年由英国遗传学家高尔顿所倡导。

到绀碧色。我所知道的骏河湾，被禁锢在一个七厘米见方的格子里；大海在我生活中所占的位置，却变成了一个姑娘硬塞给我的用来抒发情怀的标本。但这白珊瑚虽小，却冷酷又高贵。这抒情的中核，恰恰展示了我那不可侵犯的悟性。

×月×日

我生存路上的难关到底在哪里埋伏呢？换言之，等于说我生存路上的圆滑与容易程度简直到了令人发指的程度。

有时我也会想，我的生活之所以如此轻松容易，说不准是因为我的存在本身就完全超乎这个世界的逻辑。

这并不是我对我的人生发出的疑问。的确，我的生活和动作不需要动力，这同永动机一样，原理上是说不通的。但是这决不是出于宿命。无法自圆其说的事情怎么能成为宿命呢？

我似乎知道，从我降生到这个世界的那一刻起，我的存在便是背离道理的。我生来便没有缺陷。我作为不属于这世界的完美人类的"底片"，诞生于此。然而这世间充斥着不完美人类的"正片"。要是经谁的手把我这张底片冲洗出来，那他们才是惹上大麻烦了。对我的恐惧也将由此而生。

对我来说最好笑的，莫过于世上最一本正经的教诲——"活出真我"。这根本是无稽之谈，如果要我完全遵守这教诲，那我就得立刻死亡。要说原因，那就是只有将我离经叛道的存在本身强行与这世界统一起来，才能实现这教条。

如果没有自尊心的话，或许还有别的方法。因为只要舍弃掉自尊心，不论镜中的倒影再怎样扭曲，大家都会很轻松地便接受那就是自己的真实姿态。然而，这种只有怪物才干的事情，真的可以说是人道的吗？如果说真实就是怪物，这世界倒是能够立刻安心下来。

明明已经非常用心了，但是自我防卫的本能却还是有部分缺失。尽管这缺失让我十分爽，从这洞口吹进来的风时常让我陶醉。因为危险是常态，自然看不见危机。要是没有绝妙的均衡，就无法苟活。拥有均衡感觉固然好，但是下一秒的失衡与坠落就会变成炽烈的梦。越经洗练，凶暴程度越甚，最终疲于按下控制自我的按钮。我无法相信自己的温柔，抑或是诸如此类的东西。谁也不会相信：予人以温柔，于我而言是怎样一种莫大的牺牲。

总而言之，我人生中的一切全都是义务，就像新来的顽固水手一样。不属于我的义务的，只有晕船，也就是呕吐。世间唯一能使我呕吐的东西，被这世界称为"爱"。

×月×日

不知为何百子似乎害怕来我家，于是我常在放学后花一个小时左右跟她在雷诺阿见面。有时也会去游乐场天真地玩上一通，两人一起坐坐过山车之类的。只要天不黑，滨中家似乎对于女儿的晚归多少肯通融些。当然，也可以选择约百子去看电影，然后再把她送回家。不过，这需要事前通知滨中家,且需要告知归家时间并请求他们的谅解。这种大家都知道的交际活动一点趣味儿也没有,所以两人开始私下幽会,即便只是短时间内的幽会。

于是今天百子也来到了雷诺阿。讲学校老师的坏话、传学校同学的轶事,装作毫无关系却轻蔑地叹息电影明星的丑闻……这类话题,即便是有着古典气质的百子,也与同年龄的少女们一样爱挂在嘴边。我恰到好处地敷衍着她,显示出一种男子汉大丈夫的宽容。

写到这里,我已经没有继续赘述后续的勇气。因为我的态度保留,同其他无所事事的十几岁少年无意识的态度保留别无二致。不论我怎样故意刁难,百子都浑然不觉。于是我放任感情,随波逐流,然后就必须变得率真起来。当我真正率真起来时,如同退潮后剥露出的丑陋浅滩一般,我的存在本身的逻辑性矛盾将会显露出来。然而,最为棘手的并不是此阶段,而是退潮仅一半时的干潮。在水位下降到一定阶段时,我的不安与其他任何十几岁少年的不安变为同一性质。掠过我额头的悲哀,也与掠过其他十几岁少年额头的悲哀变为同一性质的时间点相吻合。这样的时间点,若是被百子抓住了那可不太妙。

如果认为只有女性才会不停地为了确认自己是否被爱而苦恼的话,那就大错特错了。我为了把百子尽早赶进这个疑问之中而费尽心思,然而这匹动作敏捷的小兽却决不肯进入围栏内。就算我亲口告诉她,"其实我根本不爱你"也没用，她只会认为我是在撒谎。静静观察一段时期之后，只剩下让她嫉妒这一种选择了。

我在与大量船只的相逢与送别之中，耗尽了所有五感，这是否让我产生了或多或少的改变呢？毕竟，如果说一点精神上的影响都没有是不可能的。船由我的观念而生，我眼看着船成长起来，逐渐变得巨大，最终变为拥有实在"姓名"的船……然而船与我的关系也就到此为止，之后船的入港与出港都发生在与我完全不同的世界里。忙于送迎船只的我应接不暇，最终学会了忘记"上一只船"这一本领。但是我毕竟不是玩杂耍的，一会儿让我变船，一会儿又让我变港，这种我真的干不来。但是女人们似乎就好这一口。女人这种观念，一旦变为拥有实在性的感觉就完了，就绝不会再出港去了。

作为通讯员的我，时常能从自己显露于水平线之上的观念慢慢客观化的过程中，品味出隐隐约约的自豪与乐趣。因为我一直从世界的外部入手进行创作，所以从未品尝过被世界内部所吸收进去的滋味。就像下大雨时，被紧急从晾晒区收回晾晒衣物中的一件白衬衫的感受，那样的感受我从未体验过。那里也从未下过能将我转化为世界内存在的雨。每当我的透明度将被埋葬于某种理智的沉湎中时，我相信自身的感觉都会实施正确的救赎。因为船一定会通过，船绝不会停止。海风使一切变为斑点大理石，太阳使心变为玻璃。

×月×日

我独自一人,独自置于悲伤的境地。每当我的手指触碰到与人类有关之物,为了不被细菌所犯,便会急着去洗手。现在竟已想不起这习惯是何时养成的了。人们只觉得这是我那不寻常的洁癖在作祟。

我的不幸很明显来自自然对我的否认。既然是自然,便内含着一般性法则,如果不是其同伴的话便不会被接受,而"我的"自然并非如此,所以被否认也是顺理成章。尽管如此,我对于这否认报以温柔。我绝没有接受过他人对我的纵容,却常能感受到企图伤害我的熙熙攘攘的人影常在我身边。于是,我反而变得慎重起来,面对一定会伤害到他人的结果时,不再轻易支出自己的温柔。这可以说是一种极具人道主义的关怀。可是,"关怀"这两个字本身就掺杂着一种感觉极差的脆弱纤维。

在"我"的存在所产生的问题面前,世界上各式各样的缘起,各种复杂微妙的国际性大问题都变得不值一提。政治、思想、艺术,都不过是西瓜的碎渣,夏天被海浪冲上岸边,由于贪婪的啃食而露出大半白色瓜瓤,另一半所剩无几的红色果肉如同浸满晚霞的天空一般,不过是西瓜吃剩下的渣滓。我虽然憎恨俗人,也不得不承认只有他们才拥有永生的可能性。

一想到深刻的理解对我的不依不饶,我就觉得还是零理解与误解更好受一些。他人对于我的理解,总是包含着不可置信的狂妄无礼，总是需要以最阴险的敌意为基础。船又是何时理解了我的呢？只要我理解了它，便足够了。船很懒惰，也很守规矩，发来船名之后便头也不回地迅速入港。没有一艘船能够想得到：假若它们对我抱有半分怀疑，瞬间我的观念就能把它们炸毁，而这也正是它们的一大幸事。

我变为了一套精密的体系，专门用来感知"人类应有的所知所觉"。就像比起真正的英国人来说，归化的外国人可能举手投足间会更具英伦绅士风度一般，我也是比人更像人的"人类通"。至少作为十八岁的少年来说是这样没错！想象力与逻辑是我的武器，它们比自然、本能以及经验的精度都要高得多，擅长概率学知识以及调整——总而言之，滴水不漏，完美至极。我成为一名人类学专家，就像昆虫学者熟悉南美甲虫那样……经过无香花朵的实验验证，我发现人类沉迷于某种花朵的味道后，会被特定的情绪包围。

所谓"看见"，就是如此。每当从信号所发现海上有直接入港的船只出现，我就能看到那船隔着一段距离，十分专注地凝望着这边的身影。船受望乡之念的驱使，以12.5节的速度急切地驶来，将陆地上承载的一切梦想吹胀至顶点。但是，实际上那里只有我的目测，朝着水平线遥远的彼方，聚焦在那目不可及的领域出没的不可见之物身上。要怎样看见"不可见之物"呢？实际上这才是眼睛的终极愿望，那就是建立在"看见"基础之上的、位于一切否定的尽头的、眼睛的自我否定。

但是如此一来，我竟开始怀疑自己：我如此考量、如此谋划的一切难道都只能在自己心中自生自灭？至少在信号所时，的确是这样的：世界的碎片终日向那间小小的屋子投下玻璃碎片一般的投影，偶尔也会散射到墙壁和天花板上一些，随后便消失得无影无踪。既然如此，便说明外面的世界也是一样的吗？

要想活下去，我向来只能靠自己。那是因为我常常飘浮于空中，同重力作斗争，悬浮于非现实领域。

昨天学校有位卖弄学问的老师，教了一首希腊古诗：

受神的恩惠而降生的人
不应损毁那恩惠的果实
拥有美丽地死去的义务

我的人生中一切都是义务，唯独没有"美丽地死去"这一条。因为我可不记得曾受过神的恩惠。

×月×日

微笑已经成为我肩上的重担，因此我突然生出一个想法：要在百子面前装一阵子的不高兴。一方面，让她窥见我怪胎习性的一角，另一方面，我也要给自己解释的余地。少年心中的欲望郁积，成为他不高兴的源泉，这个解释听上去就十分不错。而且，如果一切都是毫无目的的演技的话就太无聊了,所以我自己也必须抱有一点真实的情感。我为自己搜寻了一下制造这情感的理由,找到了最合情合理的一项:我心中的爱意。

我几乎笑了出来。如今,我终于彻悟了当初自己心中明了的"谁也不爱"这一前提真正的意义:不论何时都可以自由地去爱,意义就在于这爱的自由。就像夏日午后这个一天中最热的时候,将车停在树荫下的卡车司机一边开始瞌睡,一边想着只要我醒了随时都可以发动车子走人。爱的始动同车子的发动是一样的。如果说自由并不是爱的本质,而是爱的敌人的话,那么我就同时掌握了敌我两方势力。

我的不开心或许也有几分假戏真做了。毕竟,这是自由之爱的唯一形式。即使是欲擒故纵,也难免产生几分真感情。

百子担心地看着我,仿佛在看一只突然失去食欲的家禽。她的思想浸染于低俗的色彩里,认为幸福就是一大块可以与人分享的法式面包。殊不知这世界上存在一种数学法则:每产生一分幸福,必定对应着一分不幸。

"出什么事了吗?"百子问道。那带着一丝悲剧色彩的美丽脸庞上,那高雅的唇瓣间,竟然会倾吐出这样一个问句,实在是不相称。

我含糊地笑了一下,并未作答。

话虽如此,"出什么事了吗"似乎只是她的一时兴起,她不知何时起又沉溺在自己的话题之中了。而一位听众的忠实，就在于其倾听时的沉默。

说话时，她注意到了我右手中指上缠着的绷带——那是今天体育课上我练习跳马时摔伤的。百子注意到的瞬间，眼底便顿时添了一抹安下心来的神色，这一幕刚好被我瞧见了。百子一定是觉得她弄清楚了我闷闷不乐的原因。

她一边为至今为止对伤口熟视无睹而道歉，一边一副担心的样子问我还疼不疼。我冷淡地一一否定。

第一，我真的已经不那么疼了。第二，她将我忧郁的原因全部归结为这一件事情，这种自以为是简直不可饶恕。第三，为了不让她察觉，打从今天见面起我就一直拼命隐藏着自己受伤的手指。事到如今却叫她给发现了，我十分不快。

于是我愈加强烈地否定自己的疼痛，排斥着她的怜悯。百子却愈发地不信我，一副发现了我的逞能和虚荣心的神色，更加烦人地同情起我来，甚至认为自己有逼我向她倒苦水的义务。

百子看到我手上已经变成浅灰色的脏绷带，开始苛责我，并执意主张去附近的药店更换新的。我越是迟迟不肯答应，她便越发看出了我的克己。我们终于抵达药店，百子向一位看似护士的中年妇女发出请求，让她为我更换绷带。百子说害怕见到伤口，便将脸侧了过去，终究没看见我那不过是破了块皮的伤口。

走出店后，百子还热心地问我："现在怎么样了？"

"骨头都快露出来了……"

"哎呀！别说了！"

"……根本没那回事。"我没好气地答道。要是不得不截断手指的话该怎么办？在我若无其事的暗示下，百子害怕得战栗起来。这过度的恐惧，让少女感觉上的利己主义给我留下了深刻的印象。不过，这并未让我感到不快。

我们继续边走边说，百子依旧是主要发言方。她对自己家庭中充斥的快乐、正统、明朗，家庭生活的温馨喜悦，以及双亲的为人都深信不疑。这副样子令我十分烦躁。

"人生这么长，就算是你妈妈，也总有跟别的男人鬼混过那么一两次吧。"

"绝不会有那样的事！"

"你怎么知道呢？也有可能是在你出生之前发生的呢？不如下次去问问你的哥哥姐姐们。"

"不会的……不会的！"

"你爸爸，肯定也会在某处金屋藏娇呢。"

"绝不会有那种事！"

"你有证据吗？"

"太过分了。我长这么大，从没有人对我说过如此过分的话。"

眼看着这场对话就要升级为争执，而我最讨厌口头争执，所以我只要阴沉着脸不说话就好了。

我们继续沿着后乐园泳池边上的人行道漫步，周围一如既往,还是那些准备捡便宜货的人,熙熙攘攘。街上并没有打扮脱俗的年轻人,混杂着一些身穿成衣或机织毛衣的人,他们大概就是所谓的"地方都市的时尚先锋"了。街上有个孩子突然蹲下,正在捡掉在地上的啤酒瓶盖,孩子的母亲大声地斥责他。

"您为什么这么欺负我?"

百子听起来快哭了。

不是我欺负人。对他人的自我满足不依不饶,正是我的温柔。我时常感受到自己是严格遵守逻辑的动物。

正想着这事,我们从原来走过的路上右转过来,停在了取名自"先忧后乐"的水户光圀[①]的故居——后乐园的门前。我虽然就住在附近,但是却从未来过这里。闭园时间是四点半,售票处写着四点停止售票,我一看表还差十分钟四点,心里着急起来,催促着百子抓紧入园。

日头仿佛从园门正前方的天空倾注而下一般,能够听到十月初断断续续的虫鸣声在四周此起彼伏。

与一群即将离园的、二十人左右的观光客擦身而过之后,我们漫步的甬道顿时就冷清了下来。百子想牵我的手,我伸出绑着绷带的手指,避开了她。

[①] 德川光(1628—1700),江户时代前期水户藩主,赖房的三子,幼名千代松,字子龙,号梅里,谥号义公,世称水户黄门。他注重大义名分,鼓励儒学,开设彰考馆,广招俊才,编纂《大日本史》。被赞誉为稀世名君,《水户黄门漫游记》中关于他的传说在日本广为流传。

我们为什么要这样彼此怀抱着阴险的感情，却又如同恋人一般漫步在秋日日落时分的古静公园中呢？这时，我在脑中理所当然地把我们描绘成一幅洋溢着不幸的画面。美丽的风景，能够让心灵战栗，让心灵感冒，让心灵发烧。倘若百子的感受性足够充分的话，我真想一闻从她心中漏泄出的呓语，真想一睹她遭受真正荒谬睥睨时的少女痛苦而干枯的唇瓣。

我想找个四下无人的角落，便来到了梦醒瀑布旁。毕竟是条小瀑布，已经干涸了。瀑布下面的池内虽是一潭死水，但水面上却有持续不断的波纹荡起。原来是无数的蜉蝣铺满了水面的间隙，不时地描绘出牵丝引线的纹样。我们欠身坐在池边的石头上，静静地盯视着这一切。

我感受到，自己的沉默终于开始对百子产生威胁感了。而且她绝对猜不到我不高兴的原因。我一旦开始尝试着胸怀感情，反而会培育他人的不可知论，这种乐趣是我承受不了的。如果不抱感情，人与人之间倒是无论如何都能连接起来。

说是池水，其实就是沼泽。在伸向沼泽面的枝叶覆盖之下，西边投下的叶间日光明晃晃地照进好几处地方，点亮了堆积在浅浅沼泽底的枯叶，仿佛不当地、明了地点亮了令人生厌的梦境一般。

"快看那个。只要有明亮的光照上来，我们的心底也会被照出那么浅、那么脏的样子。"我故意说道。

"我可不是那样的。我的心又深又干净，简直想拿给您看看。"百子固执地说道。

"为什么唯独你是例外呢？你能讲清楚吗？你倒是说说凭什么啊？"

明明我才是货真价实的例外者，听到别人夸耀自己是例外令我十分不快，于是尖锐地还嘴回去。我不明白，凡庸的心为何能够如此固执地认为自己是例外呢？

"因为我很清楚，我的内心一清二白。"

这时，我终于弄清楚了百子所处的地狱为何。她的精神迄今为止从未感受过自我证明的需要，而是浸泡在一种充斥着悲伤的至福之中。上至于爱，下至那堆满是少女风的破烂儿道具，都融化在这暧昧的液体之中。她把自己浸泡在名为"自我"的水槽中，只留头部露在水面之上。尽管这是相当危急的事态，但是她不仅不知道呼救，还主动推开亲切伸来的援助之手。要想伤害到百子，无论如何得先借她一只手，将百子从这水槽中拉上来不可。如果不这么做，刀刃便无法穿透液体刺进她的身体。

透进夕阳的森林中回荡着秋蝉声与鸟啼声的杂烩，国营电车在高架线上的轰鸣声从远处悠悠地传来。向着沼泽深深弯腰的一根枝条上挂着一片蜘蛛丝缠住的黄叶。它每旋转舞动一次，便使叶间泄露的日光，神圣般地跟着闪耀起来，仿佛一扇悬浮在空中的小小的旋转门。

我始终沉默着，凝视着景色。我正坐在迎接夕阳的位置上,每当这扇染成姜黄色的旋转门舞动之时,我都凝缩着瞳孔,想要看看门对面的世界是怎样一番光景。从风儿繁忙的出入,以及旋转门激烈的旋转之间,可以看出这个我未曾知晓的城市还是个繁华的都市嘞。悬浮在空中的微型都市,来来往往,一闪一烁……

屁股下的石头坐得人直发凉。无论如何我们都得抓紧了,距离闭园只剩半小时了。

这次散步,令人心情烦躁,收场十分仓促。静谧庭院的美丽,也充斥着日落前的慌张,大泉水中的水鸟也骚动着,没有花的菖蒲园的另一侧,红荻树丛也悉数枯萎了。

我们的慌张虽然以闭园时间的逼近为借口,事实上却另有原因。一方面,我们害怕日落时分的秋日庭院所酿造出的情绪会渗透进心底;另一方面,也在期望通过胡乱地加快步频,可以在内心高声尖叫出来,如同提高了回转速度的唱片播放的歌声一般。

放眼望去,周游式庭院中并无一人,只有我和百子两人站在一座桥上。我们俩的影子被夕阳拉得很长,同桥在水中的倒影一起,被水中鲤鱼到处拱动的背脊打成了碎片。池水的对面是药品公司的一座巨型霓虹塔,看起来实在令人不爽,所以我们背对着霓虹塔而不去看它。

我们站在桥上,迎面是小翠竹遮盖下的圆形假山"小庐山",再远处能看到已是强弩之末的落日,以光为线,编织成网,笼罩着深深的树丛。我顿时感觉自己像是拒绝被网眼兜住，一边忍受着刺眼的阳光，一边与强烈的光明作最后斗争的一尾小鱼。

也许我是做了一个死后的梦。我感觉，自己与百子两人不过是身穿浅色毛衣的高中生，站在这桥上，突然与包含着死亡的时刻擦身而过了。"殉情"这种散发着性欲芳醇的观念掠过心头，我固然不是追求救赎之人，即使真有救赎来临，那也只能是在意识被斩断之后。悟性渐渐于夕阳中腐败，这毫无疑问是一大快事。

碰巧，桥下西侧的池水漂满了莲花。密集生长的莲叶严严实实地遮住了水面，仿佛水母一般在晚风中浮游漂荡。泛白的粉绿莲叶肌理如同翻毛皮革一般，掩埋着"小庐山"山下的谷底。莲叶灵活地为日光让道，投宿在邻叶影下，又描绘出池边一枝红叶的细碎叶影。所有莲叶都在不安定地摇动着，同时争先恐后向闪耀的晚空祈求，似乎还能听到它们窸窸窣窣的合诵声。

在对它们摇摆的方式作过一番细致的观察之后，我意识到，这动作实在是过于复杂了。即使风只来自同一方向，它们也并不会顺风一齐舞动，而是一部分不住地摇摆，另一部分却又顽固地始终保持静止。若有一片叶子上下翻转着，其他叶子并不会跟着一起翻转，只是令人头疼、令人发恼地左右晃动着脑袋。风吹过叶面，也吹进叶根，虽然不愿意承认，但是似乎这也是莲叶不规则摇摆方式的原因之一。不一会儿，晚风终于冰得彻骨。

大部分莲叶，其叶心与叶脉都还平滑如初，叶边却破破烂烂，被锈色侵蚀。叶的衰败，似乎就是慢慢由散落的锈色斑点开始向四周感染、辐射。自前天以来就没下过雨，所以叶心的圆形小坑里早已干涸，留下了一个与积水相同形状的棕色干疤。或者可以说是收纳了一片枯萎的枫叶。

虽明亮，却总觉得不知何处有暗的埋伏逐渐迫近。我们两人交谈的三言两语，虽然几乎面对着面，却总觉得像是分隔地狱两端的遥远呼唤。

"那是什么？"

百子看起来很害怕的样子，指着"小庐山"山脚下一团好似深红色线头的东西说道。

那是一处焕发着光泽的彼岸花丛，看起来仿佛某位有染发癖好的怪人掉落的一团发丝。

"很快就要闭园了！赶紧走吧！"

一位老守卫经过我们身边说道。

×月×日

那天之后乐园一行给我留下的印象，让我下定了决心。

那不过是个微不足道的无聊决心。从那天起我决定，为了只伤害百子的精神而不伤害她的肉体，我就必须抓紧时间，另找个女人才行。

要想从百子身上找出什么禁忌，不仅是自己的负担，逻辑上来说也十分矛盾。何况，如果说我对百子精神的关心不过是源自对她肉体的隐秘关注，那我的矜持就会轰然倒塌。我只能凭借"爱情自由"这一光明正大的杀手锏来伤害她。

认识个女人似乎也不是多难的事。我放学后去跳摇摆舞——在朋友家学会的。且不说跳得好不好，只管在一旁跳就是了。学校里还有位同学制定了一份健全的日课时间表，放学后一个人去跳一小时摇摆舞，回家后吃过晚饭再开始学习备战高考，严格遵守日程。那天就是那位同学带我去的，一小时之后朋友提前回家了，我继续坚守在舞厅，独自一人喝着可口可乐。其间有位浓妆艳抹、土里土气的姑娘过来搭讪，于是便和她跳了一支舞。但这位姑娘并不是我要找的人。

那位同学告诉我，这种地方一定会有那种"童贞杀手"的女人。大部分人可能都觉得这肯定是上了年纪的女人，其实说不准，也有可能是热爱性教育的年轻女子。出人意料的是，这类女人中美女居多，自尊心的反抗使她们不愿意委身于性爱达人之下，所以反而选择主动成为性爱教师。她们专挑年轻男孩子下手，给他们尚未成熟的心灵镌刻上名为"童贞杀手"的永生难忘的印记。她们之所以对纯洁男子感兴趣，也是出于可以诱使他们堕入罪恶深渊的喜悦。而且很明显，她们并不认为自身的行为是一种罪恶。这种喜悦无疑等同于将罪恶全部推给男方的喜悦。同时也暗示了，她们本身就成长在一个满怀罪恶意识的地方。她们之中既有开朗活泼型，也有多愁善感型。虽然不能一概而论，但是绝大多数给人的感觉像是一只用体温孵化罪恶之卵的母鸡。而且她们也并不是为了孵化才蹲坐在那里，而是成天幻想着把那罪恶的鸡蛋敲碎在年轻男孩的脑门上。

那天晚上，我就认识了这么一位芳龄二十五六上下、身材姣好的女子。她让我唤她为"汀"，但是并没告诉我这是姓氏还是名字。

她的双眸病态一般异样的巨大，一对薄唇看起来十分刻薄。但是满脸上却洋溢着一股温暖南国般的柑橘类的丰饶气质。胸部恣意妄为的白皙，就连脚踝也生得很美。

"这个嘛……"

她有这样的口癖，向我发问的时候不打破砂锅问到底决不罢休，可等到我问她的时候，却用一句"这个嘛"就全打发了。

因为我提前告知了父亲九点左右回家，所以只剩下了和这女人吃顿饭的时间。这女人给我留下了地址和电话号码，说要我有时间去找她玩，还说她一个人住公寓所以无须顾虑。

关于几天后去拜访她时发生的事情，我尽可能如实地描述。

之所以这么说，是因为这类事总是充满自我感觉的夸大其词、天马行空与黯然失意，总是以歪曲事实的形式发生。但是完全冷静客观的描述似乎也与事实相差甚远。话虽如此，要想把过程中的不知所措一起表现出来也总会显得过于主观。我认为，根据诱发条件不同产生的错落有致的性快感、单纯为了体验未知的好奇心的战栗、分不清属于理智还是属于知觉的不断逼近的违和感，我必须对这三种感觉一个不落地进行捕捉，然后正确分类，防止它们之间相互侵蚀，最后恰如其分地将其移植到我的体验中去。这对于我来说，是一项相当棘手的工作。

一开始，这女人大概高估了我的羞耻心。我说是"初次"时，汀竟特地重复确认了好几遍，我也不自觉地生出一股念头：一方面，不想让她觉得我是挂羊头卖狗肉；另一方面，我也不想让她觉得我是拿这种不值得骄傲的事情来讨女人欢心的男孩，于是我必须开始展露出一种微妙的蛮横。尽管这行为本身就是出于遮掩羞耻的虚荣心。

女人心中似乎同时存在着两种心情，一种是想让我冷静，另一种是想让我着急，但是显然，这两种心情的竞争不过都是为了她自己。汀大概从身经百战的经验中得知，女人如果过度诱导会令年轻男孩一蹶不振，她显然不想让事态演变成那样。这份极为利己的体贴，正是眼下汀甜蜜而收敛的温柔之源，也是她小心翼翼地将香薰搽在身上的意义。我看见了在迎面而对的汀的眼中，一座小小的天平上指针正在一刻不停地颤抖着。

既然明知这女人不过是拿我的焦急与贪婪奔放的好奇心当作她自己欲望的饵料，我就没办法对她朝我投来的目光视而不见。倒不是说被看着我会害羞，只是通过我用指尖轻轻合上她眼皮的动作，来让她认为这出自我羞耻心的要求。这样一来，女人能感受到的，就只有几个车轮子在黑暗之中骨碌骨碌地压过自己身上的感觉。

自不必说，我的快乐打一开始就结束了，倒也令人放松了不少。我是在第三次之后，才体味到类似快乐的感觉。

于是我便懂得了：快乐本就拥有理智的性质。

换句话说，只有当产生分离，产生快感与意识的相互勾结，产生计算与智谋之时，只有当自己可以从外侧一目了然地（仿佛女人垂眼便能看到自己的胸脯那样一目了然）观察到自己快乐的形状时，快乐才会真正降临。然而，我的快乐，似乎布满了尖刺……

通过练习而第一次抵达高潮的原型，我终于得知：其实它只是藏身于初始时那极为稀薄、极为简短的满足之中。尽管这对于我的自尊心来说并不是什么有趣的事态。初始的状态绝不是冲动的精髓，而是耗费多时、终于建成的观念的本质。不知事后恢复理智之后，哪边占比更多呢？会不会是观念徐徐（抑或匆匆）地崩坏？又或者是利用小水坝，用其电力将冲动一点点充至富足？倘若如此，我们从经由知性的道路，到抵达动物的旅途竟是无限的遥远。

"你还挺大胆干脆的，将来绝对有前途！"

事后女人说道。

临行时，她为我献上了语言的花束。到底有多少艘船，经她的手由港口驶向那片大洋呢？

×月×日

我发生了雪崩。

因为雪裹住我那危险的断面时的样子，太过于温柔，令我生厌。

可惜我与自我破坏、毁灭等无缘。雪崩从我身上滑落，吹垮房屋，草菅人命，让人们发出置身地狱般的叫喊，但是也不过只是冬日晴空在我头上轻轻的一点，与我的本质毫无瓜葛。雪崩发生的瞬间，雪的温柔与我的断崖的陡峭不过是交换了彼此的位置。带来灾难的，不是我的严苛，而是雪的温柔。

毫无疑问，很久很久以前，从自然历史最远古的时候开始，像我一样可以不负责任的、毫无慈悲的心就已经整装待发了。大多数情况下，它有着岩石的形状，而其中至纯者则被称为钻石。

但是冬日过于明媚的阳光，甚至能够渗透进我透明的内心。就是这时，我梦见自己身上生出一对羽翼，世上再没有什么东西可以阻挡我；同时我又有种预感，我的人生将一事无成。

我终将获得自由，而那不过是与死亡极为相似的自由。在这个世界上，我梦中的一切所得都不可能实现。

冬日的晴朗使奔驰在伊豆半岛上的车辆看起来闪闪发亮，我眼中映照出的人生的未来也同从信号所望向骏河湾的风景一样，即便眯眼也看得一清二楚。

  我终将获得挚友，贤明的朋友都将离我而去，只留下愚蠢的朋友留在我身边。被人背叛这种事情，竟也会发生在我这样的人身上，真是不可思议。或许在看到我的明晰之后，所有人都会感受到背叛的欲望。因为背叛我这样的明晰，是背叛最大的胜利。所有我不爱的人，大约都坚信自己被我所爱；而真正被我所爱之人，大约都保持着美丽的沉默。

  世上的一切大约都盼望着我的死亡，同时又都争先恐后地为了阻挠我的死而伸出双手。

  我的纯粹终将跨越水平线，游荡进入不可视的领域。我大概盼望着自己能在忍受非人的痛苦后成为神。这是怎样的苦痛啊！这世间所有的绝对死寂的苦痛大约将被我尝尽。我大约将会像一只生了病的癫皮狗，独自颤抖着身体，蹲坐在角落里忍受一切。开朗的人们大约将围绕在我的苦痛四周，开心地歌唱。

  世上并没有能够治愈我的良药，地上也不存在肯收留我的医院。我的邪恶，大概只能在人类历史的一个角落里，用微小的烫金字体记载下来。

×月×日

  等到了二十岁，我发誓要将父亲推向地狱的深渊。为此，从现在起我就要开始制定精密的计划。

×月×日

与汀手挽着手去见百子,实在不是什么难事。但我并不希望这么快就解决这件事,也不想看见汀那张沉醉在无聊胜利中的脸。

汀偶然送了我一件礼物,是一个银色的小纪念章,上面刻着汀名字的首字母N[①],串在银链上。我在家和学校时都不戴上,只有在与百子幽会时才会挂在脖子上。由之前手指上的绷带事件可以知道,想引起百子的注意有多难。我忍着严寒,坚持只穿低领的衬衫和V领的毛衣,还故意把鞋带系得很松。因为每次我俯身系鞋带时,项链都会从脖颈间滑落而出,炫耀着闪闪发光的银色小纪念章。

那天,我重新系了三次鞋带,百子却始终没有发现,令我很是失望。百子注意力的散漫,来自她对自己幸福盲目的坚信。话虽如此,我也不能故意掏出来给她炫耀。

山穷水尽之时,我心生一计:将下一次与百子约会的地点选在了中野一家大型体育俱乐部的温水游泳池。游泳的约会,与在下田时的夏日回忆有关,所以百子很开心地就答应了。

"你还算男人吗?"

"算是。"

这种典型的男女间的小声对话,在彼此坦诚相见的泳池

[①] "汀"的日语发音为"NAGISA",所以这里说名字首字母为"N"。

各处不断上演着。仿佛真实地映照出了春信①笔下分不清男女的浮世绘一般。还有即便裸着身子也很难分辨出是男是女的长发男人。我虽有自信自己抽象地凌驾于性之上，却从未感受过想要融入异性之中去这种欲望，也绝不愿成为女人。女人的构造本身就是明晰的大敌。

我去游了一会儿，就停下来坐在泳池边上。百子就连这样的地方也要跟来，与我肩并肩。于是乎，项链就在她眼前十厘米左右的地方晃来晃去。

百子终于看见项链了！她伸手过来，抓住了小纪念章。

"N是什么的首字母？"

百子终于问出了我想让她问的问题。

"你猜。"

"你的名字缩写是T·H②呀。所以，是什么呢？"

"你好好想想。"

"啊，我知道了！是日本③！"

我很失望，却无意中提出了一个对我十分有利的询问。

"别人送的，你猜是谁？"

"N啊，嗯，我家的亲戚有姓野田的，也有姓中村

---

① 铃木春信（1725?—1770），江户中期的浮世绘画师。本姓穗积，号长荣轩、思古人。1765年与木版印刷的手艺人以及雕刻师一同创造了锦绘，带领浮世绘走进了描绘梦幻美人画的黄金时代。
② 主人公的名字为本多透（HONDA·TOURU），所以为T·H。
③ "日本"的罗马字为"NIHON"，所以首字母为"N"。

的①。"

"你家亲戚不可能给我送这种东西好吧。"

"我知道了,是北的'N'对吧?这么说来,我就觉得这块小纪念章的边缘设计得很像磁铁石,肯定是造船厂或者别的什么地方送给你的礼物吧,为了纪念新造船只的下水仪式什么的。没错,北边的话估计是捕鲸船吧?让我猜中了吧?肯定是捕鲸船给你们信号所送的礼物,绝对没错。"

百子是真的放下心来了?还是说通过这样的说法在让自己安心?或者是通过扮出这样一副无知的样子来隐藏自己的不安?我并不能够知晓实情。总之,我已经失去了否定她的气力。

×月×日

这次,我开始打汀的主意了。这个女人万事麻利,可以借她那淡泊而无害的好奇心一用。我向汀提议,想不想找个闲暇时间从旁边偷偷瞧一眼我那年幼的未婚妻。汀马上就中招了,缠着我不厌其烦地问我有没有跟百子睡过。在汀看来,这就与看待自己的学生如何解开应用题一样,甚是有趣。我与汀约定好,可以告诉她我和百子在雷诺阿见面的日子和时间,但是有一个条件,就是不能与我有任何的交流,要装作完全不相关的陌生人在旁静静观察。汀答应了。我知

---

① 这两个日本姓氏的罗马字开头首字母都是"N"。

道，汀绝不是那种会遵守约定的女人。

那一天，百子来后不久，我便从眼角看到汀来了，她若无其事地坐在我们背后、喷泉对面的位置。仿佛一只猫来了又坐下，一副从远处睡眼惺忪地不时望向这边的派头。只有百子还被蒙在鼓里，刹那间，我和汀的谅解顿时浓郁了起来。与其说我在和眼前的百子交谈，倒不如说更多的话是说给汀听的。"肉体关系"这句混蛋话立刻就变得有意义起来。

汀的座位虽说隔着喷泉，但应该是可以透过细微的水声听到我们的谈话的。一想到这对话有人在听，我的辞藻顿时率真起来。百子看我心情很好的样子，倒是很开心。我很清楚百子此时的心中所想："我们俩，不知怎的，还挺合适的。"

说话说腻了，我把项链从领间拽出来，衔在嘴里。百子没有责备我，反而天真无邪地笑了起来。小纪念章有一种甜甜的银的味道，口感像是难以融化的剧毒药片，一并被拽过来的细链，不依不饶地从下巴勒到嘴唇。这样做令我十分愉快，感觉像是变成了一只无聊的癞皮狗。

我再次透过眼角看到汀站起了身。从百子睁大的眼睛中，我看到了汀就站在我的身旁。

突然，有一只涂了红色指甲油的手伸到我的嘴边，把项链拽了出来。

"那是我的银牌，可别吃了！"汀说道。

二十四

我站起身,向汀介绍百子。

"我叫汀。打扰你们了真不好意思。再见。"汀走了。

百子的脸色苍白,不住地颤抖着。

×月×日

下雪了。周六的午后,我一直待在家里,闲得无聊。通往二楼的西式楼梯有一块平台,那里有扇窗户。只有那扇窗户可以将家门前路上的景色尽收眼底。我把下巴抵在窗框上,望着雪景。家门前的私路本就少有行人往来,就连上午车子留下的辙痕,也被午后的雪掩去了。

雪中笼着微光。尽管雪后的天空十分黯淡,但是地上的雪光映照出了一天当中其他时刻无法比拟的、不可思议的特别时间。对面宅邸深处的古旧院墙,白雪驻足于水泥墙凹凸不平的每一处缝隙中。

这时,从右手边来了一位并未撑伞的老人,他以头戴黑色贝雷帽、身穿黑色外套的姿态出现在雪中。外套腰部周围膨胀得很厉害,老人像是在抱着肚子走路:可能是不想沾上雪,便把行李藏进外套下面了吧。老人的瘦削与膨胀的外套极不相称,从贝雷帽下干瘪的脸型也能看出这一点。

老人在距离家门前不远的地方站住了,那是便门的位置。我想:来找父亲委托事务的,想不到还有这样的穷人。但是他似乎并没有要进来的意思,任凭自己外套上的雪花变成了霜花,也不肯掸一掸,只顾环视四周。

老人腰间的肿胀突然掉落下来，像是生了一颗硕大的蛋，掉在雪地上。我的视线凝结在掉落的物品上。一开始我没看出个所以然来，只能看见一个有着很多颜色与形状的、类似地球仪的东西在雪中放着幽光。仔细瞧了瞧，才看出是一团蔬菜水果的边角料，结结实实地被包在塑料薄膜里。红色的苹果皮、橙色的胡萝卜、淡绿色的卷心菜，装了满满一包。如果说是因为难以料理，出来丢弃这一包东西，那么老人应该是独居，或许还是位怪脾气的素食主义者。大量的蔬菜碎渣，被包在塑料膜中，给雪地增添了一分不可思议的新鲜色感，就连绿色的碎菜叶也给人一种胸闷气短之感。

　　我过于集中于包裹，回过神来，以为已经追不上老人离开的背影了。然而，雪上留下的细碎脚印，证实了老人只是慢慢地离开了门前。我才看到他那穿着外套的背影。即便将老人的驼背计算进来，外套的形状也显得十分不安定、不自然。过于棱角分明，虽不比刚才，但是依旧异样地膨胀着。

　　老人继续以同样的速度走着。在走到离开家门已有五米左右的时候，老人自身大概并未察觉，从他外套的袖管中掉出一件大墨滴一般的黑色物体，掉在了雪地上。

　　那是一只鸟的尸骸，似乎是乌鸦，也有可能是八哥。就连我的耳朵里，一瞬间都仿佛产生了错觉，像是听见了"啪嗒"一声——坠落的羽翼撞击地面的声音。老人却只是自顾自地继续向前走。

　　于是，那只黑鸟的尸体成为我百思不得其解的难题。不仅位置离我很远，还被前庭的树梢遮蔽，纷纷扬扬飘落的雪花更是扭曲了一切物影，我再怎么凝目直视，也无法辨认。虽想着要不拿双筒望远镜过来，或者到庭院里去看一下，却被心头一种压倒性的怠惰所压制，索性放弃。

到底是什么鸟呢？或许是盯着的时间太长了，那堆黑色羽翼的结块，看起来竟开始不像鸟，倒像是女人的假发了。

×月×日

百子的苦恼终于开始了，如同一根未灭的烟蒂引燃了山火一般。不论是平凡少女，还是大哲学家，因为跌了微不足道的一跤，所以产生了想要毁灭世界的想法。这种道理对他们来说都是一样见效的。

一直在等待她的苦恼降临的我，按照计划一转先前的态度，对她百依百顺起来。我百般讨好百子，与她统一战线，一起骂汀是个无耻之徒。百子哭着求我跟那个女人分手，我有些夸大其词地回她：我也想要跟汀分手，但是这需要百子的帮助，如果百子不帮我，那我肯定逃不出那恶魔一般的女人的手掌心。

百子当然答应了我的请求，只是有一个条件，那就是我必须得当着百子的面把汀送给我的项链扔掉。这项链对我来说也并不是什么值得留恋的东西，所以我爽快地答应了。于是带着百子来到了水道桥站入口处的桥上，我把项链从脖子上扯下来交给百子，对她说：用你的手，把它丢到肮脏的河泥里去吧。百子把项链高高举过头顶，它在冬日夕阳的余晖中闪闪发光。百子一狠心，把它丢进了不时有驳船经过的污臭河泥中。她脸上的表情活像刚杀了个人。百子不停地喘着粗气，回头一把抱住了我。街上的行人看着我们，一脸不可思议的样子。

快到上补习班的时间了，我们两人约好明天，也就是周六下午见面，随后便分开了。

×月×日

简明扼要地说，我让百子完全按照我说的话给汀写了一封信。

那个周六的午后，我大概对百子说了成百上千遍"爱你"。我还对她说：我深爱百子，百子也深爱我，所以为了消除灾祸，我们两人必须齐心共谋，伪造一封信件不可。

我们在神宫外苑旁边的保龄球球场见了面，玩了一会儿保龄球之后，又漫步于冬日暖阳照射下的外苑内，沐浴着银杏树冬日的树荫，手牵着手来到了青山大道上一家新开的咖啡厅。其间，我一直随身带着个纸袋，里面装着早就准备好的信纸、信封和邮票。

散步的时候，我也像打了麻醉针一般，一直在百子的耳旁呢喃爱的细语。不知不觉中，竟将百子与疯狂的绢江等同起来。我感觉："这世上的爱意绝不会互相纠缠"是明显的概念错误，然而正所谓"当局者迷"，人们才能自在地喘息。

相信自己是美女的绢江，相信自己被爱的百子，她们都选择了否定现实。但是与需要别人助力的百子不同，绢江甚至不需要别人的帮助。要是百子也有这么高明就好了！而这正需要我的教育热情，换言之，就是我的爱，才能帮助她完成对现实的完全否定。所以说，"爱"也并非完全的谎言。百子这样以肯定现实的灵魂去否定现实，根本就是选择了自相矛盾的方法。要想让她像绢江那样，变成一个可以与全世界为敌的女人，大概并非易事。

无限重复读诵"爱你"这句经文后，诵读者内心也会发生某种变质，我觉得我几乎爱上了百子。"爱"原本是我的禁词，这次得到了完全的释放后，我感到心中的某种沉醉。就像飞行训练员与驾驶技术拙劣的新人驾驶同乘不得不做好心理准备一样，诱惑者的角色与飞行训练员可以说是高度相似的。

百子所要求的东西也十分符合她"落后于时代的少女"的定位：除了纯粹的"精神性的"实证之外她别无所求。所以，口头上的甜言蜜语便足够应付她。我的话语翱翔于空中，在地上投下轮廓分明的影子——这才是我的语言的真身啊。自我生下来，原本就只会这样来使用语言。既然如此（尽管我自己都对这说法感到懊恼），一直以来我避人耳目使用的本质上的母语，可能正是爱的语言。

随后，仿佛不想让癌症患者得知真实病情的家人们，成千上百遍地重复着"肯定能治好的"这句话一般，我在冬日美丽树影编织成的小路上，滔滔不绝地低声向百子陈述我绝大的爱意。

我们在咖啡厅落座后，我表现出一种极想和百子商讨一番然后听从她意见的样子，大致地向百子描述了汀的性格，以及如何与汀战斗的巧妙战术。当然，这所谓的"汀的性格"，完全出自我的杜撰。

汀并不是那种听到我的未婚妻很爱我，便会对我网开一面的女人。如果那样做的话，她想必先是轻蔑，然后会更加无理取闹地纠缠我。她这个女人，为了能从背地里击溃"爱"，什么都干得出来，就算豁出性命也在所不惜。对于佯装想要结婚之后做个好丈夫的年轻男子，汀都要悉数刻上自己的烙印，她就是那种下定决心要在背后嘲笑别人婚后生活的女人。不过，这女人有一个弱点：过于善良。虽然对"爱"本身绝不手软，但是对于为了金钱、为了讨生活而战斗的女人，汀总怀着一种奇怪的尊敬与必不可少的同情。我就从汀口中听到过多起实例。不是为了爱，只是出于金钱以及生活上的必要才存在的姻缘，如果汀听说自己阻碍了这段姻缘，那她一定会动摇的。如此说来，该如何是好呢？

"那只要告诉她，我完全不爱你，只是为了金钱与生活才需要你就行了！"

"没错，就是这样。"

这个空想令百子瞬间兴奋起来，带着一副梦幻般的表情说，如果就这样顺利搞定该有多好。

直到刚刚还闷闷不乐的百子摇身一变，顿时天真烂漫地高兴起来，甚至有些开朗过头了，这令我有些不痛快。百子接着说道：

"而且，也不是完全没说中。尽管父亲母亲一直拼命隐藏，我也从未在人前提起过，不过家里的经济状况的确不太好。好像是银行那边出了什么岔子，父亲一个人全包揽了下来，我们家名下的地产全都拿去抵押了。父亲就是那样一个好人，大概是被坏人骗了吧。"

百子对于自己变成卑微下贱的女孩这一空想（她认为这在现实中是不可能发生的事情），就像要在校庆的舞台上扮演角色的少女一般热情澎湃。就这样，基于百子的意向，通过我来凝练文案，她在咖啡厅的桌子上写完了一封长信：

汀小姐：

我写这封信是有个不情之请，请您一定要看到最后。其实，我想请您断绝与透君的来往。

至于我何出此言，这封信中将尽量开诚布公地写出来。我与透君之间，说得好听一点是定下终身的关系，但是，其实我们的结合并不存在所谓爱情。我虽然认同透君是难得的挚友，但是除此之外对他并无二心。我的真实心意，正如家父所说：如果能嫁给透君那般家境殷实的公子哥，透君的父亲已是风烛残年，全部的财产归透君一人所继承，如果能嫁入这样没有烦人亲戚的家庭，就能与天生聪慧的透君一起享受自由、富足的婚后生活。另外，家父也因为在银行工作的关系，有许多羞于启齿的难处，正为钱财所困，十分需要透君的父亲做依靠，而在透君父亲百年之后，也希望能继续仰仗透君的援助……如您所见，有很多难言之隐。我非常敬爱家父家母，如果现在失去了透君的爱，之前的一切努力就都将化为泡影，失去希望。不瞒您说，这场婚姻对我来说实在是谋求钱财的重要机会。我认为，钱是这世上最重要的东西，我也不认为这是什么肮脏的想法。没有钱的情况下，却要谈什么情啊、爱啊的，我认为那才是不可理喻的。这一切对于汀小姐来说可能不过是一场游戏，但是对于我和我的家庭来说，却是眼睁睁地看着重要计划快要被您给搅黄了。我不是因为自己深爱透君，才向您发出这不得已的请求。我是作为一个与外表不符的成熟、冷静的女人对您叙述这件事情。

既然如此，那么只和透君私下里进行交往总该相安无事了，您要是这么想就大错特错了。第一，这样的事情早晚有暴露的一天；第二，我不想从现在开始便被透君当作为了钱什么都可以忍耐的女人，这样太吃亏了。正是出于爱财，我才必须监视透君，也必须守住自己的尊严。

请绝对不要给透君看这封信。一个女人，实在是万不得已、走投无路了，才会写这样一封信。如果您是位坏女人的话，一定会马上把这封信拿给透君看，将透君的心从我身边夺去，然后以此作为您胜利的资本。您倘若那样做，从一个孤零零的女人身边拿走的不是爱，而是生活的所需。这样一份罪恶一定会使您终生痛苦。你我感情上说来互不相欠，所以请千万冷静地处理这件事情。如果您把这封信给透君看了，我一定会杀了您，且一定让您不得好死。

百子

"最后这一句实在太有魄力了！"百子依旧很兴奋地说道。

"要是叫我看见这封信那可了不得了。"我也笑着作答。

"你已经看过了，可以安心了。"百子边说着，边凑过身子来。

我又让百子把信封正面的信息填写清楚，贴上"加急"的邮票，两人手牵着手走到邮筒前，将信投了进去。

×月×日

今天我去了汀那儿，她给我看了百子的信。我故意装出一副气到发抖的样子，读完后将信紧紧地攥在手里扭头就走。补习班下课后回到家里，深夜里，我去了父亲的书房。我装作一副被悲伤击溃的模样，把那封信递给了父亲……

<透的手记——完>

二十五

　　进入高中的年龄一般来说是十五岁，而十七岁才上高中的透，自然得等到昭和四十九年（1974）二十岁成年之际才能进入大学。升到高三之后，为了备战高考根本没有一天安生日子。本多千叮咛万嘱咐，让透不要勤奋过度伤了身子。

　　高三秋季的某一天，本多想着至少周末得让透出去呼吸一下新鲜空气，硬拉着嘴上说怕耽误学习、不肯听从劝告的透出了趟门。本多本就打算一切按照透的愿望来，既然透说走太远实在不方便，又好久没见过船了，便吩咐车夫带透去了横滨，还打算回来的时候带他去南京街吃饭。

　　那一天是十月初，不凑巧，天空布满乌云。横滨是座有着辽阔天空的城市。在南大栈桥下车后，两人仰头望着天空，辽阔的天空布满鲨鱼肌肤一般纹理的鳞状云，只见其到处闪着白色的光斑。要是在这之间硬寻一片蔚蓝的话，只有对面的中央大桥上能寻到些蔚蓝余韵般的东西，仿佛回荡的钟声余韵一般。何况，这蔚蓝的余韵还若隐若现，最后消失殆尽了。

　　"给我买辆车，我就可以开车带父亲来这了。老是麻烦车夫也太奢侈了。"打从下了车，透就开始嘀咕道。

"不行，不行。你要是考上东京大学，作为祝贺一定给你买。再忍一忍吧。"

本多让透去买港口大楼的票，一个人拄着拐杖面对眼前不得不爬的台阶，不禁忧郁地抬头望着。本多心里清楚，如果真的攀不上去，其实只要叫透来帮忙搀扶一下就完事了。但是他还是尽量不在人前展示出这副丑态。

来到港口后，透的心情变得豁然开朗。当然，透从出发之前便知道会这样。不仅限于清水港，任何一处港口都含有一种即刻生效且能适应透与生俱来的心脏的透明药物，透身上的任何病痛都能在一瞬间被完全治愈。

现在是午后两点。有一块告示牌，上面写着上午九点开始的停船状况：

巴拿马船	Chung Lien Ⅱ号	2167吨
中国船	海义号	2767吨
菲律宾船	明达纳欧号	3357吨

另外，两点半左右，载着大批日本船客从纳霍德卡归来的苏联船"哈巴罗夫斯克"号预计入港。登上海港大楼后，恰好可以从偏上的位置俯瞰前面那些船的甲板，这是"赏船"的最佳方位。

父子俩站在靠近"纯良丸"①船首的位置，向下俯瞰着海港的繁华。

父子俩就这样沉默地站在一起，这样与辽阔景色的各自对峙，在季节的轮回之中并不是什么稀罕事，或者说可能这才是最适合本多家父子的姿态。同为拥有自我意识之人，他们彼此都心知肚明：两人的互通互联必将生出恶。如果说以风景为媒介，将自己的意识交给对方就是两人之间的"关系"的话，那么父子俩可能拿景色作为彼此自我意识的巨大过滤器，宛如含有高盐分的海水，托这过滤器的福，变成了可以饮用的淡水一般。

"纯良丸"前面，有一片驳船停泊场。驳船仿佛海上漂来的木片，浮浮沉沉地重叠堆积在一处。码头的混凝土上胡乱地画着"禁止停车"的字样和一些纵横的直线，仿佛孩子们在这里玩过跳房子游戏。不知何处飘来一丝薄烟，引擎发动荡起的微波络绎不绝地向这边袭来。

"纯良丸"船腹上的黑色涂装已经老旧，防锈的柿色花纹鲜明地散落在黑色船首的弯曲部分，仿佛描绘了一幅港湾设施的航拍图。生满青锈的无杆锚仿佛一只巨大的螃蟹，紧紧地咬住铁链的链眼。

"那装的是什么货物？又细又长，包装仔细，好像是巨大的挂轴呢。"本多的注意力完全被"纯良丸"上的货物装卸所吸引，问道。

"怎么会是挂轴呢，大概是什么木箱吧。"

本多见儿子也不知道这是什么，不禁一阵满足，侧耳倾听装卸工

---

① 即上文Chung Lien的音译译名。

们相互交错的号子声，津津有味地看着这项自己人生中绝不会涉及的劳动。

令本多感到惊愕的是，人类（就是他自己）虽然完全闲置这所赐的肉体、肌肉及诸类器官（头脑暂且不谈），这漫长的一生仍然能够获得健康，以及供过于求的财富。虽说如此，本多也并未驱使过独创的思想与精神。本多所做的，无非只有冷静的分析与准确的判断，而这已经为他赚得了足够的资产。看见码头装卸工们脑门上浸满的汗水，本多并未感受到一丝良心上的谴责，却为自己人生中存在的隔靴搔痒感所恼。本多一直坚信：自己能够透过眼前所有的风景、事物，以及人体的活动中获取所得。然而，似乎存在一堵不透明的墙，墙上的每一个角落都涂满了散发着刺鼻难闻的油画颜料。看不见的人类从看不见的世界中获取所得，这堵墙横亘在"看得见"与"看不见"之中，不断地嘲笑着双方。而且那出现在颜料画成的壁画上的人类，正处于最穷困的境地——被机构掳夺去，屈服于他人的统治之下。本多虽然并不希望自己成为那被统治的、不透明的存在，却毫不怀疑他们才是如同船一般，在生命与存在之间扎扎实实抛下船锚之人。转念一想，或许社会就是这样，只有做出一定的牺牲才能获得相应的报酬。生命与存在感的牺牲越大，自然就会获得丰厚的智慧上的报酬。

不过事到如今，倒也不必重视这种叹息，本多的目光只要追随这些不断运动着的事物就好了。他想，即便在他死之后，这些船依旧会入港、扬帆，朝着阳光下的世界各国航海前行。即使没有他，这个世界依旧充满希望。如果说他是一处港口，那也是极为绝望的港口，却也不得不允许几多希望的停泊。然而，本多却连港口都不是，现在他可以向着世界、向着大海宣告：他是彻彻底底不被需要的存在。

如果他是港口的话……

本多看了一眼站在旁边、专心致志地望着货物装卸的透，这是唯一一艘停在"本多港"的小船。这艘船与港口有着完全相似的外表，与港湾共腐朽，并永久地拒绝扬帆远航。至少本多心里是这么想的。小船一直被混凝土固定在码头上，本多以为，他们便是理想中的父子。

眼前，"纯良丸"大开着黑漆漆的船舱口，堆积重叠的装载货物简直要从船舱口溢出来。站在货物山上的码头装卸工人们，透过船舱露出他们上半身的绛紫色毛衣、内织金缕的绿毛缠腰布，正冲着由空中探下身子来的起重机吊臂叫喊，起重机繁琐的铁链被自己的轰鸣声吓得颤抖。装卸工们手把手垒起的货物高墙，浮游在空中不安定地晃动着。这种摇动，令背后停泊在中央码头的白色客货双用船烫金的船名时隐时现。

戴着海员帽的一名士官担任了此次装卸工作的调度员，看嘴型似乎在笑着大喊些什么，大概在用粗野的笑话鼓舞工人们的士气。

父子俩看腻了似乎永无休止的装卸工作，漫不经心地走开，来到了既能看到"纯良丸"的船尾，又能看到另一艘苏联船的船首的位置。

一改船首的繁华景象，"纯良丸"的船尾这边，低矮的船楼上连个人影也没有。只有朝向四面八方的黄褐色通气孔；零乱地搭在一起的废弃木材；环着生锈铁箍、污浊不堪的古式酒桶；挂在白色栏杆上的救生圈；各式各样的船具；盘曲错杂的绳子；黄褐色遮盖下露出的救生船白色的船腹上，有着苍白而美丽的细碎裂纹……还有，挂着巴拿马国旗的杆子底部，留下了一盏未被熄灭的旧式提灯。

这一切，与构图极尽繁杂的荷兰派静物画十分相似。大海阴郁的光芒令各式物象都染上忧愁，长期荡漾在船上的、倍感倦怠的时间，以及本来见不得陆岸之人目光的船的阴暗面，都如同毫无防备的午睡之姿被公之于众。

反方向上，承载了十三座巨大银色起重机的苏联船，正高耸着黑色的船首不断逼近。盘踞于铁索尽头的巨大锚头上留落着红色铁锈，其流动痕迹仿佛红色的蛛丝，细致地装点着船腹。

系揽柱将两艘船与陆地相连，各自切开了周围的宏伟风景。许多束蕉麻拧成的绳索，总共三根交错在一起，略微有些脱线，向四周挓挲着垂下的乱须。这两艘船犹如岿然不动的巨大铁制屏风一般耸立着，可以从其间隙中窥见终日无休的港口中车水马龙的匆忙景象。船舷一侧的海中，黑色废胎扎制成的小汽艇，以及流线型的白色领航船来来往往之间，暂时只留下了比大船航路平滑得多的水纹，似乎也抚愈了幽暗海水的不安与心病。

透想起了以前休班时，常常一个人去观赏清水港的景象。每一次都仿佛将他的心掏空，每一次都仿佛触及了整个港口惊人广阔的胸腔中迸发出的叹息，每一次都仿佛被铁质引擎持续发动产生的轰鸣声与人们的叫唤声阻塞了耳朵——压迫与解放同时弥漫在舌尖，被快乐的空虚所充斥。今天也一如往常，尽管身旁父亲的存在十分碍事。

本多这样开了腔：

"上次滨中家那姑娘，是在初春的时候把婚约解除了吧，现在想一想反倒觉得幸好,这样你也能更加专心地学习,现在你应当也整理好心情了,我也能把话说开了。应承下那样的婚约,是父亲太过草率了,对不住啊。"

"不用再提了。"

透心里烦得很,但还是用少年恰如其分的哀愁、果断的嗓音回答道。本多却依然不肯退步,本多真正的意图不是道歉,而是质问透一个上次没能问出结果的问题:

"那姑娘的信啊,还真是满纸疯言疯语。从一开始就知道他们家是冲着钱来的,我也打算睁一只眼闭一只眼过去得了。结果被那小姑娘那样露骨地揭露出来,实在是败坏兴致。她的双亲倒是为她费了好一番口舌辩解,倒是当初说合亲事的那位先生看了信之后,一句话也没能说出来。"

那之后明明很长时间内都对此事只字未提的父亲,今天一说起来,倒是丝毫不加修饰地大说特说,令透很是不快。因为透凭直觉知道,父亲对于这门亲事的告吹,同之前得知透与百子订下婚约时一样欢喜。

"没办法,来咱们家说合的亲事几乎都是这类人。百子倒是实诚,这么快就露了马脚,不也挺好嘛。"

透两肘撑在港口大楼的栏杆上回答道,并未看向父亲一眼。

"我也是说啊,倒也挺好。不过也不能从此泄了气,再有好姑娘还是得找着点……但是,虽说如此,那封信……"

"事到如今您干吗还那么在乎那封信?"

本多轻轻用胳膊戳了一下透的手肘。透感觉自己似乎被一具骸骨的手肘戳了一下。

"那是你叫她写的吧？我没说错吧？"

透并不惊讶，他早就料到父亲早晚要问自己这个问题。

"是又怎样？"

"不怎样，不过是你又学会了一种人生的处理方式。不论怎么说这招可不太光明，而且一点也不幼稚。"

这句话刺痛了透的自尊心。

"我也不想被看作是幼稚的人。"

"但是，婚约告吹之前，你可是彻头彻尾地扮演了一个幼稚的男孩啊。"

"我只是一切顺遂父亲的心愿而已。"

"这倒也是。"

老人迎着海风露齿笑了一下，弄得透直犯恶心。父子二人的了解点在此达到一致——这几乎让透起了杀心。只要把老人从这港口大楼上推下去，自己的杀意便能即刻成真。然而想到这里，透又觉得似乎连这想法老人也能猜透似的，顿时心灰意冷下来。和一个对自己知根知底，完全了解且完全具有能力了解自己的老人朝夕相处于同一片屋檐下，没有比这更令人忧郁的事情了。

自此父子俩便一言不发，围着港口大楼绕了一圈之后，又去看了一会儿停靠在对面码头的菲律宾船。

眼前船室入口处的门大敞着，能看到游廊上覆盖的漆布伤痕累累，泛着昏沉的光，还能看到游廊尽头侧边向下的楼梯的铁扶手。那短短的无人游廊，暗示着即使航海距离再远，也绝不会脱离人身、冻结于人类生活中的日常。在这勇往直前的白色巨轮之中,只有这一处能够代表某个无趣而昏沉的午后,任何一处寻常百姓家中走廊下的冷清一角。同只有老人与少年长居的家中走廊一样,鲜有来客,愈发显得空旷。

突然间,透猛地一转身子,吓得本多直缩脖子。本多无意中瞥见透从手提包里一把抄起封皮上用红色铅笔写着"手记"二字的大学笔记本。透铆足了劲儿,将笔记本远远地掷向了菲律宾船船尾的海域。

"你干吗呢?"

"那本笔记已经不要了,写了些有的没的。"

"这么做要挨骂的。"

然而四下无人,只有菲律宾船船尾恰巧经过的一名船员似乎吓了一跳,朝海面上望了几眼。只见用橡皮筋箍着的笔记本,在波浪间闪了一下,便沉得不见踪影了。

这时,船首贴着红星,用烫金字体标示船名的"哈巴罗夫斯克"号苏联白色客船被一艘立着桅杆的拖船拖向了同一个港口。那拖船的桅杆活像一只被煮熟的红虾,背上生满倒刺。船只抵达岸边那一侧的栏杆旁边,早已聚满了出迎的人。他们的头发被风吹拂着,全都踮着脚尖观看客船的到来。小孩子们骑在大人的肩头,迫不及待地舞动小手大声叫喊。

二 十 六

庆子现在，就连问本多昭和四十九年（1974）的圣诞节透打算怎么过，都会变得义愤填膺起来。特别是"九月事件"以来，这位已八十岁的老人对一切都充满了恐惧。以前那个知性、澄明的本多已经消失，现在的他对待一切事情都畏首畏尾，变得十分卑微，持续被不安的情绪劫持着。

这样的状况，并不仅仅是由于"九月事件"。透成为本多家的养子已有四年，其间一直很平稳安定，透的态度也从未发生过大的转变。然而，就在这个春天，也就是透的成年之际，考入了东京大学后，一切都变了。突然之间，透开始苛待他的养父，本多一旦反抗，透便立马抬手揍人。透还曾用壁炉中的火钩子划伤了本多的额头，本多只能装作是跌打伤去医院治疗。打从这以后，本多便一概不敢违抗透的意愿了。另外，对于站在本多那一边的庆子，透依旧滴水不漏，冷酷地全力戒备。

多年以来，本多为了杜绝被勒索钱财的可能性，与所有亲戚断绝了来往。结果就是，现在能为本多撑腰的亲戚一个也没有。曾经反对本多收养子的那帮人，看见本多这副正中自己下怀的样子就更是别提有多开心了。话虽如此,他们完全不相信本多的申辩,只当是老人是老愚发痴,想要博得他人的同情。倘若见到透,反倒还同情起透来。他们只觉得,拥有这样一双美丽的眸子与无瑕外表的年轻人,诚心诚意地照顾老人,却反倒要拜老人的猜疑心所赐,名誉受损。而且,透的解释总是头头是道且礼仪端正,这两点上无人能出其右。

"真是给您添麻烦了,请问是谁给您讲的这些无稽之谈呢。一定是久松阿姨吧。久松阿姨并无恶意,只不过是家里老头说什么她信什么罢了。话说回来,最近家中老头愈发地老愚起来了呢,还有就是那被害妄想。虽说是为了守护一生的血汗才变成那副样子,但是竟然把住在同一屋檐下的孩子也当成小偷来对待。我也是年轻憋不住,有的时候还两句嘴,结果又开始胡说,说我欺负他。之前他自己在院子里摔倒,被梅花古树划伤额头的事情,现在赖到我头上来,说是我拿火钩子划的,还把这事告诉了庆子阿姨。庆子阿姨也是,不管三七二十一,打定了相信老头的胡话,我也真是没有立足之地了。"

对于这个夏天开始把疯女绢江接到东京来,让她住在偏房中的事情,透是这么解释的:

"啊,那件事啊。她真的是个很可怜的女孩子。我在清水工作那会儿,她就很照顾我。她在老家总是充当大家的笑柄,被孩子们欺负,所以总说要到东京来,要到东京来。于是,我就告知了她的父母,把她接到这里来了。要是把她关进疯人院,肯定会被人杀了的。而且她虽然精神不正常,却是那种安静的类型,也不会惹出什么事端的。"

泛泛之交的年长者总是会对透宠爱有加,而且每当话题涉及透自己的私生活，他都能巧妙地以一种不失礼节的方式将焦点从他身上移走。世间反倒都将本多视为罪魁祸首，曾经那样睿智的一位老人，终究也难逃老年性痴呆的厄运。当然，这也少不了人们的嫉妒心，还对老人二十多年前侥幸获得的那笔财富记忆犹新呢。

透的一天。

他已经不需要看海，也不需要等船。

其实，就连大学他也不必去，现在只不过是为了博取众生的信用装装样子。明明去东京大学走路不到十分钟就到的距离，透却一定要开车去。

尽管如此，还是留下了个一到时间就自然醒的坏毛病。从窗帷的明亮程度来观察晴雨，审视自己统治下的世界秩序几何？欺瞒与罪恶是否如同精准的钟表一般走动着？自己的恶已经统治了世界之时，是否有被外人所察觉？一切都是在不触动法律的情况下运行着吗？现在也保持着"无一处有爱的踪影"状态吗？人们满足于他的皇权吗？恶是否以诗歌的姿态透明地凌驾于人们头上？一切"人性之物"都被仔细地清除干净了吗？是否有细心考量，使得热爱一定会变为笑柄？人们的灵魂确保都已死去？……

透相信，只要自己白皙美丽的手温柔地伸向世界的穹顶，这世界便一定会患上某种美丽的绝症。不久的未来总有意想不到的侥幸在等候，一份侥幸入手，马上又会有意料之外的好运从天而降，透会如此相信也是理所当然。这位贫穷的少年通讯员，不知怎的，就被一个阔佬，而且还是一只脚踏进棺材的阔佬收为养子。下次说不定有某个国家的国王找来,要他做王子了呢。

透跳进淋浴间中——这是特意找人建在卧室旁边的。尽管是冬天,还是直接用凉水冲澡。要想保持完全的清醒,这便是最佳手段。

飞落在身上的水花彻骨般的冰寒,使得心跳不住地加速,仿佛透明的鞭子正在抽打胸口,又像是几千根白银之针刺进了皮肤。暂且用背部抵挡一阵水的攻势后,透又转过身来朝向冰水,心脏却还是没能适应寒气。透只觉得胸膛上如同压着一块坚实的铁板,裸露的肌肤仿佛被迫穿上了一件不合身的寒冰铠甲。透在水中打转,仿佛被一根冰水凝成的绳子悬吊在空中,不停地转圈一般。肌体终于被重新唤醒,足以弹开水珠的年轻皮肤再次昭告自己的君临。这时,透总会高高地举起左臂,让水流冲刷腋窝。三颗黑痣仿佛湍流之下的三颗黑色石子,透过水流,看起来熠熠生辉。这才是平时折叠隐藏起来的羽翼上的斑纹,无人发觉的"天选之子"的证明。

——出浴后擦拭身体,按响呼叫铃,身体微微发烫。

准备精致的早餐、按下呼叫铃后马上将其送来是女佣阿恒的职责。

阿恒是透从神田的咖啡厅挖来的姑娘,对透总是逆来顺受。

虽说从透开始接触女人才不过两年,却仿佛瞬间便通晓了能让女人对绝不会去爱的男人献殷勤的方法。他还有一项能力,能够立刻分辨出肯对自己唯命是从的女人。如今,透已经把貌似会站在本多那边的女佣全部清理出去,把自己看中、睡过的姑娘带回家来,称之为"女佣"。阿恒是其中最蠢的,也是乳房最丰满的。

让阿恒把早餐放在桌子上以后,作为早上的问候,透戳了戳阿恒的乳房。

"紧绷绷的呢。"

"嗯，状态绝佳。"

阿恒脸上毫无表情，带着几分恭谦的神色答道。她那到处产生郁积的暑热肉体便是这谦恭的化身。其中尤其最为谦虚克己的，是如同深井一般深凹下去的肚脐。阿恒虽是这副德行，却有着一双极不相称的美腿，而这一点阿恒自己也心知肚明。透之前在咖啡厅也见识过：阿恒走在凹凸不平的地板上来回传递咖啡之时，恰似猫咪在灌木丛中蹭着后背，小腿蹭着长势不良的租来的橡胶树的下探枝叶一般。

透若有所思地来到窗边，宽松上衫中袒露出的胸膛浸润在微风之中，俯视着庭院。本多直到现在还在顽固地坚守一起床就到院子散步的习惯，现在恰好是他散步的时刻。

十一月朝阳投下的光影色块之中，独自挂杖的老人蹒跚前行，微笑着，挥了挥手，用微弱无力的声音说了句"早上好"。

透也微笑着，挥着手，说道：

"哎哟哟，还活着哪。"

这就是透的早上的问安。

本多依旧保持着微笑，沉默不语，避开危险的踏脚石继续散步。如果回答得不够好，透说不准还会用飞来横"石"招呼自己呢。只要忍过这一时的凌辱，透就至少到傍晚前都不会回家来。

有一次，本多就因为离透近了一点，就被透说：

"臭老头真脏，太臭了滚远点。"

本多虽然气得脸颊都在发抖，却毫无还手之力。如果透大声怒骂,那么本多倒还有计可施。但是透每次都是带着苍白的微笑,用美丽无垢的双眸死死地注视着自己,冷静地低语一般说出这些无情的字眼。

在透看来,四年间一直朝夕相处,他对老人终究是厌烦了。丑恶无力的肉体,同样有气无力的冗长废话,同样一件事情至少重复五遍,而且每重复一次那令人烦躁的激情便更甚一分,周而复始。那种尊大,那种卑屈,那种吝啬,还有对自己已经呵护至极的身体过分的在乎,始终贪生怕死的怯惰,都令人感到无比恶心。对一切故作宽容的假动作,布满皱纹的老手,尺蠖虫一般的走路方式,一颦一笑中夹杂着厚颜无耻的叮嘱与恳求……一切都令透生厌。最要命的是,整个日本都充斥着老人。

透回到早餐餐桌旁,让阿恒站在一边陪侍,让她倒咖啡,让她加糖,还不忘抱怨几句烤面包的火候把握得不好。

透有一种近乎迷信的心情,他觉得,没有比圆满顺利地度过美好的一天更重要的事情了,清晨更是应该如同完美无瑕的水晶球一般才行。之所以经受得住通讯员这种无聊的工作,也是因为只需"看"便罢了,绝不会伤到自尊心。

有一次,阿恒曾说过一句:

"我以前工作的那家咖啡厅的老板,给透君起了一个昵称叫芦笋呢。说是因为你们都又青又细的。"

话音还未落,透就一言不发地把手中点着的烟头碾在阿恒手背上了。自此以来,阿恒虽然愚笨,却也开始注意起自己的言行来,尤其是早餐的陪侍,生怕说错话。四名女佣实行轮班制:其中三人每天轮班，照看透、本多以及绢江的生活起居，剩下一人候补。当天早晨伺候透用早餐的女人，晚上就得去陪他睡觉。说是"睡觉"，其实办完事之后立马就会被赶出来，透不允许她们在自己的房间过夜。所有女佣每隔四天都得接受一次透的泄欲，而每周一次成为候补的日子，便是她们依次休班的日子，只有这一天她们才被允许外出。这完美协调的安排，不仅令女人们毫无怨言，连本多也不禁暗自咋舌。她们真是自发地听命于透的。

透对女佣们的管教十分严格，就连让她们喊本多"大老爷"这一点上都滴水不漏。偶尔来到家中的访客，也都会称赞已经很久没见过如此美丽而又懂礼数的女佣了。透一边给予本多衣食无忧的生活，一边继续不断侮辱他。

吃完早饭后整齐着装，出发去学校之前一定要先去绢江居住的偏房拜访一次。绢江已经上完妆，穿着家居服，在靠边的扶手椅上坐着迎接透的到访。最近，装病成了她卖弄风骚的最新手段。

此时，透用率真而宠溺的温柔眼神望向丑陋的疯女，弯腰坐在她身边。

"早安，心情怎么样？"透问道。

"我很好，今天也多谢你的照顾……不过，美女总是多病，早上的精心梳妆简直费尽了我所有的力气，之后就只能疲乏地倒在躺椅中向你说一声'我很好，今天也多谢你的照顾'啦。不过，世上还能有什么瞬间比现在这一刻更加缥缈而美丽的呢。美丽就如同沉重的花朵一般摇曳着，我只要闭上眼睛便能从眼皮上感知到。怎么样？这是我能为你做的唯一一件报恩之举了。对于你，我很是感激。这世界上,肯为我实现愿望还不求回报的温柔男子,只你一个。自打来了这以后,每天都能见到你,哪里也不用去。不过,要是你那养父不在就好了。"

"安心吧,很快他就会见阎王爷去了。九月那事以后万事俱备,之后一切都会如我们所愿的。等到了明年,就给你买钻石戒指。"

"我好开心,我每一天都在为此期待而活。既然今天没有钻石,那么便用花代替吧。就选庭院里那朵白菊做今天的花吧。能为我摘下吗?我好快活啊。不是那边,是花盆那边。对,花瓣如垂下的丝线一般,一大朵白色的菊花。"

本多精心培育的盆栽菊花,透连眼睛都没眨一下就折下来给了绢江。绢江仿佛病美人一般,慵懒地用指尖捻动硕大的菊花在手中打旋,嘴角浮上游丝般的些许微笑,随即把菊花装饰在自己的头发上。

"好了,快出门吧,上学要迟到了。上课的时候也请时时想念我一下。"

绢江说道,挥了挥手道别。

透来到了车库,插入钥匙,启动了今春入学纪念时让父亲给买的跑车"野马"。如果说船只笨重而充满浪漫情调的架构能够光彩照人地踏破碧波,荡起水之航迹的话,那么足有八汽缸的"野马"那锐敏而纤细的驱动架构,为什么就不能踹飞这群乌合之众,将这些肉团横竖切开,像船尾溅起的白色泡沫一般,也让"野马"扬长的背后溅起血红色的飞沫呢!

不过,这些还是给静静地压制下去了。被强行地抚慰、被抑制、被控制回温和的样子。众生望见这外形锐利的跑车刀光剑影般的光芒时，总是会不住赞叹；而"野马"自身，为了证明自己不是凶器，只能无可奈何地炫耀自己前盖的美丽涂层，不住地微笑。

对于时速能够达到两百公里以上的车来说，在早高峰车水马龙的本乡三丁目附近行驶简直是最大的自我亵渎，因为这个路段限速四十公里每小时。

九月三日的事件。

一切都得从那天早上，透与本多之间发生的一场小小的争执开始说起。

整个夏天，本多都在箱根避暑，不必见到透实在是一大幸事。御殿场的别墅烧毁以来，本多就十分忌讳别墅有关的话题，所以御殿场别墅的火灾废墟也只好原封不动地保留在原处。自那以后，本多每年夏天便在箱根的旅馆之间换来换去，用以充当犒劳暑热难耐的弱躯的避暑之所。透则更喜欢待在东京，开车跟着朋友们一起上山下海地游玩。九月二日的晚上本多返京，久违地见到透时，看见他晒得黝黑的脸上毫无遗憾的神色，眼里迸发出嗔怒的火焰——本多最怕的就是这个。

九月三日一大早，本多来到庭院中，不禁大喊起来：海棠树怎么了！离开前还在的老海棠竟被齐根砍断了。

整个夏天一直在家的，只有从七月初就搬到偏房中的绢江一人而已。说到底，之所以能把绢江接来，也是本多额头受伤之后彻底怕了透，对透的所作所为不敢插手的缘故。

听到叫喊声，透也来到了庭院中，左手持着火钩子。透的卧室改造自接待贵客用的接待间,所以是家中唯一一间留有壁炉的房间,即使是夏天,壁炉旁边的钉子上也挂着这根火钩子。

透非常清楚,只要自己拿出这东西来,以前曾被它划破额头的本多就会害怕得像只落水狗。

"你拿着那种东西是想干什么?这次我可是会报警的。上次想着家丑不可外扬我才忍住了,这次我可不会忍让了。你可要想清楚了!"

本多的肩膀微微战栗着,用尽全身的力气说道。

"你不也挂着拐呢吗?拿那个护身啊!"

九月初回到家中时,本期盼着看到海棠满树开花的景色,本期盼着能看到那如磨砺出的光滑树干上恰似白癫皮一般的肌理。可是回来一看,庭院中竟已没有海棠了。这座全新的庭院与之前的无一点相似之处,而这创造者无意识是阿赖耶识①。庭院也转生了,本多一想到这,瞬间爆发出不可遏制的怒气,不受控制地叫喊起来。然而,这叫喊也开始让本多恐惧起来。

其实真相如此:绢江搬到偏房来的时候恰好是梅雨季刚过的时节,偏房前的海棠开得正艳,绢江说讨厌这种花,让她头疼,最后甚至认定这是本多的阴谋,把这花放在她眼前好让她疯掉。于是,本多前脚刚离家去避暑,透后脚就把海棠树给砍了。

这个绢江藏在偏房的阴影深处,不见踪影。透并未把这期间发生

---

① 存在于知觉或认识、推论、自我意识等各种意识根底的意识,成为一切心理活动之源的意识,唯识思想"八识"中的第八。究竟把阿赖耶识当作"有烦恼"还是当成"真如",则因观点而异。

的事告诉本多，说了肯定会被老头揪住不放，说个没完。

"是你砍的吧？"本多问道，声音里有退缩半步的意思。

"对啊，我砍的。"透爽朗地作答。

"为什么？"

"那棵树已经上了年纪，不要了。"透脸上浮起美丽的微笑。

这种时刻，透便在眼前，刺溜刺溜地放了一堵厚厚的玻璃墙下来，从天而降的玻璃，与清晨澄澈的天空材质完全相同的玻璃。在那个瞬间，本多确信了：自己再怎么叫喊，再怎么抱怨，也丝毫传不到透的耳朵里。对方只能看得见自己嘴巴一张一合露出的假牙。本多的嘴里，装的是与有机体毫无关联的无机质假牙。他早就开始一点点死去了。

"是吗……是吗……那就算了。"

本多在自己的房间里憋了一整天，一动不动。女佣端来的饭菜也只是动了动，便叫她们端下去了。他一个人暗自想着女佣们会跑去给透打报告：

"大老爷可倔了，真要命。"

或许，老人的痛苦真的只是因为"倔强"。本多最清楚，这份苦恼，源自他自己毫无辩解余地的愚蠢。这一切都是本多一手打造而成的，绝不是透的罪过。就连透的转变也不是什么值得大惊小怪的事情，从最初与这位少年相识之时，本多就已经看出了少年身上的恶。

一切都不过是本多所欲所求之事。然而，正是这样的想法，给自己的自尊带来了无数的伤痛。

从忌讳空调、害怕台阶的那个年纪起，本多就一直住在一楼一间十二叠大小的和式房间里，从这里可以隔着庭院，望见偏房。尽管这是家中最古旧、最阴暗的房间，但是本多将四张亚麻坐垫排列整齐，时而在上面侧卧，时而蹲坐其上，消磨着时光。障子悉数关严，任凭房间内暑热积聚。他时不时地匍匐过去，吞咽几口桌上水壶中的水。那水就像被太阳晒过一样，还是温热的。

愤怒与悲伤的尽头，似乎便是瞌睡。本多便在这一梦一醒之间打发着时光。倘若腰痛又犯，似乎倒也算有个消遣，但那一天偏偏就是，遍寻全身上下，虽然乏弱无力，却无一丝痛楚。

尽管背负着不讲道理的悲惨命运，但是这悲惨却如同精确称量后配出的微妙药剂一般，于此刻发挥着其预想中的效力。尽管这样想，更令自己难以忍受。本多的老年，本应该是完全自由的，完全摆脱了虚荣心、野心、体面、权威、理性，尤其是感情的束缚才对，但是这自由却欠缺一份晴朗。本应早就忘记了感受为何物的本多，心中阴郁的不安与愤怒却又死灰复燃，吞吐着阴沉的焰舌。

在障子上变换着位置的日影，已经有了几分秋的气息。自己却身处于这片孤绝之中，全然没有季节推移那般，由此向彼迁移而去的征兆。一切都滞塞着，那些本不该有的怒气与悲哀，如同雨后的水洼，徒留心中永不干涸。今日心中生出的感情，仿佛十年前的腐殖土，每一刹那都是新鲜的。人生中不快的那些记忆，也瞄准了此刻群聚而来。但是，这一次却没有办法像青年时代那样，认定人生注定不幸。

日影逐渐移向窗边，预告着落日时分的接近。渐渐地，半蹲着的本多内心升起一阵情欲。这并不是勃然的情欲，而是悲哀与愤怒终日缠绕于心头之时，不知何时诞生的刚刚孵化的温润情欲，仿佛红色的游丝蚓盘踞在脑内。

一直为家中工作的司机告老还乡,之后雇佣的司机因为财务上不清不白的缘故也被辞退后,本多索性把车子卖了,外出时现找出租车。晚上十点了,本多用窗边的内线电话吩咐女佣,让她叫来出租车,随后自己找出夏天穿的黑色西装和浅灰色运动衫穿上。

透外出不在家,女佣们都拿疑惑的眼神目送着这位八十岁老人深更半夜的独自外出。

车开入神宫外苑时,本多心中的情欲不禁微微作呕起来。二十多年了,自己又来到了这个地方。

来这的路上,坐在车里的本多满脑子想的却并非情欲之事。他两手撑在拐杖上,一反平常地挺直腰板坐在座位上。

"再忍半年,就半年。"本多在口中念叨着。

"再忍半年⋯⋯万一这货是真的⋯⋯"

思及这保留条件,本多竟反而战栗起来。透即将满二十一岁的这半年内如果死掉的话,一切都还是可以宽恕的。现在自己之所以对年轻人的冷酷薄情如此大度,也不过是出于知情的缘故,本多勉强还可以忍受下去。但是,万一透真是赝品⋯⋯

近来,本多一想到透的死亡,就能感受到一种莫大的安慰。在受尽屈辱后,他强烈地祈盼着这个年轻人的死亡,早已在心中将他杀死千万次了。仿佛望见穿透云层的阳光一般,只需透过死亡望向这年轻人的残暴与冷酷,立刻就能安下心来,迸发出喜悦感,以哀怜与宽恕为名,为其抽泣一会儿。每当这种时刻,本多便沉醉在名为"慈悲心"的光明正大的冷酷之中。曾几何时,本多在印度空阔而无一物的原野上那闪烁的光影里寻觅到的可能正是这种感情。

本多暂时还看不出有明显的患绝症之兆。血压不必担心,心脏也并无大碍。本多确信,自己最多再忍半年,就一定能比透活得久。为了这位年轻人的猝然离世,自己决不会吝惜安然无忧的眼泪!不仅如此,他还要在世人面前进行一场老来得子最终却白发人送黑发人的演出。无所不知者安静的爱意中掺杂了甘美的毒液,边预见透的死亡边忍受他的蛮横暴行,也并不是毫无乐趣的。在可以预见的未来中,透的暴虐仿佛蜉蝣的翅膀一般透明可爱。人是不会爱比自己活得长的家畜。因为可爱的条件,便在于短命。

如此说来,透可能也正因为某种预感的到来而坐立不安,仿佛曾经日日眺望的水平线彼方,突然出现了一艘闻所未闻的怪异之船一般。想到这里,本多心中仿佛又生出无边的温存。在这前提下,别说是透了,他觉得世上所有的人都可爱起来。他懂得了世上一切人性爱的不祥。

可是,倘若透是赝品……倘若透长生不死,倘若本多没能熬过他,就这么老衰而死……

他现在总算知道方才身体里那股仿佛扼住咽喉的情欲由何而起了,罪魁祸首便是这种不安的心境。假如先死的是自己,那么再丑陋卑劣的情欲也无法从心头被抹去。说不准自己早就在这种屈辱中——这种计算的失误之中,被扣上了名为"死亡"的命运枷锁。或许对透的误算本身,正是早就埋伏在本多命运路上的陷阱——如果本多这样的男人身上也还存在命运的话。

透的意识与自己的过于相似了,仔细一想,这才是埋下了夜长梦多的不安的种子。透或许已经读透了一切。说得通！假如透才是明晓透自己可以永生的人，而且他看透了这位相信着自己会夭折的老人施予自己的实用性教育，看透了潜藏在其下的精致恶意，正满心计划着要报复自己，这完全是说得通的……

八十岁的老人与二十岁的青年之间，此刻，似乎正要上演一场生死搏斗、短兵相接的戏码。

不久，车子驶入阔别二十数载的月下神宫外苑。车子由权田原口驶入后左转进入环岛，车内的本多每说一句话，总会被装饰符一般恼人咳嗽抢先，

"继续转，继续转。"本多吩咐道。

沿着夜色中的绿化带旋转之时，草丛深处闪过一个卵黄色衬衫的身影，旋即消失了。那股久违的、特殊的悸动涌上本多的心头。他感觉到自己往昔的情欲，如同去年的落叶一般，又开始堆积在每一处树荫下。

"继续转，继续转。"本多说道。

车子继续顺时针旋转着，紧沿绘画馆里侧最茂密的森林旁的步行道。街上只有两三对男女，同往常一样照明匮乏。突然，左手边闪出一道华丽得刺眼的光束。夜晚的公园中央，高速道路的入口仿佛诸多满开巨颚的电光，又仿佛没有客人的寂寞游乐园。

右边本应该正对着绘画馆左边的森林，然而夜晚繁茂的树影绰绰，就连那圆形的屋顶也无法窥见。冷杉、悬铃木、松树等树木的枝叶错综交杂，甚至蔓延到了步行道上。可以从奔驰的车中听到外面成片的龙舌兰之中传来阵阵虫鸣。本多回想起以前，仿佛是昨天才发

生的事情一般。一类很厉害的虫子——薮蚊尤其喜欢聚集在人的肌肤上,每个草丛里都听到人们不断拍打薮蚊叮咬的声音。

本多吩咐包车司机将车停在绘画馆前的停车场处,并告诉他已经可以回去了。司机从狭窄的额头下面瞥了本多一眼。有时,这样的一瞥是有着让人崩溃的力量的。本多又强调了一遍,你已经可以回去了。话音未落,就拄着拐杖下了车,向步行道走去了。

绘画馆前的停车场夜间关闭,旁边立着"夜间禁止进入"的牌子。周围的栅栏虽然拦住了车道,但是停车场的守卫亭中漆黑一片,似乎无人把守。

目送司机消失在视野中后,本多在步行道上慢慢地沿着龙舌兰前行。龙舌兰白色泛绿的叶子,在黑夜中仿佛扎人的刺,同心怀恶意的树丛一样悄无声息。街上行人稀少,只有对面街上有一对男女而已。

来到绘画馆大门前,本多停下了手中的拐杖。环视这广大的构图,单枪匹马的自己显得如此渺小。拥有圆形穹顶的绘画馆左右两侧耸立着翼楼,在没有月亮的夜色中透出一分毅然。馆前的四方形水池以及苍白的露台结构,外灯投下的悠长光线,仿佛潮界一般横在鹅卵石与其朦胧的暗影之间……左边的天空上大体育场外壁圆滑而高大,闲置的探照灯威严万丈的背影划破了天空。外灯只给一部分繁茂的森林枝叶雾霭一般的光之轮廓。

本多驻足于这方方正正的广场上,连一丝情欲的影子也找不到。忽地,他产生了一种自己正站在胎藏界曼陀罗正中央的心境。

胎藏界曼陀罗为根本二界中的一方,与金刚界曼陀罗相对。由莲华之花作为表象,显示了胎藏界诸佛的慈悲之德。

所谓胎藏，含有含藏的意味。宛如世间卑贱之女的腹中得到轮王的圣胎一般，是指凡夫俗子心中的烦恼淤泥，皆含藏诸佛的智悲之功德。

那光彩夺目的曼陀罗完全对称的外形，位于中央的中台八叶院之中心，供奉着的不必说，自然是大日如来。十二大院皆由此向东西南北各自流出，前往佛之住所，精致地固定为左右对称之形。

如果将耸立于无月夜空中的绘画馆的穹顶视为大日如来所住的中台八叶院，那么本多现在伫立的地方，与绘画馆隔水池相望的宽阔车道这片地方或许比虚空藏院更靠西，大约在孔雀明王所住的苏悉地院附近。

鎏金璀璨的曼陀罗诸佛配置紧密且呈几何形状，倘若将其移到这包裹着一层幽暗森林的几何对称的广场下，那么卵石的空白与铺筑道路的空虚都将被即刻填满。到处熙攘着充满慈悲的面容，仿佛陷入忽而为白昼之光照射的心境。诸尊二百零九尊，外金刚部二百零五尊，众多佛面现身于森林表面，大地灿烂地闪烁着光辉。……

这片幻象在本多举步前行的瞬间，崩溃而去。四下里虫鸣充耳，夜晚的蝉鸣如同上下翻飞的针线，穿梭于树荫之中。

曾经走遍的街道，至今也留存在森林的荫蔽之下。朝向绘画馆的右侧森林中，夜色里草木的气息，也是本多情欲中不可或缺的要素。这突然的警醒不禁使本多有些伤感起来。

仿佛夜行于长着珊瑚礁的浅海一般的心境：感受着脚下各种各样的甲壳类生物、棘皮动物、贝类、鱼类、海马等；温润的海水轻轻舞动着触及足背，一步一步走在浅滩上，小心翼翼地不撞上尖利的岩石棱角……本多知道自己切身的快乐又再次苏醒了。尽管自己的身体早已无法奔跑，可快乐却依旧能够疾驰。满眼皆是蛛丝马迹。眼睛终于适应环境后，幽暗的森林中仿佛刚刚经历了一场屠杀，到处散落着白色的衬衫。

本多藏身的树荫之下已有人捷足先登。只从人家身上那件黑色系的衬衫，便能知道这是个偷窥的老手。个头实在不高，才刚刚到本多肩头的高度，所以一开始将他错认成一位少年。好不容易在微暗的光线中分辨出他头上也是黑白二毛后，本多连站在他身边也不愿，男子湿润的气息令他厌恶得浑身发抖。

其间，那男人的视线离开了该看之物，开始不停地打量起本多的侧颜来。本多虽尽力克制着不去看男子的所在，却从刚才开始便下意识地感觉到这二毛短发，这一路剃至鬓角的发型与自己不安的记忆有关，遂而焦急地回忆起来。一着急，便抑制不住常日里那阴魂不散的老毛病不住地咳嗽起来。

终于，那男子的喘息中似乎添了几分确信的决断。他踮起脚尖，在本多的耳旁低语道：

"又见面了嘞，现在还来，果然是忘不掉从前哪？"

本多不假思索地朝那边转过脸去，与这小矮人鼠目一般的小眼睛正对上。二十二年前的记忆突然复苏：这一定就是曾在美军军营内的松屋小卖部叫住自己的男子。接着，本多心怀恐惧地想起自己当年以冷淡的态度告诉他认错人了。

"得了，得了。一码归一码，你我就权当是头一回见面哈。"

男人仿佛察觉到了本多心中的动摇，提前打了圆场。然而，氛围反倒诡异起来。

"但是可千万别咳嗽。"

男人添了一句,又急着把视线放回树干的方向。

本多见男子离自己远了一些,放下心来,开始背对树林窥探草丛。心中的悸动却早已平复。取而代之的,又是堵塞在心头的愤怒与悲哀。越是追求忘我,越是与忘我渐行渐远。这里虽是观看草上男女的绝佳场所,但是这些男男女女自身的行为,却仿佛自知为人所观的演技一般,白花花地映在人眼里。没有观感上的快乐,注视的背面既没有那种甘美的切迫感,也没有明晰本身的陶醉。

尽管只隔一两米远,但由于光线昏暗,还是无法看清脸上细微的表情。而且其间没有其他掩体,也无法再上前去。本多心想:只要看一会儿之前心中的悸动就一定会回来的,于是一只手扶在树干上,另一只手拄着拐,眺望着草坪上横卧着的一对男女。

尽管刚才那小矮人已经不来捣乱了,可本多的脑子里却净是一些往事:由于本多的拐杖是直杖,并无弯曲,所以没办法像那位老人一样灵巧地撩起姑娘的裙边;那位老人当年就已十分老迈,现在想必已经辞世;这森林周围的"看客"估计也多为这二十年间辞世的老人;即便是年轻的"演员",估计大多也都结了婚离开这里,或是有些死于交通事故,或是有些死于青年癌症、青年高血压,又或者是心脏、肾脏类疾病;"演员"的异动自然要比"看客"多得多,说不定正在距离东京一小时私铁车程外的小区某一间房中,死盯着电视看起来没完,全然不顾旁边妻子孩子的动静;这样一来,说不定下次作为"看客"来到这里的就是他们了……

突然，扶在树干上的右手碰到了一个柔软的东西，一看才发现是一只硕大的蜗牛顺着树干向下爬来。

本多虽然立刻将手挪开了，可是蜗牛软体与硬壳部分的触感接连而来，仿佛先是摸到了融化在肥皂液中黏腻的渣滓，接着又摸到了半透明的塑料肥皂盒盖子，在心中留下了一种令人作呕的苦涩。仅凭这一缕触感，也能感受到世界仿佛被投入硫酸槽中的尸体，不无眨眼间便会挫骨扬灰的可能。

……本多再一次把眼神移回男女的姿态上，眼中几乎是迫切的渴望了。让老朽的眼睛沉醉吧。求你了，即便只是一瞬也好让我沉醉吧。世上的年轻人啊，用无知与无言，用无暇顾及年老者的自私与热情，让我尽兴，让老朽沉醉吧……

虫鸣声包裹下，女人衣衫不整地横躺在地上，半抬起上半身，双臂紧紧地环抱住男人的脖子。戴黑色贝雷帽的男人将手深深地探进女人裙底。男人指尖的微颤，与身上白衬衫背部的皱褶同步抖动着。女人在男人的怀抱中，如螺旋梯一般扭动着身体。呼吸急促得仿佛必须赶紧吞下一碗不得不服的汤药，抬起头与男人接吻。

本多注视得眼睛生疼，看着看着，他感觉自己至今为止的空荡荡的心底，一股情欲突然如同射进的曙光般涌现出来。

这时，本多看到男人用手掏了掏长裤的裤兜，云雨正欢之时竟然还有心思检查自己是否被盗，本多不禁一阵恶心，方才好不容易涌上来的情欲仿佛瞬间被冻结了。然而，下一个瞬间发生的事情，令本多更加不敢相信自己的眼睛。

男人从长裤裤兜中掏出的竟然是一把弹簧刀。男人的大拇指按上刀柄的瞬间，响起了毒蛇吐芯的声音，刀刃在黑暗中闪着寒影。无法得知女人是否受伤，只能听见她凄厉的尖叫声。男人迅速起身，环视四周。头上黑色的贝雷帽略微向后歪斜，使得本多头一次看清了男人的头发与样貌，满头的银发、瘦削的脸庞——那是一张属于六十岁老人的刻满皱纹的脸。

本多呆住了，那个男人正以不符合其年龄的速度疾风一般地向本多冲来，从身边逃走了。

"快逃吧。待在这儿要出大事的。"鼠目小矮人喘着粗气对本多说。

"但是就算要逃，我也跑不动啊。"本多用有气无力的声音答道。

"不妙啊，就这么跑了万一被抓住肯定会被怀疑，倒不如留在这当个证人？……"小矮人边咬着指甲边犹豫着。

警笛声传来，脚步声纷乱，人声鼎沸。手电筒的灯光，出乎意料地透过距离相当近的草丛飞舞过来。紧接着便是巡逻警官围着女人大声盘问的声音：

"伤到哪儿了？"

"大腿。"

"伤得不算重。"

"犯人长什么样？嗯？快说啊。"女人的脸正冲着手电筒的光芒，蹲着的警察起身问道。

"好像是个老人，应该走不远。"

本多浑身颤抖着，把额头抵在树干上，闭上了眼睛。树干的表皮湿润异常，仿佛蜗牛也将额头抵在这上面了一样。

微微睁开双眼，本多刚觉察到照在自己脸上的光芒，便感觉到有人从背后猛地推了自己一把。从发力的位置来看，准是小矮人捣的鬼。本多的身体踉跄地跌出树林外，差点一头栽到警官身上，幸好警官的手一把将本多接住了。

警署里某专擅报道桃色新闻的周刊杂志记者，刚好为了另一起案件来到了警局。一听说晚上有女子在神宫外苑被刺伤，高兴得不得了。

女子大腿上包扎着应急处理的宽大绷带。为了让她当面指认，本多跟着来到了警局，花了三个小时才证明了自己的清白。

"再怎么说也不能是这么老的老人，"女子说道，"我是在两小时前在电车上认识的那人。怎么也没想到他会做这种事情。嗯，那个人的姓名、住址和职业我都不知道。"

当面指认前，本多先是被好好调查了一番，包括身份也被查了个一清二楚。他这种身份的人，必须由本人亲自解释清楚出现在那个时间、那个场所的理由。二十年前，从一位资深的律师朋友那听来的可怕故事，如今正在自己身上上演——这不禁令本多感觉像在做梦。就连破旧不堪的警察署大楼、询问室肮脏的墙壁、明亮得有些过分的灯光，甚至做笔录的警官那半秃的额头都绝非现实，看起来带着一种梦境般的明晰。

凌晨三点，本多终于被允许归家。把女佣们叫醒之后，她们一脸不情不愿地给本多开了门。本多一句话也没说，径直回房钻进被窝，被接连不断的噩梦惊醒了好几次。

从第二日早晨起，本多便因风寒卧床不起，花了一周时间才痊愈。

今天早晨起来，本多终于觉得身子不那么沉重了。透十分罕见地来了房中，脸上微微泛起一丝微笑，在本多枕边放下一本周刊杂志后扬长而去。

《前法官"偷窥专家"之劫：被误认为伤人犯》

有一则标题如上的新闻。

从拿出老花镜那一刻起，本多心中便升腾一阵不快的悸动。报道十分精确翔实，就连本多的大名也被毫不留情面地公开了。"八十岁偷窥专家的登场，象征着日本的老人的魔爪，甚至已经伸向了流氓界"为其结句。从"本多氏并非如今才染上这种怪癖，从二十几年前，这附近的居民便曾多次目击到他本人……"数行之中，本多一下子明白了这位记者都采访过哪些人。还凭直觉感受到，将这些人介绍给记者的，无疑便是知情的警察。这样的丑闻一经报道，即使状告他们损毁他人名誉，也只能让自己的名声越传越臭。

这桩卑俗的事件，一夜之间成为人们的笑柄、谈资。本多一直认为自己身上不存在所谓名誉与体面，倘若并不存在，何谈失去？而等到真正失去之后，他才意识到其存在。

事后，人们再想起"本多"这个名字时，无疑只能记得住这件丑闻，而记不起他也曾在精神与理智上有所作为。本多知道，人们绝不会忘记丑闻。这记忆之所以牢固，不是因为人们对他有多少道德上的愤慨，而是因为要想用一件事概括一个人，再没有比这更直截了当、简单明了的符号了。

因那场恶劣的风寒卧病于床时，本多便已强烈地感受到：就连自己的肉体也出现了明显的崩溃。被当作犯罪嫌疑人，是于本多的自负之下完全没有料到的经历，简直同粉身碎骨一般难受。无论本多有多少见识、学识，无论本多有着怎样崇高的思想，也无济于事。就算对着警察滔滔不绝地大谈他在印度获得的观念，又能怎样呢？

今后，即便本多拿出自己的名片：

　　本多律师事务所

　　律师　　本多繁邦

人们也肯定会马上在其窄窄的空白处加上一行，读作：

　　本多律师事务所

　　八十岁的偷窥专家

　　律师　　本多繁邦。

如此，本多的一生就概括在这短短的一行之中了：

　　八十岁的偷窥老手竟曾是法官

本多通过其认知，于漫长的一生中筑起的隐形建筑物就这样崩塌了，徒留这样短短的一行字在基石上。这样的概括如同炽热、尖锐的刀刃，且极其真实。

自"九月事件"以来,透冷静地使一切都向着对自己有利的方向进行。

他把本多的死对头律师请到自己这边,与其商议可否通过这次的事件,将本多定为"无管理财产能力人"。为此必须拿到判定本多为精神病患者的鉴定书才行,而这位律师看起来似乎胸有成竹。

实际上,这次事件以来,本多一概不再外出,变得成天惴惴不安,极其卑屈——这样的变化,任谁也能一眼看出。由这许多的征兆来说,证明本多患有老年性痴呆倒也不是什么难事。在此证明基础上,透只需向家庭裁判所①提出将本多判定为"无管理财产能力人"的申请,再请这位律师作本多的担保人就大功告成了。

这位律师与一位熟识的精神病医生商谈后,医生认为本多广为流传的丑行中有两项最具判定可能性:一是衰老的急躁之中描绘出的、仿佛映出火灾的镜子一般的"反映出的情欲",拥有着不可忽视的蛮力;二是衰老后的自我失控。律师说,剩下的就是搜寻法律依据了。他还说,如果本多有随意挥霍财产或者有致使财产陷入危险境地的举动的话就再好不过了。可惜,目前看来并没有这种征兆。在透看来,比起财产,他更渴望从本多手中夺走实权。

---

① 即家庭法院,对与家庭有关的案件进行审判和调解,对少年保护案件进行审判等的下级法院。与地方法院同级,所在地和管辖地域也相同。

二十七

十一月末,透收到了庆子发来的信函,里面装着一封精美的英文请柬。

信件内容如下:

本多透君:

好久不见,可还无恙?

圣诞节将近,而平安夜当日,大家似乎都已各自有约在先。于是,我想于十二月二十日,提前在寒舍办一个圣诞晚餐会。直到去年为止邀请的一直是令尊,今年考虑到令尊已然年迈,恐怕会给您添麻烦,于是想请透君出席这次的宴会。不过,这次改请透君的事情,请不要让令尊知晓,也不必说您拿到了请柬,一切内闻皆不必告知令尊。

既然说到此处,以我的性格,倒也不妨直说。上次的九月事件之后,我也变得很难在有别的客人的情况下邀请令尊了。您或许觉得作为多年的老友,这样的做法显得过于薄情。但是,我们这种人的世界中,无论背地里做了什么事情，一旦被抬到明面上来，便是末日。表面上的那些往来，也必须进行节制才可。

　　这次之所以向透君发出邀请，也有希望今后能够通过透君，与本多家继续进行交往的考虑。这是我素来的愿望，所以希望您能欣然答应。

　　当天还请到了各国大使夫妇及小姐，日本人这边请到了外务大臣夫妇以及经团联的会长夫妇，还有美丽的小姐们。所以请您务必只身前来。请您按照请柬上的要求，着晚会礼服。另外，劳烦您通过信封中的明信片，尽快告知是否参加晚宴。

久松庆子

　　这封信，乍看确是用一种高高在上的态度、十分无礼的口吻写就的，但是庆子为本多一事左右为难的样子不禁让透勾起一丝微笑。透从字里行间读出：装作毫无道德下限的庆子在面对丑闻之时，也只有猛地关上门，在门后哆嗦的份儿。

　　"但是，总觉得还有些不对劲，"透那精密的警戒心开始启动，"既然那样害怕丑闻，却还把我叫去。完全跟老头子站在统一战线上的庆子，该不会是准备拿我当笑料吧？在那一群人模狗样的宾客之中，故意向他们介绍我是本多繁邦的儿子，取悦他们。到头来受伤的不是老头子，反倒是我，她该不会是这么打算的吧……没错，一定是这样没错。"

　　然而，这样的疑惑，反倒让透更想接受挑战赴约。自己就作为因丑闻而出名的男人之子出席。自然不会有人直接提及此事，不过自己一定能够作为儿子大放光彩，决不畏惧父亲的丑闻给自己带来的影响。

透十分清楚，自己那脆弱纤细的灵魂，绝不会受那肮脏的小动物一般的丑闻的影响。即便将这丑闻的髑髅串连起来挂在头上，只要自己嘴角浮起几丝凄美的微笑，在晚宴的人群中无言地走上几趟，那这种带有苍白诗意的样貌，必定能够穿透老人们的侮辱与妨碍，使许多年轻小姐无可抗拒地聚集到自己身边来。庆子的如意算盘一定会满盘皆输。

由于透没有晚会礼服，便急忙下了定制订单。十九日，一收到刚裁好的礼服，透就将其试穿在身上，来到绢江房中给她展示一番。

"太合身了，真潇洒啊，透君。穿着这身礼服，带着我一起去参加舞会，你一定已经期待了很久了吧？真对不住，我身体太差没办法陪你去。真的很抱歉。不过，正是因为如此你才想着，至少把新裁的晚会礼服第一个穿来给我看，对吗？你太温柔了。我最喜欢透君了。"

绢江非常健康，打从来了这里后，运动不足再加上吃得好，半年间肉眼可见地肥了一圈，连行动都笨拙起来。这体重以及身体的不自由，更给了绢江以病态的实感。不停地吃消化药不说，还净倒在走廊边的躺椅中，隔着树叶眺望不知何时便会失去的青空。似乎还染上了口癖："这么看来，我一定是命不久矣了。"透吩咐过绝不许当着绢江的面笑话她，这倒让女佣们憋笑憋得痛苦不堪。

对于绢江的智慧，透向来很是钦佩：每一种给定的情境下，绢江总是能瞬间绕到前面去，然后编织出一种对自己甚是有利的解释。通过这种解释，既保全了自己美的威信，又给自己增添了几分悲剧性的色彩。她一看到透身穿晚会礼服，便断定他不会携自己前行，于是便应景生出一计，巧妙地利用了自己的"病情"。透时常觉得自己必须学一学她这种坚决保护自己高傲自尊的做法。绢江不知何时竟成了透的人生导师。

"让我看看后面。裁剪得真好，由颈至肩的线条非常漂亮。透君不论穿什么都很合身，跟我一样。明晚请忘记我不能陪你出席的遗憾，尽情欢度一晚吧。不过，兴致最盛时，只一小会儿就好，要思念一下因病躺在家中的我哦。"

透正准备起身时，她又说：

"啊，请稍等一下。领子上的扣眼里没有花可太奇怪了。要是我身体健康，一定亲自为你采一朵。唉，女仆小姐，请帮我一下。那朵红色的冬蔷薇就好，请为我摘下那朵花。"

就这样，绢江让女佣采下那朵小小的、刚刚含苞的深红色冬蔷薇，亲自装饰在透衣服上的扣眼中。肥胖的绢江颤巍巍地、慵懒地翘起手指，将蔷薇的茎秆插到扣眼之中，轻轻抚平闪闪发光的折领部分。

"这样就好了。快站在庭院里，再让我瞧一瞧。"绢江说道，喘得上气不接下气。

次日下午七点整，透一个人开着"野马"，来到了地图上显示的位于麻布的庆子府上，将车停在了铺满鹅卵石的宽阔前院。这时还并未见到有其他来车。

透不禁为这座初次拜访的宅邸感到震惊——它浑身流露着古典的风韵。前院树下的投光器，映照着皇室风格建筑①呈现弧形的主立面。或许因为爬山虎红色的叶子在夜晚的灯光下显得有些泛黑，整座建筑给人一种凄凉之感。

戴着白手套的侍者外出迎接，穿过有着穹顶的圆形大厅，在灿烂辉煌的桃山时期②风格的客厅中落座于路易十五世样式的椅子上。透发现自己是最早的来客，不禁懊悔起来。

家中明亮又宁静，房间一角装饰着一棵巨大的圣诞树，却令人十分有违和感。侍者问过透喝什么酒后，便退下了。被独自留在房间中的透，靠在制式古雅的削角玻璃窗边，眺望庭院中树木缝隙之间泄露出的镇上的人家烟火，眺望被各处的霓虹灯映得发紫的夜空。

杉木门划过的声音作响，庆子现身了。

面对这七十多岁的老太婆身上这身热情奔放的正装，透不禁哑口无言。五分袖长至裙裾的晚礼服，上上下下覆盖着串珠刺绣。不仅如此，由领口至裙裾的串珠，还特意制成了不断变幻着纹路与色彩的样式，十分夺人眼球。胸口处以黄金色的串珠打底，上面是一层象征孔雀羽毛的绿色串珠；袖子上紫色的串珠呈波浪形滚边。再往下看，由胸口往下直至裙裾都为葡萄酒色的连续纹样，靠近裙裾处变为紫色波浪形与金色祥云形状两种花纹的交织，分界处有金色的串珠缀连。刺绣底层纯白的玻璃纱下，还透出些许银色质地——这件洋式绘羽刺

---

① 原文为"Prince regent style"，意指前方耸起的建筑风格。
② 十六世纪末，丰臣秀吉于京都桃山的伏见城统治天下的时代。以奢华风格的美术、建筑闻名。

绣晚礼服一共由三层重叠而成。裙摆下可以看到微微露出的紫色缎面皮靴，脖颈一如既往地威严高擎着，及地的翡翠色绉纱披肩挽在双肩上，垂落在身后。发型一反常态，平顺的短发梳理得整整齐齐，旁边沉甸甸的金色耳饰摇摇晃晃。经过数次整容美型后的面容干枯得如同面具，其中几个固有的部分更显出一种自傲。目露威严，鼻甚挺拔。涂了厚厚一层口红的嘴唇，宛如贴了一片半干苹果的赤黑色果皮，只看一眼便知道定是常用来苛责他人……

庆子石雕般的笑脸凑了过来。

"实在抱歉，久等了。"庆子对透说道，看起来心情不错。

"您的礼服美极了。"透回道。

"谢谢。"

庆子脸上一瞬间出现了西洋女人般心荡神驰的表情，形状规整的鼻翼微微扬起，却很快地又收住了。

餐前酒端上来了。

"关灯好像会好一些呢。"

庆子话音刚落，侍者们便关掉了枝形吊灯。周身的照明只剩下圣诞树上的小灯泡，忽明忽暗。涵盖在这样的昏暗之内，透望着庆子眸子里以及她身上晚礼服的穿着中的明暗交替，终究还是不安起来。透说道：

"其他客人来得有些迟呢，还是说我来得太早了？"

"'其他客人'是指？今晚的客人只有你一人哦。"

"您信中写的原来全是谎言啊。"

"哎呀，真对不起。之后计划有变，今晚只有你我二人庆祝圣诞了。"

透动怒了，起身就要走。

"我告辞了。"

"哎，这是为何？"

庆子悠然地坐在椅子上，看不出一丝要起身挽留的意思。

"这肯定是什么阴谋吧，或者是什么陷阱，反正肯定是跟老头子提前合谋好的，我已经受够你们这些嘲弄了。"

透不禁又想起了，当年初次见面的时候他就无比憎恶这个老太婆。

庆子依旧纹丝未动。

"要真是跟本多提前合谋好的，倒不必如此大费周章了。我是想今晚就我们二人，一定要跟你好好说说话才叫你来的。如果直说要和你单独见面你肯定不会赴约，于是便撒了一个小小的谎，这倒也是事实。虽说只有我们二人，但圣诞节的正餐晚宴还是一点不马虎。我这不是穿着正装嘛，你也一样。"

"看来您是打算狠狠地管教我一番哪。"透答道，对于自己没能扭头就走，反而留下来听取对方狡辩的败笔耿耿于怀。

"我哪里敢管教您呢。我不过是想借此机会，偷偷地告诉您一些事情。不过，我这次的多嘴多舌要是给本多先生知道了，他准会掐死我。毕竟这是只有我与本多先生两人的秘密。当然，您要是不想听，那我也没办法。"

"什么秘密？"

"不要着急，坐下来谈吧。"

庆子脸上保持着略带苦涩的优雅微笑，不作声地指了一下透方才起身前落座的那张古旧扶手椅，上面印着华托的《宴乐图》。

很快，侍者就来通告说晚餐已烹调妥当。方才被当作墙壁的拉门向左右敞开，对面已经布置好了点燃红烛的餐桌，侍者们引领二人向餐厅入座。庆子站起身，满是串珠的晚礼服仿佛一件连环甲，边走边发出衣物摩擦的声音。

透气得连逼问也懒得问，默不作声地用着晚餐。但是一想到就连这刀叉的用法也是当初本多用心教授的成果，便气不打一处来：遇到本多和庆子之前，他从未感知到自己的卑贱。他恨这种耍得人团团转的教育，它仿佛时常在提醒自己不要忘了出身的卑贱。

抬眼望去，坚硬的巴洛克银制大烛台的对面，庆子的手法如同一位正在编织的老妇——带着一丝心不在焉的平静，指尖的动作却出奇得细致而周密。庆子大约从孩提时代起便握惯了刀叉，让人不禁觉得这刀叉是直接长在她的纤纤玉指之上一般。

冷冰冰的火鸡肉，仿佛老人干枯的皮肤一般，一点也不美味。作为配菜的内填馅料和甘栗，还有冷肉之上的蔓越莓浇汁，都泛起一股伪善的酸甜味道。透正这么想着，听见庆子问道：

"说起来，你知道自己为什么突然被本多家收为养子吗？"

"我哪里知道这种事。"

"真是位不紧不慢的少爷。你就从未有过些好奇的想法吗？"

透沉默了。庆子将手中的刀叉放在盘子旁边，涂了红色指甲油的手跨过蜡烛的火焰，直指向身穿礼服的透心窝处。

"实际上原因非常简单，就是为了你左侧腹下的三颗黑痣。"

透没能遏制住自己的惊讶。迄今为止，这黑痣只被自己当作是自傲的根据，应当从未引起过他人的注意才对。然而，如今却连庆子也知晓此事。透瞬间重新绷紧了神经。所谓惊讶，只有在自己内心暗藏的骄恃表象与他人心中的表象不谋而合之时才会产生。就算当真是这黑痣活了，做了些什么勾当，对方也不可能将透的内心也一并看穿了。然而，透的这些想法，似乎还是低估了老人们可怕的直觉。

透脸上的惊愕，似乎给予了庆子勇气。她开始滔滔不绝地说了起来。

"你看，令人难以置信不是？这件事从一开始就十分愚蠢且非常不符合常理。你或许的确打算冷静、踏实地接受之后发生的一切，但不论怎么说，这最初的荒谬前提你也是一股脑接下了的。哪里会有只见过一面就对萍水相逢之人喜欢得不得了，一定要将其收作养子的傻瓜。我问你，我们求你接受成为养子的请求时，你在想什么？我们无论是对你，还是对你的上司，自然是摆出了一大堆令人信服的借口。但是你当真也是那么想的吗？……你想必也是非常自恋之人吧？但凡是肉体凡胎，都免不了对自己的优点不假思索地信以为真。你一定认为自己童年时期的幼稚梦想与我们的请求不谋而合，是一次绝妙的巧合吧？你是不是觉得自己孩提时代起便守护着的、没来由的自信，终于找到了证据呢？我说的没错吧？"

透这才开始对庆子这个女人感到十分害怕。尽管并没有阶级性压迫的感觉，不过这世上大概的确存在对某种神秘的价值具有敏锐嗅觉的俗物，这类人才是如假包换的"天使杀手"。

火鸡残羹撤席，甜点被端上桌来。对话在侍者的面前被迫中断，透也失去了作答的机会。不过,透渐渐地明白了:自己曾与之为敌的人,其棘手程度远超自己的想象。

"你是不是想过,自己的愿望与他人的愿望相一致,自己能够在别人的帮助之下心想事成?人活一世,各有各的目的,大家都只顾得上考虑自己。而你大概是世上一等的自私,终于在这条路上走过了头,开始盲目起来了吧?"

"你觉得历史是有例外的,其实根本没什么所谓'例外'。你认为人类之间也有例外,其实人也没什么例外。"

"这世上没有幸福的特权,同理也没有不幸的特权。没有悲剧,也不存在天才。你的自信与幻想的根据全都是不切实际的。倘若这世上真有人生来便别具一格,真有特殊的美丽,或是特殊的罪恶,大自然是绝不会放过他们的。对特殊的存在斩草除根,将其作为杀鸡儆猴的教训展示给人类,告诉他们这世界上绝不会有'被选中之人',并把这一条狠狠夯实,塞进人类的脑袋——这才是自然应为之事。"

"你大概觉得自己是一位不求回报的天才吧。大概想象着自己飘浮在人间上空,是一朵含有恶意的美丽云朵吧。"

"从第一次见到你时,从第一次看见你的黑痣时,本多先生就一眼看穿了。他坚决要把你收在身边,救你于水火之中。因为他知道,如果就那样放任你不管的话,也就是说放任你面对自己理想中的'命运'的话,你一定会在二十岁时被自然杀死。"

"将你收作养子,打碎你那不合道理的'神之子'的幻想,将俗世的教养与幸福倾注于你,他是想通过将你纠正为一个随处可见的凡庸青年来拯救你啊。你认为自己拥有与我们不同的出发点,那三颗黑痣便是你的凭据。为了要救你，无论如何也不告诉你真相并将你收作养子，这毫无疑问是那个人的款款深情。只不过那是对人性知之过甚的人的一种款款深情罢了。"

透渐渐不安起来，这样询问道：

"为什么我二十岁就非死不可呢？"

"虽然现在已不必担心如此，不过关于这件事，我们还是回到刚才的房间再详谈吧。"

说着，庆子起身离开桌边，并催促着透。

他们用餐的时候，客厅的壁炉中已经点上了熊熊炉火。一个形似壁龛的架子上摆着一幅光悦①的画作，描绘了一大片金色祥云。架子下面金色的小隔扇向两侧敞开便是壁炉了。两人在炉火前围坐下来，中间隔了一张小桌子。庆子将从本多那里听到的漫长的转生经过，给透一五一十地讲了一遍。

透望着炉火的此消彼长，茫然地倾听着。干柴燃尽时发出的微小爆破声，让他吓了一个哆嗦。

烈火从干柴上升腾而起，与缭绕的烟雾共捻为一簇，安静而明亮地徘徊在尚未燃烧的柴火与燃得正旺的柴火之间，权当作自己的休憩之处。这所谓的休憩之处，竟好似一处住家——闪耀着金赤二色的地板之上，横七竖八地架着宛若椽子一般的粗糙柴木，"家中"万籁俱寂。

---

① 即本阿弥光悦（1558—1637），安土桃山时代至江户初期的艺术家，京都人。擅长陶艺、书画、漆艺等，尤其擅长书法，开创光悦派，与近卫信尹、松花堂昭乘并称宽永年间的"三笔"。

黑柴沉郁的裂缝上，不时急促地喷出火焰来，仿佛黑夜平原的尽头升起的阵阵野火。火炉中窥见的几多自然奇观，在壁炉深处投下持续狂舞的影绘，又像是一幅笔触精细入微、描绘了政治动乱时火光冲天景象的影绘。

某根木柴上的火焰逐渐衰微，细腻而呈龟甲状的白灰如同堆积的白色羽毛一般不安地微微颤抖。其下，沉稳的朱色火光依旧盈满壁炉。这由木柴组成的坚固纽带，最底下已是崩溃在即，只能维持着微妙的平衡；又仿佛空中要塞一般，只得在火光闪耀之时显示出片刻的威严。

不过，一切尚在流动。看似安定、温和而连绵不断的火焰，其实正一刻不停地处于瓦解之中。终于，当一根木柴燃尽崩溃掉落之后，看的人心中反而多了一丝慰藉。

听完这一切，透嘟囔了一句：

"真是精彩。不过您说的这一切有什么证据呢？"

"证据？"庆子似乎有些畏缩，"真理哪里用得着证据？"

"您口中的'真理'听起来也太像谎言了。"

"你要硬说证据的话，本多先生那里应当有一本保存至今的《梦日记》，日记的主人是个叫松枝清显的人。下次给你看看便是了。据说里面写的都是那个人做过的梦，然而最后却都变成了现实……话说回来，刚刚告诉你的这一切，可能压根与你无关。金茜的的确确是于春天辞世，你的生日在三月二十日，又长了三颗黑痣，也难怪本多先生一门心思认定你就是金茜转世。但是别忘了，金茜具体的忌日始终未能查清。金茜的双生姐姐也是的，只记得是在春天，真够糊涂的，连妹妹的忌日也不记得。本多先生之后也调动了许多手段去调查，却始终没能水落石出。假如说金茜被蛇咬死的时间是三月二十一日以后的话，那你就算是无罪释放了。转生间的'中有①'只有短短的七天。所以你的生日无论如何应该比金茜的忌日晚七天以上才对。"

"我的出生日期其实也不太准确。因为是在父亲航海期间出生的，没有能照看我的人，就把去交出生证明的那一天算作了我的生日。可以肯定的是，我真正的出生日期应当在三月二十日之前。"

"越往前可能性越低。"庆子语气冷淡地说道，"虽说如此，不过这一切可能压根毫无意义。"

"'毫无意义'是指？"透脸上露出一丝怒色，回嘴道。

且不说要不要相信方才这一通荒唐可笑的故事，但与自己关联的事情突然被人说是"毫无意义"，这明确地暗示着，庆子全然没把透存在于这世上的意义放在眼里。她具有这种视人如草芥的能力。这也正是她身为乐观主义者的本质。

庆子晚礼服上多彩的串珠，在炉火的反映下释放着厚重的光彩，灿烂得如同周身缠绕着夜之虹。

"……对，没有意义。因为很有可能从一开始你就是一件赝品。不对，在我看来，你一定是个冒牌货。"

透面对着炉火，深入细致地观察着斩钉截铁地申诉自己主张的庆子的侧脸。那张侧脸的轮廓在火焰强烈的映照下熠熠生辉，显得无与伦比的美丽。高挺的鼻梁中透着骄矜，再加上栖居于瞳孔中的两团火

---

① 即中阴。"四有"之一，人死后到来生转世之前这段时间里的状态，亦指待转世期间。

焰——这相貌毫不留情面地压制着他人，使他们都陷入孩子般的焦躁之中。

透感受到了杀意，思考着怎样才能让这女人乱了手脚，怎样才能让她卑躬屈膝地求自己饶她一命，然后再将她虐杀。即便勒死她，即便把她的脸猛地摁进火焰之中，庆子似乎也能若无其事地顶着燃烧的头颅看向自己，任凭火舌在头的四周倒竖起美丽的鬓毛。透的自尊心已是灼烧般疼痛难忍，庆子倘若再多说一句，似乎就要开始流血了。一想到这，透更加害怕了。他这辈子最怕的就是自尊心裂开了伤口，流血不止的事态。而且，这种自尊心的血友病，只要开始失血便再也无法停止了。就是为了避免这种事态的发生，他才调动起自己全部的情绪，在感情与自尊心之间筑起一道高墙，避免着爱人的危险，以自身为铠甲，披荆斩棘直至今日。

然而庆子却不动神色，保持着周全的礼数，痛快地直抒胸臆，显示出了一种令人畏惧的气势。

"……这半年内你倘若不死，就能最终确定你是冒牌货，至少不是本多先生要找的那种美丽的转世胚珠。要是拿虫子来说，就可以确定是某种高仿的亚种。要是搁我，我连半年也不会等。我一看就知道，你肯定不具备半年内死亡的命运。你身上既不存在这种必然性，也不存在让别人为失去你而感到惋惜的价值。即便梦见了你的辞世，醒来之后这世界也不会因此增添半点阴翳。

"你就是一个卑贱、弱小、平凡无奇，还会耍点小聪明的乡下青年。为了尽早把养父的财产弄到手，想出一些权宜之计，打算诬告养父是'无管理财产能力人'。你也很惊讶吧？我可是无所不知哟。

把金钱和权力搞到手之后,接下来想要什么?出人头地?还是天伦之乐?反正你的追求,也不会超出世间凡庸的青年的水准一步。本多先生对你施行的教育,并非出自他的本意,却唤醒了你的本性。

"你身上毫无特别之处。我敢打包票,你一定会长命百岁。你绝非什么上天选中之人,言行也绝非一致,也根本不具备如同青色闪电一般的青春,能够迅速地毁掉自己。你身上只有乳臭未干的老朽。你这一生,只配靠利息过日子。

"你也不可能杀得死我和本多先生。因为你的恶,说白了也就只能是合法的恶。凭着自己观念生出的妄想就敢颐指气使起来,明明没有获得命运的资格却自以为是命运的持有者。极目远眺打算望穿这世界的尽头,却从未能从水平线的彼岸收到任何邀请。你与光明无缘,与神祇也无缘。无论是肉体还是心灵中,都找不到你真正的灵魂。至少金茜的灵魂,存在于她那光辉美丽的肉体之中。大自然甚至不会拿正眼瞧你,更不用说会对你抱有敌意。本多先生要找的转生之人,是那种会令大自然都忍不住对自己的创造产生妒忌的生物。

"你就是一个无聊透顶的小才子罢了,只要给你出钱就能顺利考上大学,毕业后好工作任你挑选,就是英才教育财团最钟爱的那种模范生罢了。只要补助物质上的不足,便能挖掘出千千万万被埋没的才子,你不过就是那帮人道主义者的宣传材料罢了。虽说本多先生施予你的恩惠似乎过多了些,使你产生了一些奇怪的自信。不过,就这一点来说,你不过是'过了火候'罢了。只要妥善补救,还是能引回正道的。只要让你给随便一位恶俗的政治家当阵子秘书,你就醒过来了。我随时可以给你介绍这样的人。

"希望你能把我说的这些牢牢记在心里。你的所见所知,包括以为自己早已看破的一切,都不过局限在三十倍倍率望远镜那两个小小的圆圈之中。假如你能够把在那里窥见的当作世界的全部,那你一定能够永远幸福。"

"可将我从那里揪出来的,不正是你们吗?"

"可是说到底,不还是因为你觉得自己与众不同,才欢天喜地地离开了那里,不是吗?松枝清显为意料之外的恋情所扰,饭沼勋为使命所束缚,金茜则为肉体所困。那么你究竟为何物所困呢?只能是被你那毫无根据、自命不凡的认知所害了呗?如果所谓命运就是指从外部将人捉住,强行拖拽出来将其玩弄于股掌之间,那么清显先生、勋先生以及金茜都是拥有命运的人。那么,将你从外部捉住的人是谁?那正是我们啊。"

庆子充分地炫耀着胸前的金绿色的孔雀尾羽,笑道。

"就是我们这两个早已厌倦了人世,冷酷而爱说风凉话的老东西啊。将我们称之为'命运',不知你那份骄矜可愿屈尊?一个是讨人嫌的偷窥狂老头,一个是嘴不饶人的同性恋老太太。

"你自然以为自己已经看透了世上的一切。只有风烛残年的'看破红尘之人',才会来引诱像你这样的孩子。至于揪出自大的'全知全能'者,只有处世更加圆滑的同行才会做,其他人甚至不会去敲你的门。所以说,你完全能够过上一世无人叨扰的安逸生活。而且,即便如此,结果也还是一样的,因为你根本不具备拥有命运的资格,因为你根本不可能美丽地死去。你根本不可能成为清显先生、勋先生和金茜那样的人。你就只能成为一个阴郁沉闷的继承人……今天请你来，就是为了让你直至身心深处都能铭记这一点。"

　　透气得手在发抖，眼睛一直往壁炉旁悬挂的火钩子那边瞧。自己只要装作是去翻动即将熄灭的炉火，拿到那玩意儿简直易如反掌，也决不会被怀疑。然后只要高高举起便行了……透甚至已经想象出了自己手中铁棒的重量，甚至已经看到了金碧辉煌的路易式椅子、炉架上金色的丛云上迸溅的斑斑血迹正在闪闪发光。然而，却终究还是没能出手。口渴得要命，却没能要口水喝。因为憎恨而烧得滚烫的双颊，是透生平第一次感受到自己内心所怀的热情的印记。然而，这热情此刻却被密封起来，找不到发泄的出口。

二十八

向来不求人的透，竟然低三下四地问本多借清显的《梦日记》看。

本多虽知道借给他后患无穷，但出于忌惮还是借给了他。

说好了借三天，已经过去一周了。十二月二十八日早晨，本多正想着今天非得去问透要回来不可的时候，却被女佣们的哭喊声吓了一跳。透在自己的卧室中服毒自杀了。

正逢年底，熟识的医生都很难赶来。本多虽然害怕世间的流言蜚语，却也只好打电话叫了救护车。救护车鸣着警笛冲到门前时，来看热闹的邻居围成了一圈人墙，他们满是期待：已发生过一次丑闻的家里，又要出新的丑闻了。

虽然透一直昏迷不醒，且伴有不时的痉挛，不过还好保住了一条命。然而，透苏醒之后眼睛开始剧烈地疼痛，双眼出现了视力障碍，最终完全失明了。似乎是毒素侵入了视网膜上的神经细胞，造成了永久性的视神经萎缩。

透吞下的毒药，是他叫其中一名女佣趁着年底的繁忙，从亲戚的工厂偷来的工业甲醇试剂。女佣边哭边说，她盲目地听从了透的命令，却万万没想到他是拿来自己喝的。

失明后的透几乎终日一言不发。年后,本多问起清显的《梦日记》。

"那东西我服毒前烧了。"

透三言两语给打发了。

本多追问为什么给烧了,透的回答愈发透彻起来。

"因为我从不做梦。"

这期间,本多还曾几度求助于庆子,但是庆子的态度却很是令人费解。本多暗自觉得,只有庆子才知道透真正的自杀动机。

"那孩子的自尊心比谁都强一倍,肯定是为了证明自己是天才,才寻死的。"庆子这么说道。本多几番追究,庆子终于说出了圣诞节正餐晚宴上,自己对透和盘托出一切的经过。庆子始终坚持这是出于自己与本多之间的友情,而本多自此宣告与庆子老死不相往来。于是,这段长达二十几年的美好友谊终于走向了终焉。

本多免于被判定为"无财产管理能力人"。假如本多去世,轮到透继承财产时,倒是身为盲人的透必须有法律上的担保人不可——透反倒不得不被认定为"无财产管理能力人"。本多起草了一份经过公证的遗嘱,选了一位能够永远照顾透,同时也是本多最为信赖的人作为监护人。

眼盲的透退了学,整日待在家里,不对绢江以外的任何人说话。本多遣散了所有女佣,又重新雇了一位曾当过护士的女佣。透每一天中有大半时间,都是在绢江的偏房中度过的。障子里头,终日都能听见绢江的温柔的低喃；而透，一句句作答，似乎不知疲倦。

年后的三月二十日，也就是透的生日过后，他身上也没有任何暴死的征兆。他还学会了盲文，开始读书了。独自一人的时候喜欢沉稳地听听唱片机播放的音乐，通过庭院中的鸟啼猜猜飞来鸟儿的品种。有一次，透还久违地向本多开口，求他让自己与绢江结婚。本多知道绢江的疯病具有遗传性，想都没想便答应下来了。

衰亡徐缓地向前推进，静静地昭示着终结的征兆。如同刚从理发店归来之时，领口隐隐扎人刺痛的碎发一般，不去注意时能够全然忘记它的存在，一等到死亡的回忆爬上心头，脖颈处便又开始隐隐刺痛了。本多认为，某种神秘力量已经为迎接自己的死亡准备好了一切条件，反倒奇怪为何死亡还不来叩响自己的大门。

这段纷争不断的时期，本多好几次觉得胃部周围有压迫感，但是他并未像从前一样匆忙赶去医院，而是将其自我诊断为消化不良造成的胃部负担。然而这种食欲不振的情况一直持续到了年后。即便说这是因为透的自杀等诸多烦恼而招致的身体不适，这对于向来轻蔑自己烦恼的本多来说也太不正常了。如果说他的日渐消瘦也是出于无意识的苦恼与悲哀，那这更是始料未及之事了。

不过，本多渐渐开始感觉到，自己已经无法区分肉体上的苦恼与精神上的苦恼之间的区别了。精神上的屈辱与前列腺肥大有何区别呢？某种极其锋利的悲伤与胸痛又有何区别呢？衰老既是精神疾病，也是生理疾病。衰老本身若是一种不治之症，等同于说人类的存在本身也是一种不治之症。而且，这种病并不是存在论、哲学上所讨论的那类疾病，而是肉体本身的疾病，是潜在的死症。

衰老若是疾病，那么作为衰老的根本原因所在的肉体也是疾病。肉体的本质在于毁灭。处于时间流逝中的肉体，除了作为衰亡的证明、毁灭的证明之外，别无他用。

为何人总是在衰老之后才能领悟这些道理呢？如同于肉体短暂的正午时分掠过耳畔的蜂鸣一般，即便听进了心里，但为何总是会立刻忘记呢？比方说，年轻健硕的运动员，运动后冲凉时沉浸在清爽之中，望着自己光洁的皮肤上迸溅起冰霰一般的水珠。为何这时他就察觉不到洋溢着活力的生命本身不过是琥珀色的阴暗肉块，是一种严苛残酷的疾病呢？

直至今日，本多才开始觉得"生命即老去，老去即生命"不无其道理。这对同义词一直在互相贬低对方，而这显然是错误的。自出生起往后这八十年间，即便在自己兴致最盛时，也会不断感受到一种不如意的心情。年老后，本多才终于搞清了这种不如意的本质。

它之所以出现在人类意志的此方或是彼方，泛起阵阵不透明的雾霭，是因为人类的意志本身害怕生命与衰老这对同义词的残酷命题，便放出这浓雾用以护身。历史也知晓此事。历史是人类的创造物中最具有非人特质的产物。它统括了人类一切的意志，将其拉至自己手边，如同那位加尔各答的伽梨女神一般，从边缘开始啃食，直至满口鲜血淋漓。

我们不过是拿来给某物供给营养的饵料。死在火中的今西[①]，尽管对此认知尚浅薄，还是凭借他独有的轻薄做派察觉到了这一点。对于神来说，对于命运来说，对于人类的产物中唯一模仿此二种的历史来说，防止人类在衰老前察觉到这一点，是极为高明的做法。

然而本多是怎样一块饵料啊！营养匮乏，索然无味，这是一块多么干瘪的饵料啊！出于本能，这个男人为了避免成为美味的饵料而面面俱到地生活至今，人生最后的愿望便是能用自己名为"认知"的难吃的小骨头，刺穿吞噬者的口腔。然而这样的企图，似乎也一定会以失败告终。

透自杀未遂后失明，过了二十一周岁后依旧活着。事到如今，本多已经没有气力再去寻找那个真正的转生者，顾不上搜集那个在本多未知的角落里，于二十岁准时死去的年轻人的踪迹了。倘若真有这样一个人倒也不错。现如今，自己既没有闲暇去见证其存在，也不至于要去与其见面。或许是星辰的运行离开了自己，从而生出了极其微小的误差，牵引着金茜的转世与自己走向了浩瀚宇宙中截然相反的方向。跨越三个世代的转世几乎耗尽了本多的一生，为本多的"生"之运行增添了异彩后（虽说这一切不过是本不该发生的偶然），如今又突然摇曳着光芒，向着本多未知的天空一角飞去了。又或许在第几百次、第几万次、第几亿次转生之后，本多还能与她再会。

不必着急！

正因为本多不知道自己的轨道将带领自己去往何方，所以这个

[①]《晓寺》中的人物，死于本多别墅的大火中。

从不急于求死的男人才如是想道：就算着急又能怎样呢？本多在瓦拉纳西所见之物，即作为宇宙元素而存在的人类之不灭。来世，既不摇曳于时间的彼方，也不会灿烂地存在于空间的对岸。人死归于四大，一旦溶解为集团般的存在后，进行轮回转生的场所就不再限制于此世此所，也从未有过这种律法。清显、勋、金茜相继出现在本多身边，也只能说是巧合中的巧合。假如本多的某个元素，与宇宙尽头的某个元素等质，那么一旦失去个性，便不必穿越时间和空间做交换手续。因为不论它在这边还是在那边，都具有完全相同的意义。本多的来世，即使变成了宇宙另一极端中的本多也无妨。即使大量多彩的串珠断了线落在桌子上，只要没有掉下桌的串珠，桌上的珠子数量不变，那么又可以按别的顺序重新将彩珠串连起来。这正是"不灭"的唯一定义。

我思我在而无生无灭。本多现在认同此佛教论理也存在数学上的正确性。所谓"我"，就是串珠的排列顺序，全凭自己来决定，无须任何依据。

这些思考与本多徐缓的肉体衰亡，仿佛车的两轮一般相互配合。如果可以将其算作好事的话，那么不如说本多因这些思考而感到十分快活。

五月左右腹胃处就一直疼痛难忍，这疼痛一直阴魂不散，有时还会蔓延至后背。与庆子尚有往来的时候，两人的日常一定会聊起彼此的病情，其中一方若无其事地吵嚷着把肉体上的轻微不适说出来，另一方则煞有其事地添油加醋，两人竞相戏谑被夸张过的病情，积极得几乎讨人嫌。两人挖空心思想尽所有凶恶大病的病名，并将这种混有恶作剧心情的期待带到医院去。然而，与庆子绝交后，这种热情与不安不可思议地从本多身上消失了。只要是忍忍就能挨过去的病痛，叫按摩师来按摩一下就算完事。本多现在连医生的脸都懒得见。

全身的衰弱，与波浪般时高时低的痛苦一起袭来时，反倒刺激了本多的思考。本来已经衰老的脑髓难以集中在一件事情上，现在反倒唤醒了集中于同一主题的能力。不仅如此，还能在积极的思考中暂时忘却不快与病痛，甚至还能让迄今为止仅依赖于理智的东西为"生之杂质"所丰富。这是本多八十一岁才得以抵达的玄妙境界。本多领悟到：要想更具概括性地看世界，肉体异样的脱落感比理智更有用，内脏的钝痛比理性更有用，食欲不振比分析力更有用。澄彻的理智之眼中所看到的世界宛如精美的建筑，然而只要加上一点来历不明的病痛，一切立柱与穹顶眨眼之间便都生出龟裂；刚才还真真切切的坚硬石材变成了软质木塞——方才以为形态坚硬的，统统变成了不定形的黏液质方块。

自内向外，向死而生——这种世上只有很少一部分人能够拥有的感觉上的修炼，本多竟然自己给参透了。普通的"生"，不过是盼望着一度衰亡的东西能够再次恢复，相信苦痛只是暂时，贪念虚无缥缈的幸福，相信福祸相倚，并将起伏与消长的轮回当作自己预知前景的依据。这种自内向外的"生"，可以说与在平面上旅行的"生"不同。哪怕只从终端那一侧眺望这世界一次，便能确定一切，拧成一股绳，踏着整齐的步伐向终端前进。事物与人类之间的分界也已经消失。犹如那棵突然被砍倒的海棠树、可憎的几十层楼高的美式建筑，以及走在楼下的孱弱的人们一般，都同等地享有"活得比本多长"这个条件,同时,也承担着同等重量的"必定走向毁灭"的条件。本多失去了同情的理由,失去了产生同情的想象力根源。这对他那想象力匮乏的气质来说,倒是正相宜。

理智仍有动静,只不过已被冰封。美已变得同幻影没什么区别。

无论何事都要精心计划一番,并怀抱远大的志向——这种人类精神中最邪恶的倾向也逐渐丧失了。从某种意义上来说,这才是肉体的痛苦给予的最高级别的自由。

本多听见了如黄尘一般裹挟着世间的人们的闲谈。这种闲谈,不仅喧闹,而且满是附加条件的说辞。

"爷爷,等您痊愈了我们去泡温泉吧。去汤本好呢?还是去伊香保呢?"

"等这次的合同搞定了,咱们去哪儿喝一杯吧。"

"行啊。"

"据说现在是买进的好时机,这是真的吗?"

"等我长大了,自己一个人吃一整盒泡芙也没事,对吧?"

"明年咱俩一起去欧洲吧。"

"再攒三年钱,就能买到一直想要的游艇啦。"

"要是没看到这孩子长大成人,我死也不会瞑目的。"

"等领到退休金,就建座公寓,安安静静地颐享天年。"

"后天三点?不知道去不去得了。我真的不知道啊。到时候看心情吧。"

"明年得换台新空调才行。"

"不妙啊。明年开始至少得控制一下人情支出才行。"

"等到了二十岁，抽烟喝酒就都随我了，对吧？"

"非常感谢。那么恭敬不如从命，下周二晚六点我一定准时前来拜访。"

"所以我就说嘛，那个男人就那样。等着瞧吧，再过两三天，他肯定羞愧地来登门道歉。"

"那明天见啦，拜拜。"

狐狸永远只走狐狸的路。猎人只需躲在那条路旁边的树丛中，就肯定能毫不费力地抓到它。

本多觉得，自己现在就是一只拥有猎人眼睛的狐狸，虽然知道一定会被抓，但还是走在狐狸的路上。

季节渐入盛夏。

等本多终于开始行动，决定预约癌症研究所的医生时，已是七月中旬了。

去医院接受检查的前一天，本多少见地看起了电视。刚下完梅雨后放晴的晌午，电视机中转播着不知道哪里的一处泳池。年轻的男男女女们在仿佛加了人工色素般诡异的蓝色池水中进进出出，迸溅起不少水花。游泳的、跳动着的，比比皆是。

片刻享受这芳香、美丽的肉体！

若是将这肉体全部否定，在想象中描绘出一幅沐浴在炎炎夏日之中，一大群骸骨正在泳池中嬉戏打闹的场景，那这也未必太过无聊凡庸了一些。这样的想象谁都会有。否定"生"易如反掌，再凡庸的男子也能够从一切青春之中透视出骸骨。

但那究竟是对谁的复仇呢？本多这一生，终究是没有与拥有美丽肉体的人交过心。要是能进入这样一具肉体中生活一段时间就好了，哪怕只有一个月时间也好。真的应该尝试一下的。拥有美丽的肉体会是一种怎样的感受呢？看见拜倒在自己肉体之下的人们，自己心中又会作何想呢？尤其是对自己美丽肉体的跪拜，并不是以一种温柔稳重的形式，而是达到了一种疯狂激烈的程度时，自己只能感受到痛苦。正是在这种陶醉与苦闷之中，才能够获得圣灵之性。本多人生中最大的遗憾便是没能踏上通过肉体抵达圣灵之性的昏暗窄路。不过，这自然也是极少一部分人才能拥有的特权。

明天就是时隔许久的面见医生之日了，而且还不知道结果将会如何。本多想着要清洁一下身体，吩咐下人晚餐前备好洗澡水。

不必顾忌透的心情之后，本多雇佣了一位当过护士的中年保姆。她是个不幸的女人，曾两度丧夫，态度十分亲切，将本多照顾得无微不至。本多觉得似乎也该留一部分遗产给她。她牵着本多的手直到浴室门前，再三提醒他注意脚下，不要滑倒。她活像一只边走边吐丝的蜘蛛，在浴室外的更衣室中留下一团忧丝后才肯走掉。本多不喜欢自己的裸体被女人看到。浴室中的热气涌进来，身影瞬间模糊，本多脱掉浴衣，审视起镜中自己的身体来。胸前的肋骨下根根刻着黑影，膨胀的肚子向下耷拉着。在那膨胀的阴影之下，垂着一根干瘪的白芸豆一样的东西。下面两条细腿仿佛被削过肉一般，微微发白。膝盖向外突出，仿佛肿了两个包。看到如此丑态还能泰然自若，这需要多少年的自我欺瞒才能奏效啊。不过，本多设想着，即使是一个年轻时十分俊美的男子，衰老以后也不过如此。本多通过对这类人尽情地怜悯和嗤笑，借此拯救了自己。

检查需要花费一周的时间。那天，他又去医院复查。

"请你尽快住院吧。早做手术比较好。"

医生如此对他说。本多心想：该来的还是来了。

"不过，话说回来，您以前经常来院的，我还想着怎么最近完全没见到您呢，原来您是干那种事去了，您也真是的。可马虎不得啊。"医生以一种指责他的不当"娱乐"的口气，笑得极其巧妙，"幸好，好像只是良性的胰脏囊肿，摘掉就没事了。"

"不是胃吗？"

"是胰脏。您要是想看看胃的情况，拍个片子也可以的。"

第一次触诊时查到的胃部肿块，看来就是胰脏囊肿没错了。

本多求医生宽限自己一周后再入院。

回到家中后，本多马上写了一封长信，并马上加急发了出去。信中说他七月二十二日要前去拜访月修寺。信大概会在明天，也就是二十日送达，最晚也得后天二十一日送到。拜访当天无论如何都要用自己的意志力感动门迹，求她与自己见上一面。他在信中对六十年前的经过作了一番说明，顺便还附上了自己的经历。还特意写道：事出突然，没能提前托人写引荐状，深表歉意。

二十一日的早晨准备启程的本多，说要去偏房见透一面。

保姆虽然执拗地要求这次与本多同行前往，但还是被本多义正词严地拒绝了，他坚持这次要自己一个人去。于是，保姆不停地提醒他旅行需要注意的诸多事项，怕他被旅店的冷气吹感冒，于是给包里塞了好多衣服，搞得老人几乎提不动。

对于本多要前往透与绢江所在的偏房，保姆又是一阵叮嘱，提醒他要提前注意一些事情。在透看来，她的真实目的，在于为一些可能会被本多误认为是办事不周的情况作解释。

"实在抱歉，透少爷最近老是穿着那身白底碎纹的浴衣，只穿着这一身根本不换衣服。绢江少奶奶好像也很喜欢这身衣服，我想要给少爷脱下来洗洗的时候，她还生气起来，还咬我的手指头。我实在没办法了，只好放任不管了。您也知道，透少爷是个向来不说话的主儿，不论白天晚上都只穿着那一身衣服，丝毫也不在意。所以，这点上还希望您能海涵……还有，这件事很难开口讲，偏房中的女佣说绢江少奶奶最近早晨总是干呕，饮食偏好上也发生了变化。她本人似乎倒是很开心的样子，说是得了什么重病。但实际上根本不是那么一回事，希望老爷周知。"

几乎可以预测，自己的后代准会失去澄明的理性。不过，保姆没能看到此时本多眼中一闪而过的光芒。

偏房的障子门大敞着，本多从小径上穿园而过，将屋内看了个一清二楚。本多用力撑住拐杖，在檐廊边上坐下。

"哎呀，老爷子，早上好。"绢江说道。

"早上好。我想来告诉你，我要出趟远门，大约两三天才回来。去一趟京都、奈良那边。想托你照看好家里。"

"是吗？要去旅行？真不错。"

绢江看起来并没有什么兴趣，接着干她手中的活。

"你在干什么呢？"

"在为婚礼做准备呢。怎么样，漂亮吧？不只有我，透君也得好好打扮一下。大家都在说,生来还是头一次见到这么美的新郎新娘。"

绢江与本多对话时,一言不发的透戴着墨镜坐在他们两人中间,离本多仅咫尺之遥。

对于透失明后的生活,本多一概不知,也克制自己发挥本就匮乏的想象力。透活着,也仅仅只是活着。失明后的透,变成了一堆再也不会给本多带来恐惧的沉默的肉块。然而,这团肉块也分明给本多带来了其他事物无可比拟的心理重压。

透墨镜下的脸颊愈发苍白,嘴唇更加朱红。他本就爱出汗,敞开的浴衣前襟下露出白皙的胸膛,挂着点点发光的汗珠。他盘着腿任凭绢江摆弄,似乎全然没有意识到,也不在乎本多就坐在自己的身边。他神经质地一会儿用左手撩起浴衣的下摆挠大腿处的瘙痒,一会儿又挠挠胸前。然而,这恣意的动作看起来却毫无气力,感觉倒像是头顶宽阔的天花板上垂下来几根无力的丝线,正在操纵着透的一举一动。

透的听觉理应变得更加敏感,然而他的耳朵似乎并没有对外界的变化产生更为积极的反应。只要置身于透的身旁,绢江以外的任何人,无论怀抱多么强大的自信,都会感觉自己仿佛被透丢在了废弃世界的一角——仿佛夏日被茂密草丛所覆盖中有一块空地,自己就是被丢在那空地一角的生锈了的空罐头。

透无意侮辱他者,也并非在抵抗什么。他只是坐在那里,沉默不语。

昔日里,即使知道都是伪装,透的明眸与笑靥还是能暂时将他置于世人可理解的范围之中。然而现在,就连这充当唯一线索的微笑,他也吝于表现出来了。假如看得见悔恨或是悲哀的情绪，还有方法可以安慰。但是除了绢江，透根本不对任何人表现出情感，而绢江对于她见证的情感，也向来是闭口不谈。

清晨，蝉鸣甚嚣。由檐廊向上望去，几近枯萎的庭木枝头，叶片背后透过的阳光仿佛无数碧玉悬挂相连，有些刺眼，也衬得房间中更加昏暗。

透脸上圆圆的墨镜镜片，看似拒绝外界，却将偏房前茶庭①中映出的一切情景收纳在其中。自从蹲踞②旁的海棠树被伐之后，院子里便没有一棵像样的开花树木了。算不上枯山水③的一处石堆之间长出了茂盛的杂草，周围的杂木枝叶间漏下的光点，也悉数映于墨镜之中。

透的眼睛再也映不出外界的影像了，取而代之的是致密地映照在黑色镜片上的外景——如同被埋葬在这黑暗之中的外景，与透失去的视力、自我意识皆毫无关联的外景。本多瞥了一眼，那里只映出了本多自己的脸，以及构成背景的小小庭院，本多反而奇怪起来。倘若之前透在信号所中整日眺望的大海、船舶以及华美的诸多烟囱标志，皆是与透的自我意识有密切关联的幻象，那么这些幻象无疑都被关在墨镜之下，关在那时而翻动白色眼皮的盲目之中。对于本多来说，对于其他所有人来说，透的内部都变成了永久不可知的谜题。倘若当真如

---

① 茶室庭院的简称，采取日本传统茶室外的庭院的建造手法来布局的庭院。
② 设在茶室庭院等处的石制洗手盆。
③ 不用水流，只用石头、沙子来表现风景的庭院样式。深受室町时代和中国北宋绘画风格，尤其是泼墨山水画的影响，发展至成熟。多用于修建寺庙禅院的方丈前院，其中较为有名的有京都龙安寺的石庭。

此，那么大海、船舶以及烟囱标志也同样都幽闭于不可知的世界中，这也不足为奇。

然而，倘若大海、船舶属于与透的内部毫无相关的外界，那就应该明明白白地呈现于黑色镜片之上，成为一幅精致的微雕画作。如果并未如此，莫非是透悉数将外面的世界吞并进了黑暗的内部……本多正作此思考，偶见一只白色的蝴蝶，翩翩飞过镌刻了庭院风景的黑色玻璃画前。

盘腿而坐的透露出的脚掌底面朝向天空，由浴衣衣裾下探了出来。犹如淹死鬼的脚掌一般惨白而布满皱褶，其上到处沾着薄片状的污渍。皱巴巴的浴衣上浆洗的折痕已经消失，透身上的汗水更是把领口附近染上一片黄色的云斑。

从刚才就闻到一股异臭的本多，渐渐地明白了，这是透衣服上的污垢和油渍，还有年轻男子身上夏天阴沟一般的体臭，与不停向外冒出的汗液一起混合出的臭味，飘散在四周。透连那样顽固的洁癖也丢掉了。

因此才闻不到花香。室内明明有那么多花，此刻却一点花香也闻不见。大概是绢江让佣人从花店买来的蜀葵花，红白相间的花瓣掉落在榻榻米上。花瓣几乎都枯萎了，看样子买来已有四五天了。

绢江头上用好几朵白色的蜀葵装点起来。花朵并不是单纯地插在头上，而是用发圈随意地绑在头发上。方向各异的花朵在绢江头上耷拉着花冠，绢江每一次小幅度的动作，都会伴随着干枯的花瓣互相摩擦发出的空洞回声。

这位绢江小姐，一会儿坐下一会儿站起，正在给透全身唯一光洁如初的如云鬓发上装饰红色的蜀葵。她用一根类似绦带的绳子绑起透的头发,横竖地插进几朵枯萎的蜀葵。犹如在做花道的练习,插上两三朵后,又站起身,从远处看一下效果。几片花瓣从透的耳朵和双颊掉落下去,这本该十分恼人,然而透一言不发,似乎把脖子以上都交给了绢江,任她随意摆弄。

本多看了一会儿,遂站起身,回屋换衣服准备出发。

二十九

　　本多听说现在去往奈良的公路已修整得颇为便利，于是决定在京都的MIYAKO酒店留宿一晚，并预约了二十二日中午的包租车。虽是暑热天气，但是天空中乌云密布，预报说山区会有阵雨。

　　坐上车子的刹那间，身心俱疲的本多终于放下心来，心想：终于来到了这一刻，身上的旧式卵黄色亚麻西装下面不禁一阵通透之感。考虑到车内的冷气，还是带了一条用来盖腿的毛毯。紧闭的车窗外，传来酒店旁蹴上[①]一带的丝丝蝉鸣。

　　"今天自己绝不做诸如'穿肉看人之骸骨'之类的事情，那只不过是观念的所想。今天只见其原本，只将事物原本的模样刻进心底。这既是自己在这世上最后的乐趣，也是最后的使命。随心所欲的'看'于今日便到此为止，从今以后，便只看吧。映在眼中的一切，便都虚心地看吧。"

　　车子发动的刹那，本多下定了决心。

[①] 京都市东山区北部的地名，位于旧东海道从山科进入京都市内之地，自古为交通要地。

车子从酒店出发后途径醍醐①三宝院,渡过观月桥后进入奈良街道,驶出奈良公园后沿着天理街道前往带解,总共一小时左右的车程。

本多察觉到,京都城区内有许多女人打着阳伞,这在东京是很少见的。阳伞下既有面庞明媚的女人,也有因伞面花纹而显得面色阴沉的女人;既有因明媚而更显动人的女子,也有因荫蔽而愈发妩媚的女子。

从山科南道向右转后,便到了空疏的郊外,外面的工厂也愈发多了起来。车窗外,夏日炎炎地炙烤着大地,在车站等公交的都是妇女和小孩。从一位穿着大号印花衣裳的孕妇的脸上,可以窥见暴布一般的生活上泛起的滞空灰尘。他们的背后,是一片小小的、落满灰尘的西红柿田。

从醍醐附近开始,便是日本现在随处可见的落寞风景:新建材或是蓝色釉质瓦铺就的屋顶、电视的天线、高压线与小鸟、可口可乐的广告、自带停车场的小餐饮店等。崖边耸立的荒地野菊直指天空,旁边的瓦砾间可以看到一处汽车废弃场。蓝、黑、黄三辆堆叠在一起,看起来摇摇欲坠。车身的涂漆在阳光下闪着过分刺眼的光芒。本多望着那平日绝不会露出这种恬不知耻的堆积姿态的汽车,不禁想起了小时候读过的冒险故事中写道:大象临死时都会聚集在同一片沼泽,于是那里便堆积了许多象牙。或许汽车也是领悟到了自己的死期,各自聚集到这公墓来——多么明亮、无耻、不避人耳目的地方,不愧是汽

---

① 京都市伏见区的地名,有醍醐寺。

车的做派。

　　进入宇治市后,山间才逐渐呈现出青翠欲滴的景色。有一处看板上写着"美味的冷糖①",车道两旁的竹子新吐的嫩叶几乎遮蔽了视野。

　　渡过宇治川上的观月桥,进入奈良街道。通过伏见、山城一带时,"距离奈良还有二十七公里"的标识映入眼帘。时光流逝。本多每每看见这样的标识,就会不禁想出一个词来——"黄泉路上的里程碑"。他一想到自己还将再次回到这条路上来就不禁觉得荒谬可笑。前来拦路的标识络绎不绝地出现,清楚明白地将本多要去的路展示在眼前……距离奈良还有二十三公里。死亡,正一公里一公里地向前迫近。本多将车窗打开了一条缝,偷偷放出些冷气,窗外传来的蝉鸣声如同耳鸣一般挥之不去。举世之间,犹如充斥着炎炎夏日下的萧条回响。

　　又是加油站。又是可口可乐……

　　终于,右侧出现了木津川美丽的青色长堤。周围不见人影,唯有长堤上到处栽种的美丽树林划破了天空。天空上乱入几朵浮云,蓝天白云,熠熠生辉。

　　那是何物呢?车子沿着长堤奔驰时,本多无聊地想道。那平坦的绿坛,似乎还挺像装饰着女儿节人偶的人偶坛架。似乎只有乱布着云朵的天空,如此看来之前摆放的人偶应该已经尽数丢失了,只剩透明的人偶摆在那里,只不过人的肉眼无法瞧见罢了。那会是人俑吗?这

---

① 日本关西、四国等地常见的一种夏日冷饮,在麦芽糖浆中加入若干姜汁搅拌冷却后制成的饮品,作冷饮时称为"冷糖",作热饮时称为"糖汤"。

些暗之人偶在光与风之间，是否被一齐粉碎？是否在空气中留下了痕迹？或许果然不出所料，是那壮丽而恭谦的长堤亲手献上了排列着人俑的天空？……还是说，眼前感知为光者，其实皆为深不见底的暗之底片呢？

本多正想着，忽然察觉到自己又绕到事物背后去看了。车子驶出酒店时，自己就已明令禁止过了。倘若再这样做，这个现象世界又该分崩离析了，如同长堤溃于本多的一瞥穿透的孔穴一般……无论如何，再忍，再忍一下。将这易碎玻璃般极尽纤细的世界，置于自己手上，非得守护住不可……

木津川奔腾在汽车右侧的这段时间里，河流中的诸多沙洲历历在目。空中跨河的高压电线，似乎因暑热而略有松弛，向河面弯下一个大大的弧度。

木津川终于迎面而来，渡过银色的铁桥时，已经出现了"距离奈良还有8公里"的标识。几条乡间小路被尚未抽穗的芒草丛包围着，路旁竹林繁茂。日光照晒着竹林的新叶，似乎升起了充沛的沸腾水汽，又泛着小狐狸毛皮一般柔和的金光。竹林立于众多常青树之间，在泛着沉沉的暗绿色光泽的树叶中显得尤为突出。

是奈良。

沿着峡谷下坡时，东京大学寺从正面的松树聚落中堂堂正正地威逼上来。这宽大的拥抱式屋檐，以及金色的鸱尾——正是奈良。

万籁俱寂的奈良街头，一家盖了遮阳棚的店内十分阴凉，挂着许多等待出售的线手套。车子慢慢驶过古店门前，进入了奈良公园。日光渐强，蛰伏在本多后脑窝处的蝉鸣依旧叫个不停，进而有越陷越深之势。日斑之下，夏日的鹿群身上也浮现着白斑。

　　穿过公园，进入天理街道，途经阳光下的田垄之间，来到一座淡然的小桥桥畔。由此分叉的两条路，向左转便是带解站与带解寺，向右转便是通往月修寺所在山麓的路。田间的这条小路早已铺整平顺，车子一路顺畅地抵达了月修寺山门前。

三十

通往山门的参拜之路十分遥远，司机抬头望了望万里无云、日头渐强的天空，三番两次劝阻本多：车子可以直接开上去，就到山门跟前，不必拖着老迈的身体攀这冤枉路。然而，本多却坚决不听，命令司机等在这里。他一定要亲身体验一下，六十年前清显曾承受的辛苦。

本多将身体重心倚在拐杖上，站在门前，眺望来时的路。背朝身后门内树荫的引诱。

周围充斥着蝉与螽斯的虫鸣。这般静寂之中，交织着仅隔一块田地的天理街道上传来的车水马龙之声。然而眼前的车道上，放眼望去皆无车影。只有路肩上细碎的白鹅卵石，投下整齐的阴影。

大和平野还是同记忆中一样平坦舒畅。这种平坦，一如人间之平坦。对面，带解附近的房屋屋顶鳞次栉比，如同许多小小的贝壳在阳光下闪着光芒。现在那里或许已变成了工厂，冒着缕缕青烟。六十年前，清显因病重而呻吟不止时下榻的那家旅店，应当就在这条石板路的坡边。不过，六十年光阴已逝，旅店定是已经化为乌有，就算再去寻访当年的旧址也怕只是自讨苦吃。

带解附近、平野一带之上，一整片晴朗无云的夏空舒展开来，绵云在天上拉着光绫一般的绸线。对面霞光绕身的群山上缭绕的云雾，上端仿佛雕塑一般端丽，与青空划分开了界限。

俄顷之间，本多就被暑热与疲劳击垮，只得蹲在地上暂事休息。本多蹲立在地上，夏草的叶尖闪着凶恶锐利的光芒，刺得他睁不开眼。鼻尖忽地掠过一只苍蝇嗡嗡作响的翅音，本多心想：这大概是闻到腐臭才来的吧。

司机再次下车来，担忧似的向前走了几步。本多看见，恶狠狠地瞪了他一眼，遂站起身。

实际上，本多自己也没有把握能否真的爬上山去，走到山门前。胃部与背上的痛楚同时袭来。他摆摆手赶走司机，进了门后，憋足了劲在司机可视范围内尽量装出一副神采奕奕的样子，在铺满鹅卵石的坑洼参拜坡道上向上爬去。左边柿子树树干上蔓延开来的癣病一般的苔藓鲜艳的黄色，与右侧花瓣几乎掉光的秃头蓟花的淡紫色，本多只敢用余光偷瞄一眼，便接着气喘吁吁地向上爬，满心期待能出现一个弯道。

一处处遮蔽去路的树荫，神秘莫测，如有神助。这条路上杂乱的起伏，倘若定会变为一处河底暗道。日光所及之处，如同矿山露角，金光璀璨。似乎只要看一眼树荫所遮蔽之处，就能听见凉爽的沙沙声掠过耳畔。这荫蔽是有原因的。不过，本多怀疑起来，这原因是出于树本身吗？

要在第几处树荫下休息？本多扪心自问，又叩问拐杖。第四处树荫正处在车上望不见的拐角处，静静地引诱着本多。终于走到那里时，本多扑通一声倒在地上，坐在路旁的一棵栗树树根上。

"自开天辟地起，便已注定了我今日要在此树下休憩。"本多胸怀极强的现实感，想道。

专心攀爬时竟全然忘却了的汗水与蝉鸣，随着休息一并涌来。他用额头顶着拐杖，将其拄在地上。杖头镶嵌的银饰硌得额头生疼——他想用这种疼痛来暂时消解胃里和背上的绞痛。

医生说他的胰脏上有个肿瘤，而且还微笑着说那是颗良性的肿瘤。微笑着，良性的。要是寄希望于这种事情，那他坚持了八十一年的骄矜才真是付诸东流了。本多也不是没有想过，回京之后要拒绝做手术。不过他知道，只要他一拒绝，医生便会马上动员一帮所谓近亲来逼他就范。自己已然落入陷阱。一旦落入这名为"生而为人"的陷阱中，便没有坐以待毙、白白等待更大陷阱的道理。曾经糊涂地决定一切听天由命的本多改变了主意，装出一副怀抱希望的样子就好。即便是用于宰牲的印度小山羊，被砍掉头颅后，还能在地上扑棱好一阵呢。

本多站起身，这次无须在意监视者讨人嫌的视线，他依赖着拐杖，几乎以一种放荡不羁的姿态，踉踉跄跄地一阶一阶向上爬去。正攀爬时，本多忽觉自己步履蹒跚之间有几分说不出的好笑。这么一想，身上的疼痛瞬间都消散了，脚下的步伐也更加顺畅起来。

夏日草木的香气弥漫在四周。山路两旁有诸多松树，本多倚靠在手杖上，抬头望向天空——日光依旧强烈，枝头的松塔鳞片投下雕塑一般的影子，片片分明。不一会儿，左前方出现了一片荒芜的茶田，茶树上缠绕了许多蜘蛛丝与昼颜花的藤蔓。

前路上依旧横着几处树荫，将地面横切为几份。本多跟前有一条如颓败的竹帘般的影带，远处还有三四根浓黑色的，丧服带一般的黑影横落在地上。

借着弯腰捡拾掉落在地上的一颗巨型松果的机会，本多又在一棵巨松的浮根上坐下休息。身体又痛又重又热，疲劳没能发散干净，腰弓得活像一根生了锈的锐利金属丝。将手中的松果把玩一番后，每一瓣干涸殆尽、向外敞开的焦茶色松鳞都在强烈地反抗手指的拨弄。四周几许露草、花朵已在烈日下凋败。犹如轻巧的小燕子一般上下翻飞的绿叶之间，极小的青紫色花朵几近枯萎。弓着身子的巨松，仰头望向天空的青瓷颜色，风扫天空后留下的几朵残云，全都干瘪得吓人。

本多并无能力一一辨别出四周充斥着的虫鸣声。可以听到地上所有一切窸窸窣窣的虫鸣，以及混杂在其中如同噩梦磨齿般的咯吱声，还有某种压迫心胸的空灵铃音。

本多再次起身，又开始怀疑自己是否能攀至寺门。边迈开步伐，边又开始计算树荫的数量。这暑热，这登攀导致的胸闷气短，方才又经过了几处树荫？自己边慢慢试探着，边向上爬去……然而从开始计算树荫到现在，才过去了三处而已。遮蔽了半条道宽的松树枝条的影子，该算作一处呢？还是算作半处呢？本多不禁疑惑起来。

竹林本身便犹如人世的聚集体一般：不论是柔韧纤细的嫩叶，还是带了恶意与固执的强韧墨绿叶子，都依偎在一起，群生繁茂。

就这样又一次片刻休息，本多擦汗时，第一次在这儿见到了蝴蝶。远看仿佛影画中的蝴蝶一般，飞到近处后才看出翅膀上棕褐色之下鲜艳分明的钴蓝色。

沼泽。本多坐在沼泽边巨大的栗树那强大的绿色荫蔽下休憩，周围没有一丝风。蜉蝣划开的波纹荡漾在青黄色的沼泽一角，一棵枯死的松树倒在那里，犹如在陆地与沼泽之间横架了一座桥梁。只有那朽木周围，时不时泛起几丝波光粼粼的涟漪。涟漪扰乱了天空倒影钝滞的蔚蓝。横倒的松树上上下下，直至叶梢皆为枯红色。由于枝桠刺撑进沼泽底的缘故，树干部分免于浸泡在水中。在万片绿意之中，这棵松树渐渐变为全身上下的锈红色，保持着挺拔的姿态。毫无疑问，它保持了自己生为松树的威严。

　　尚未抽穗的芒草与狗尾草之间，翩跹飞出一只灰蝶。本多决心跟随着这蝶，又再次起身。沼池对面苍蓝幽静的桧树林一直蔓延到了这边来，道路两旁的树荫也愈发多了起来。

　　本多感觉到自己身上的白衬衫已被汗水浸透，甚至还渗进了后背的西装外套中，分不清是暑热催发的汗液还是掺了油脂的汗液。话说回来，这还是自己年老以后头一次这么大汗淋漓。

　　桧林让路给杉林的那片区域，有一棵茕茕孑立的合欢树。合欢树如午后小憩一般轻柔、婀娜的叶丛，与杉树坚硬的针叶混杂在一起，不禁使本多回想起了在泰国的回忆。忽地，树丛中又飞出一只白色的蝴蝶，引诱着本多继续向前走。

　　山道的弯度陡然急了起来，快到山门了吧，他想着。杉木林更加幽深，吹来了习习凉风，本多的步伐也因此轻快了不少。山道上到处呈现带状的物象，之前净是树荫，现在倒是日光投下的光带更多了起来。

　　白蝶向杉木林幽暗之处翩翩飞去。日光洒落在蕨叶上，流光溢彩。白蝶轻轻点过那蕨叶，又向深处的黑色大门低低地翩跹而去。本多想道：不知为何，这些蝴蝶总是只在低空飞行。

过了黑门，山门便在眼前了。本多想着，终于抵达月修寺的山门前了。顿时思绪涌上心头：这六十年间，自己只为了能再度拜访此处，只为了这一个目的才活到了现在。

当本多真正站在山门前，隐隐可以看见里面那棵用来充当车棚的陆舟松时，他几乎不敢相信自己现实之中竟然真的来到了这里。他甚至有些不忍心踏入山门中了，一切疲劳也神奇地烟消云散。本多呆呆地站在山门门柱前，静静地看着左右各有一扇小偏门的山门，以及其上装饰用的十六瓣菊纹屋瓦。左边的门柱上，挂有一副字体小巧的门牌，写着"月修寺门迹"，看字迹应当是出自女子之手。右边的门柱则贴着一张字迹难以辨认的门牌：

天下泰平
奉转读大般若经全卷所收
皇基巩固

穿过山门后，本多沿着画了五根卵黄色横线①的土墙，在黄色的小鹅卵石之上，铺设了正方形的踏脚石，按照围棋盘式摆置，直通向内玄关。本多用拐杖一块一块的探数着，数至第九十块踏脚石时，眼前出现一扇严丝合缝的障子门。门上两个把手，各贴着菊花与云朵形状

---

① 原文为"筋塀"，指画上被称为"定规缘"的白线的土墙。原是皇家或是拥有门迹的寺院才能使用，线条的数量越多越尊贵，五根线为最高级别。

的精致剪纸。这便是置身于内玄关跟前了。

本多脑海里翻涌着各种往昔的鲜明回忆，以至于甚至忘了敲门，只是呆呆地站在那里。六十年前，自己还是个青年时，也正是在这扇障子门前，也正是站在这块屋前的横木上。虽然上面的窗纸大约已换过上百回了，但是今天的障子门，仍旧同那个春寒料峭的日子一样，雪白整洁地紧闭于眼前。门口的低台的木板纹理似乎也较往昔更为突出了，一点看不出经历风雪的痕迹。一切仿佛只是白驹过隙，须臾之间。

恍惚之间，似乎清显还在带解附近的旅店内，发着高烧，将所有希望赌在了本多的月修寺之行上，一味地盼着本多的归来呢。这样的须臾之间，倘若他得知本多已经变成了腿脚不麻利的八十一岁老人，清显该有多么惊讶啊！

出来迎接的是一位身穿翻领衬衫的六十岁上下的执事，她大概看出了本多很难自己从门口的低台上攀上来，于是便牵着他的手，带他来到了附带六叠大小里间的八叠大小的正殿。黑底白条的地板上方方正正地摆着几个坐垫，她便安排本多在坐垫上坐下，并郑重地向本多说明寺里已经明白了他信中所写的意向。本多并没有六十年前来过这间正殿的记忆。

壁龛中挂着复制本的雪舟①"云龙"之轴，插着清爽宜人的常夏石竹花。一位身穿白绉绸和服、系着白色腰带的长老，用木制方盘端来了寺徽形状的红白二色点心，还有凉茶。从敞开的障子门中，可以看

---

① 雪舟（1420—1506），室町时代的画僧，备中人，名等杨。曾在京都相国寺修行，师从周文学习绘画技法。1467年到明朝学习水墨画。其山水画法雄浑自然，极具个性。代表作有《四季山水图》《四季山水长卷》《天桥立图》等。

到绿意盎然的中庭。中庭内无间隙地种植着枫树与罗汉柏,透过树林可以看到书斋的白色外墙上盘踞着檐廊投下的影子——这便是中庭的一切景观。

执事讲着一些无关痛痒的话,时间就这样徒然地流逝。然而本多坐在这通风良好的座位上,尽管只是端坐着,也觉得发汗排毒减轻了身体上的痛苦,甚至还有一种得到了救赎的心境。

曾以为自己绝无可能再次拜访此处,然而,此刻自己正坐在月修寺之中。正是死亡突如其来的迫近,才能如此顺利成就了此刻。这也解开了本多生命深处残留的一个心结。攀登参拜山道的辛苦,也能突然地使自己感到身轻如燕且心情安稳。既然如此,那么当初拖着病体来到此处却吃了闭门羹的清显,应当也被赋予了一种飞翔的力量吧。尽管这仅是本多的想象,此刻似乎也变为了一种莫大的安慰。

耳内仍然充斥着蝉鸣,不过在这光线昏暗的室内听取,这蝉鸣倒别有一种钟鼓余音的清冷韵味。执事对于信的内容并没有涉及更多,只是作些闲聊用以打发时间。对于到底能否见到门迹,本多不敢亲自开口催促。

忽地,本多开始怀疑:这样空虚地任凭时光流逝的行为,或许是在委婉地暗示门迹此次并不会露面?莫非,执事也对上次的周刊杂志报道的事情曾有耳闻?于是就进言给门迹,说不准就会拿什么身体抱恙为借口来搪塞,打发自己回去。

不过,本多对于背负着这样的丑闻与门迹会晤一事,内心并无羞愧。倘若不是背负着耻辱、罪恶与死亡,自己确实也生不出来此拜访的勇气。去年九月的那件丑闻,现在想来便是促成此次月修寺之行的最初的内心动机。此后,透的自杀未遂、他的失明、自己的病情以及绢江的孕情全部指向了一点。这些问题凝结在一起遂而汇成一团,晃动着本多的内心。可以说是将他从那条暑热难耐的参拜山道上推到此地来的,正是这一团问题的集聚。如果没有这些事情,本多永远只能在远处仰望山顶月修寺散发出的光芒。

然而假如这成为无法与门迹见面的理由的话,便说明这确为自己的宿业①,也只好作罢。如此一来,今世便再无与她相见的机会了。不过,本多冥冥之中有种感觉,他相信:即使在此地,即使在这个世界的时间尽头,即使在这个世界的终焉之地没办法再与她相见,也总有一天能够重逢。

于是乎,安逸取代了焦躁,豁达取代了悲哀,本多终于达到,心静自然凉的境地,默默承受着时光的流逝。

这时,刚刚端来点心的长老再次现身,她在执事的耳边低语了几句。随后,执事向本多说道:

"门迹说很快便来同您见面,请往这边来。"

本多几乎怀疑自己产生了幻听。

会客室的对面是一座坐南朝北的小小院落,朝向庭院的障子门敞开着,院中强烈的绿意扑面而来。本多经过时并未察觉,经过后便恍然想起,这正是六十年前先代门迹引见自己的房间。

本多回想起当时这里放置了一扇华美的十二月风景屏风②,现在则

---

① 佛教用语,前世做下的善恶行为,亦指现世显现出来的对其的报应。
② 原文为"月次屏风",指十二个月的风景屏风,绘有一年中十二个月风景画的屏风。日本旧时宫中举行仪式时使用。

换成了一扇苇帐①。隔着外廊，也能看到蝉鸣不止的茶室庭院中熊熊燃烧的绿意与春色。梅、枫、茶等植物的繁茂深处，可以瞧见夹竹桃的红蕾。踏脚石之间泛白的带尖竹叶上，落着夏日锐利的白光，与后山杂木林天空的白光十分相衬。

一阵似乎击打在墙壁上的振翅声令本多不觉回头张望，原来是自檐廊飞入的家雀，在白墙上投下纷乱的墨影。

通向房间深处的花纸隔扇突然打开了，本多下意识地并紧了双膝，出现在他面前的，是由白衣随身弟子牵领着向前的门迹老尼。一身白衣，披了浓紫色披风，顶着微微泛青的光头而出的这个人，应当就是年逾八十三岁的聪子。

本多不自觉地落泪了，甚至不敢抬头仔细端详她几眼。

隔着桌子落座的门迹，秀丽的鼻梁一如往昔，也还保留着那双灵动美丽的大眼睛。她与往日的聪子是如此不同，然而还是一眼便能看出就是聪子本人。六十年如一瞬，自年轻壮年至人老色衰，浮世给予人的辛酸苦楚，聪子竟如同悉数免受了一般。仿佛一位踱过庭院上小桥而来的人，由荫蔽处来到向阳处，仅仅只是光影的变幻使得面容也跟着发生了一定的改变，仅此而已。倘若当年的年轻美丽是荫蔽处的容颜，那么如今年老的美貌不过是向阳处的面孔而已，除此之外别无二致。本多不由得想起，今天出酒店之时见到的京都街头的女人，她们的面孔也在阳伞的有无之间变换着光影，通过这些明暗的游戏，便可占测得到她们美丽的本质。

---

① 原文为"葭之风炉前"，指芦苇制成的帘子或屏风等，用来遮挡风炉（茶道用的炉子）等茶道用具。

本多经历的六十年，对聪子来说，莫非不过是渡过院中光影分明的小桥所经历的转瞬？

她身上的老迈并未走向衰颓，而是一味走向了净化。充满光泽的皮肤静静地闪烁，一双美目也愈发澄澈，内部闪耀以至于苍古。她浑身上下，可以说是一块完美如玉的老之结晶。剔透却不失冷净，质硬却不失圆润，就连唇瓣也还是温润如初。自然，她身上平添了许许多多皱纹，可这每一道沟壑，似乎都如刚出浴一般洁净清澈。微微伛偻的娇小身材，也含着一股华丽的威望。

本多将头微微低下，擦拭眼泪。这时，

"欢迎。"门迹忽然以爽朗的嗓音问候道。

"突然寄来那样一封信件，实在唐突，望您谅解。今日愿不计前嫌欣然同我相见，感谢万分。"

本多想着语言上千万不可显得过分亲昵，便说出这番极尽拘谨的话来。他听着自己的声音——老人如同含了一口痰的沙哑嗓音，使他感到有些羞耻，便不自觉又添了一句，

"信件上写的是寄给执事师父的，不知您可曾过目？"

"是的，我拜读过了。"

至此，本多一时失语，对话也暂时中断。随身弟子借机离去，只留下门迹与本多二人。

"真是令人怀念啊。如您所见，我也成了个不知还有没有明天的老头子了。"借着信已被读过的势头，本多的言语间带了几丝轻佻。门迹微微摇摆身子，微笑道："拜读过您的来信后，感到您也热心于禅道，我想这也算是一种佛缘，便决定见您一面。"

本多内心如同酒杯底部残留原液一般的年少回忆，听了这句话后顷刻迸发了出来。本多仿佛回到了六十年前的那一天，对着先代门迹畅快直抒少年特有的澎湃激扬。此刻他已顾不得矜持了，这样说道：

"为了实现清显君最后的愿望，我曾来到这里，不过先代门迹没能让你与我相见。后来我也确实知晓了，这是无可奈何之举，然而当时还是十分遗憾。毕竟不论怎么讲，松枝清显都是我最好的朋友。"

"这位松枝清显先生，是位怎样的人呢？"

本多惊呆了，瞠目结舌。

虽说上了年纪逐渐耳背，但是这几句话自己是不可能听错的。然而门迹这句话的意思，实在过于颠覆常理，本多只能当作是自己幻听了。

"啊？"

本多有意反问道，希望门迹能再重复一遍刚刚说的话。

然而，门迹又重复了一遍同样毫无常理的话。且脸上既无张扬，也无韬晦，反倒能窥见出童女一般天真的好奇心，不停地流淌着静谧的微笑。

"这位松枝清显先生，是个怎样的人哪？"

本多终于察觉到，门迹是希望能从他口中再倾听一遍关于清显的故事。于是，他一边注意不要言辞失礼，一边赘述着自己与清显的关系、清显的恋情，以及那令人悲伤的结局。这些记忆在他的脑海中从未褪色，所以他才能将故事原原本本地按照回忆讲述出来。

在倾听本多的长篇大论时，门迹一直端坐着，脸上的笑意经久不息，甚至还跟着"是吗""原来如此"应和了几句。中间那位长老曾端来了冷饮，门迹优雅地品尝冷饮时，依旧一句不漏地倾听着本多的讲述。

本多讲完后，门迹全无感慨地用平淡的口气说道：

"您讲得十分有趣，可是这位松枝先生，我的确不认识。这位与松枝先生有过一段前缘的女施主，想必您是认错人了。"

"但是，门迹师父原来的名字难道不是绫仓聪子吗？"本多不住地干咳，急切地问道。

"是的，贫尼俗名确实为此。"

"那您怎么能不知道清显君呢？"本多几乎动了怒。

说不认识清显，绝不可能是忘却了，只可能是门迹佯装不知。自然，作为一代门迹，说不认识清显肯定另有隐情。这种事情，倘若搁在俗界的女人们身上暂且不谈，若是德高望重的老尼嘴中说出如此直白的谎言，让人不得不怀疑她虔诚的信仰是否为真。修行至此却还为俗界的伪善所驱使，更让人猜疑她当初遁入佛门时究竟为何用意。不仅如此，本多今日这场时隔六十年的会晤，似乎也有一种理想遭到背叛的感觉。

面对本多过度的追究，门迹全无畏缩之意。眼下明明暑热至极，身上紫色的披风反倒叫人看出一股凉意，她的声音、神色全无动摇，依旧平缓优美地说道：

"不，本多先生，我一点也没有忘记于俗世接受的恩爱。但是这位松枝清显先生，我甚至从未听过他的姓名。或许从未有过这样一个人，他只是本多先生您脑中的臆想。而真实的情况则是，从一开始便不存在这样一个人，会不会是这样呢？听了您的话之后，我不得不作如此思考。"

"那我与您又是如何相识的呢？而且，绫仓家和松枝家的家谱都还保存着呢，户籍也应该能查得到的。"

"与俗世的联系，这些东西或许的确能够帮助查明。不过，对于这位名为清显的施主，本多先生，您确定自己当真在这世上见过他吗？另外，我与您以前是否真的在这世上相见过，您现在能够准确地断言吗？"

"我确实有六十年前曾来过这里的记忆啊。"

"所谓记忆啊，就像一副映照出幻象的眼镜，既能将从未发生过的悠远幻境映照出来，也能将近在眼前的幻境映照出来啊。"

"但是，假如清显君从一开始便不存在的话，"本多感觉自己似乎迷失在云雾之中，眼下与门迹的会见似乎也变成了半梦半醒之间的情景。一切仿佛冲着漆盆上突出的一口暖暖的哈气，眼看着便要消逝。为了使自己回过神来，本多不禁叫出了声："那么，就没有勋，也没有金茜……那么，莫非连我也……"

门迹的眼神这才略带几分力量，凝视着本多：

"这也只能说是各有各的体会了。"

沉默。很长一段时间内面对面的沉默过后，门迹轻轻拍了拍手。随身弟子便立刻出现，手指轻点在门槛上。

"今日您难得来一趟，去南苑看看吧。我给您带路。"

说着，弟子牵引着门迹的手，向门迹方才指引的方向走去。本多仿佛被人操控了一般站起身，跟随着两人穿过幽暗的书院。

小弟子打开障子门后，引本多至檐廊前。旷阔的南苑，便顷刻尽收眼底。

一整片草木庭院,以后山为背景,灼烤于炎炎夏日之下。

"从今早开始,就一直能听见杜鹃啼叫。"年纪尚轻的小弟子说道。

草坪外围主要种着枫树,还能看得到一扇通往后山的折枝门。虽是夏天,可个别枫树上却挂有红叶,于万绿之中仿佛一团火焰。庭院中还到处分布有庭石,石边生着羞答答的瞿麦花。庭院左侧一角有一处滑车井。草坪中间有一个青绿色的陶瓷坐榻,看上去尚觉得炎热难耐,倘若坐上去一定会灼伤皮肤。还有后山顶上瓦蓝的天空,夏云耸立着刺目的云肩。

这确为一处极致奇巧、闲雅、明亮的庭院。蝉鸣阵阵入耳,仿佛捻数佛珠的声音,占领了整个庭院。

除此之外再无别的声音,寂寞至极。这庭院中空无一物,本多想到:自己这是来到了一处既无记忆也无旁物的地方。

庭院沐浴在一日之中最盛的烈日之下,万籁俱寂……

《丰饶之海》完

昭和四十五年十一月二十五日